Nuova Narrativa Newton
1206

Prima edizione: settembre 2021

ISBN 978-88-227-5513-1

www.newtoncompton.com

Realizzazione a cura di Caratteri Speciali, Roma
Stampato nel settembre 2021 da Puntoweb s.r.l., Ariccia (Roma)

Sonia Sacrato

La mossa del gatto

Newton Compton editori

A mio padre
Ovunque sarò, sarai

La disciplina della terra sono i padri e i figli,
i cani che guidano le pecore,
tutti quei nomi dimenticati
sotto la mano sinistra del suonatore

Ivano Fossati, *La disciplina della terra*

Valdobbiadene, Treviso, 22 novembre 1956

«Bel modo per concludere la giornata», mormorò il dottor Giampietro Dalla Longa, medico patologo dell'ospedale di Valdobbiadene.

Erano passate da poco le nove di sera quando, mentre si trovava già nel parcheggio, era stato richiamato in reparto. Colpevole del suo rientro, un sacco mortuario giunto pochi minuti prima. Perché gli avessero messo tutta quella fretta per esaminarlo, invece di portarlo direttamente all'obitorio, proprio non se lo spiegava. Perché non aspettare la mattina successiva? Gli avevano accennato che si trattava di una donna ripescata dal Piave. Non sarebbe certo stata una novità, ma uno zelante carabiniere, al momento del ritrovamento, aveva espresso delle perplessità su certi lividi che il cadavere presentava. Da qui l'urgenza di un primo superficiale esame.

"Si fa presto, si fa, a scaricare le incombenze sugli altri".

Il dottor Dalla Longa lavò in fretta le mani e, mentre le asciugava vigorosamente, pensò che se si fosse concesso un altro caffè, la morta non l'avrebbe presa a male.

Il suo terzogenito stava mettendo i denti. E da giorni il pianto disperato del bambino non faceva chiudere occhio a tutta la famiglia. In più, l'influenza aveva decimato i medici in servizio, così da una settimana era costretto ai doppi turni: solo quel giorno aveva passato sedici ore, equamente suddivise, tra il suo reparto e il pronto soccorso.

"Piove sempre sul bagnato", pensò. E del resto erano giorni che non smetteva di piovere: poteva sentire le gocce picchiare contro i lucernari, con un suono che ricordava tanti becchi di galline intente a mangiare il mais. Sorrise compiaciuto per l'immagine che aveva elaborato.

Dalla sala ricreativa del personale, quella in fondo al corridoio dove indugiavano anche i custodi, la voce di Mike Bongiorno giungeva ovattata. «Per partecipare a questo concorso, basta pagare l'abbonamento alla televisione per il 1957. Quindi, mettetevi in regola con l'abbonamento del 1957 e a partire dal 7 gennaio concorrerete all'estrazione settimanale di un'automobile Alfa Romeo Giulietta».

Al dottor Dalla Longa *Lascia o Raddoppia?* non interessava un granché, ma la Giulietta era una gran bella macchina, specialmente la versione Spider. "Ah, macchina da scapolo, ma ormai... che vado a pensare", sospirò con rassegnazione.

Prese in mano la cartellina con la scheda d'accettazione. Niente nome, la donna non aveva documenti con sé. Luogo del ritrovamento: un'ansa del Piave all'altezza di Segusino. Non c'era molto altro da leggere.

Si decise ad aprire il sacco: prima si fosse tolto dai piedi l'incombenza, prima sarebbe tornato a casa.

L'odore di umido e morte lo raggiunse con una zaffata insostenibile. Si era scordato il balsamo al rosmarino da mettere sotto il naso. Nemmeno fosse l'ultimo dei principianti: tutta colpa della stanchezza. Doveva fare qualcosa per dormire, non poteva reggere quei ritmi ancora a lungo. Valutò seriamente di pernottare in ospedale:

almeno per una notte niente pianti e niente ninne nanne canticchiate a denti stretti. Ma poi, chi l'avrebbe sentita sua moglie?

Ricacciò indietro un rigurgito acido e si diede il tempo di riprendere fiato. Frugò in uno dei cassetti della scrivania, trovando la scatolina di vetro con la crema profumata. Ne spalmò una dose generosa intorno alle narici e tornò al cadavere.

Giovane donna, vent'anni, forse meno. A occhio e croce era in acqua da un paio di giorni. I capelli lunghi e neri erano attorcigliati a rametti di legno e ad altri piccoli residui. Tra le labbra bluastre spiccava un taglio profondo. Anche intorno all'occhio sinistro s'intravedeva un livido.

«Trauma da impatto», disse ad alta voce. Del resto il Piave era in piena proprio a causa della pioggia battente degli ultimi giorni. C'era passato vicino anche lui, la sera prima, e l'aveva trovato inquietante.

Maria, l'infermiera dai ricci rossi, interruppe le sue osservazioni.

«Dottor Dalla Longa, di sopra si chiedono se per caso potrebbe tornare al pronto soccorso. Sanno che ha fatto già molte ore, ma...».

Da dietro la sua spalla, fece capolino uno dei carabinieri che aveva scortato la salma fino all'ospedale. L'odore li raggiunse con la stessa violenza di un temporale improvviso. Il gendarme si ritrasse immediatamente, mentre l'infermiera portò alla bocca un fazzoletto bianco che teneva in tasca, abbassando la testa.

Prima di risalire al pronto soccorso, Dalla Longa avrebbe dovuto rilavarsi da capo a piedi. Ne era certo.

Un «Allegriaaa» echeggiò di rimbalzo sulle pareti dell'obitorio.

«C'è ben poco da stare allegri, in realtà. Va bene Maria, dica al collega di aver pazienza: mi dia mezz'ora e arrivo».

L'infermiera fece un gesto di assenso con la testa, smuovendo i riccioli, e richiuse la porta.

"Bella Maria, davvero bella". Ma pensò fosse troppo giovane lei e troppo sposato lui. Così bruciò una fantasia sul nascere, un po' come per la Giulietta.

Sopra l'orecchio destro trovò un'altra ferita, un taglio profondo. Se fosse stato un esame preliminare, in condizioni normali si sarebbe accorto che intorno alla lacerazione c'erano schegge di legno, come se la ragazza fosse stata colpita da un ceppo da ardere. Invece si convinse che doveva aver battuto la testa contro un sasso, mentre veniva trascinata dalla corrente.

La giovane donna aveva il ventre gonfio tipico dell'annegamento, i vestiti strappati che, anche in quelle condizioni, era chiaro non fossero particolarmente costosi, anzi.

"Una contadina sfortunata. Probabilmente camminava di ritorno dal lavoro, da un campo o vai a sapere, è scivolata e *bum*! È finita in acqua", sospirò ancora. Il balsamo aveva narcotizzato parte del suo olfatto, ma non completamente.

Intanto, gli pareva quasi di sentire le imprecazioni del dottor Rizzotto, mentre attendeva con ansia di vederlo apparire in suo aiuto. L'insofferenza lo fece indispettire. Pensò che, appena la situazione si fosse normalizzata, avrebbe chiesto ferie. Voleva dormire, magari andare a caccia. Il bosco e il silenzio, ecco di cosa aveva bisogno.

Tornò a guardare la giovane donna davanti a sé.

"Cosa non ci si inventa per fare carriera", pensò scocciato, chiedendosi nuovamente da dove venisse tanta perplessità da parte di quel carabiniere. Fece un passo indietro per osservare il corpo nel suo insieme: una delle maniche del vestito era strappata. Si intravedeva sull'avambraccio sinistro un livido spesso e corto, come il segno di una mano che l'avesse stretta. Questo, in effetti, poteva significare che c'era stato l'intervento di qualcuno, ma poteva essere stato anche un tronco a colpirla proprio in quel punto. Prese delle forbici, deciso a tagliare la manica destra e controllare l'altro braccio.

«Dottore, mi perdoni se la disturbo ancora, ma c'è stato un incidente grave, abbiamo bisogno di lei: il dottor Rizzotto non ce la fa più da solo».

Di nuovo Maria, questa volta con il fazzoletto davanti al naso. Il flusso dei suoi dubbi venne interrotto definitivamente.

«Arrivo, arrivo. Mi faccia una gentilezza, recuperi un camice pulito da qualche parte».

Ricompose il braccio della donna lungo il fianco e richiuse il sacco mortuario. Al lavandino insaponò le braccia fino al gomito, sciacquò viso e collo, passò le mani bagnate tra i capelli: sperava così di non portarsi troppa puzza addosso.

Tolse il camice e lo lasciò cadere nella cesta della biancheria accanto alla porta. Prima di uscire e respirare a fondo, diede un ultimo sguardo al corpo avvolto nel sacco nero, nel freddo silenzio impostogli dal Fiume sacro alla Patria.

Si sentì combattuto tra la superficialità con cui l'aveva studiata e l'esigenza di dare la precedenza ai vivi che ancora lottavano al piano di sopra. È vero: il corpo aveva tumefazioni e lacerazioni, ma era stato pur sempre trascinato da un fiume in piena, difficile dire se fossero pre o post mortem.

E poi, quante probabilità c'erano che si trattasse di morte violenta? I paesi a ridosso del fiume erano piccoli e tranquilli, le statistiche deponevano a favore di un incidente. Tragico, sicuramente, ma pur sempre un incidente. Al più un suicidio, ma difficile da capire così, su due piedi.

Una sirena in lontananza si fece via via più vicina, fino a spegnersi all'ingresso del pronto soccorso. Si decise a uscire.

I due carabinieri, rimasti accanto alla porta, gli si pararono davanti quasi sull'attenti, aspettando che parlasse. Il dottor Dalla Longa raccolse le idee.

«Allora, secondo la mia opinione si tratta di morte accidentale. Sì, è vero, ha tumefazioni e lividi, ma a mio avviso sono compatibili con l'impatto su rami e rocce lungo il fiume. Del resto il Piave è in piena. La donna è caduta, o al peggio potrebbe essersi buttata. L'ipotesi del suicidio sarebbe avvalorata dall'assenza del cappotto e dei documenti, come ha notato lei. In ogni caso, non vedo altre anomalie che possano far pensare a un atto doloso. Lo scriverò anche nel rapporto, ma ora dovete aver pazienza, mi stanno chiamando dal pronto soccorso. Ve lo farò avere nei prossimi giorni. Direi che è tutto. Scusate: sono giorni davvero infernali, devo scappare».

«Risposta esatta!». Un applauso scrosciante accompagnò l'esclamazione di Mike Bongiorno dal fondo del corridoio. I due carabinieri si voltarono in quella direzione, con espressione perplessa.

Vas, Belluno, 27 agosto 2016

"Piove, dalle nuvole sparse.
Piove su le tamerici salmastre ed arse,
piove sui pini...
...e sulle spalle dei becchini".

Ussignur, che vado a pensare: aveva ragione Clotilde, sono una persona orribile.

Ma cazzo! Piove da tre giorni e fa un freddo porco. Ora: io adoro l'autunno, lo aspetto ogni anno con una certa trepidazione, ma questa mattina di fine estate sembra già inverno avanzato. Una via di mezzo?

Se non altro, almeno oggi, nessuno ha avuto nulla da ridire sul mio total black, benché sia agosto. Solo i jeans troppo lunghi, troppo pestati e già zuppi fino a metà polpaccio hanno incontrato il silenzioso sguardo schifato della seconda moglie di zio Beppe. Sguardo che partito dalla punta delle scarpe, appena visibili sotto l'orlo dei pantaloni, ha fermato la corsa nei miei occhi e di rimbalzo è tornato alle sue unghie lunghissime, laccatissime e rossissime. Molti sono convinti di avere buongusto, peccato che l'abbiano annegato nel liquido amniotico prima ancora di venire al mondo. La seconda moglie di zio Beppe, per numerosi motivi che mentalmente mi rifiuto di ripercorrere, appartiene di diritto a questa categoria.

Comunque eccoci qui, tutti intorno alla fossa dove i becchini stanno facendo scendere con le corde a spalla il feretro di Clotilde.

La madre di mia madre.

Nota per essere anche mia nonna.

Per lo meno così dicono all'anagrafe.

Ma davvero si usa ancora così? Voglio dire, pensavo che nel 2016, anche in questo paese una spanna fuori dalla cartina geografica fosse arrivata voce dell'invenzione della carrucola, per esempio, se non dell'argano a motore, magari.

No, niente.

Qui, in questo buco di paese, nell'eterno riposo ti calano ancora a braccia.

Mi sembra di essere la comparsa in un film francese, lento, dai colori opachi velati di grigio, in cui c'è uno scambio di parole ogni quattro minuti e lunghe, lunghe e silenziose inquadrature sui volti, sugli occhi piangenti, sui fazzolettini stretti tra le dita, maceri di lacrime e muco, mentre la pioggia rimbalza frammentandosi in mille e più gocce sugli ombrelli neri.

Osservandola meglio, la cassa non è così brutta come sembrava due giorni fa in negozio. Pardon, nello show room.

«Questo è il nostro modello Basic, finiture semplici in legno di ebiara».

Aveva detto così il titolare dell'impresa funebre, con la r attorcigliata su sé stessa in un doppio carpiato.

Non sapevo nemmeno esistesse il legno di ebiara, prima di incontrare Gerardo La Pace. Quando uno, il destino, se lo porta nel nome.

«Modello Basic ha detto? Cioè modello base, tipo

le auto che hanno ancora l'alzacristalli a manovella?», avevo risposto.

Come la mia, per capirci.

«Cloe!».

La voce fuori campo era quella di mia madre. Nome ringhiato a detti stretti e con tono decisamente basso: significa che siamo sul filo dell'incazzatura seria. Non mi era possibile incrociare i suoi occhi, perché stavo ancora fissando la macchia di sugo sulla cravatta di Gerardo La Pace, ma li sentivo, poggiati come spilli gelidi sul lato sinistro della faccia. Elvira Verri: colei che riesce a tramutare gli sguardi in sberle senza soluzione di continuità.

«Non è proprio così», aveva ripreso La Pace, guardandomi e sorridendo con la stessa benevolenza con cui ci si rivolge a un ufficiale giudiziario.

«Ma posso dirle che qui, nel nostro show room, abbiamo un magazzino molto fornito e un catalogo davvero interessante. Un po' per tutte le esigenze e, perché no, i gusti. Dal Basic, appunto, dove le rifiniture sono minimali, per arrivare fino al modello DeLuxe».

«Con lettore MP3 e aria condizionata di serie», lo avevo interrotto.

«Clo'!».

Chiara omissione della *e* finale. Nel nostro intimo e amorevole linguaggio, significa solo una cosa: apri ancora bocca e non me ne frega un cazzo se hai quasi quarant'anni, il manrovescio te lo pigli, cascasse il mondo.

E modello Basic in ebiara fu.

Io sono così: sotto pressione, sparare cazzate mi viene spontaneo come il respiro. Anche se di respirare a volte mi dimentico pure. Di dire cazzate no, mai.

Poi me ne pento, ogni tanto.

Ma non sempre.

Il funerale di Clotilde prosegue. Mia madre è aggrappata al mio braccio, seria e dignitosa, chiusa in sé stessa dietro gli occhiali scuri.

Ogni tanto tira fuori un fazzoletto di stoffa da una manica, alla vecchia maniera, e lo appoggia garbatamente al naso, prima di farlo sparire di nuovo. Alla sua sinistra mia sorella Chiara con Alessandro, il marito. Cip e Ciop, come chiamo i loro gemelli nati cinque anni fa, sono rimasti a casa con i nonni paterni. A quest'ora sarebbero già arrampicati sulle spalle dei becchini come scimmie.

In testa alla fossa ci sono il prete e un chierichetto. Il sacerdote avrà più di ottant'anni, il chierichetto è un ragazzino di colore, timido e composto.

Di fronte a noi l'intera popolazione autoctona del paese, quelli che la Clotilde la conoscevano da sempre. O meglio, data l'età dovrei dire i superstiti. Una quindicina di persone, quasi tutte donne, una di loro sulla sedia a rotelle. Dietro di lei, ad assisterla, una donna di una sessantina d'anni che abbassa notevolmente la media. L'anziana ha un volto familiare, ma non riesco a metterla a fuoco. Del resto saranno all'incirca trent'anni che non torno qui, se escludiamo il funerale di zio Elia agli inizi del secolo, momento in cui avevo preferito restare defilata e non avevo salutato nessuno.

C'è anche l'ex sindaco. Lo so perché me l'ha indicato mia madre quando siamo arrivate in chiesa. Che poi è pure l'ex farmacista, quasi coscritto del prete, per inciso.

Quando è andato in pensione lui, la farmacia ha chiuso. Come le poste, il market e l'unica parrucchiera unisex. Me la ricordo: Tiziana, figlia della Sofia, abitava due porte dopo Clotilde. Quando ero piccola e lei faceva la torta di mele e pinoli, mi chiamava sempre per darmene un paio di fette. Io mi sedevo sotto uno dei grandi caschi, a mangiare e a guardarla pettinare le clienti.

L'unico locale aperto da sempre, e che ancora resiste, è il vecchio albergo in piazza, proprio tra la chiesa e il municipio. Albergo... Non avrà più di un paio di camere e reggerà il fatturato sul servizio bar, suppongo.

Seguendo la processione fino a qui, ho visto che ora si chiama La stella alpina. Quando ero piccola non ricordo che nome avesse, della gestione si occupava una coppia di fratelli, coetanei di mia madre. Chissà chi si è lanciato nell'impresa di tenerlo aperto. Un folle, sicuro. Da quando ho deciso di tagliare i ponti con questo posto, ho chiesto a mia madre di non raccontarmi più nulla e lei ha accolto la mia richiesta, anche se di tanto in tanto si lascia sfuggire qualche pettegolezzo.

Organizzando il funerale, ho scoperto che tre anni fa ha chiuso pure il municipio: l'amministrazione è stata spostata nel paese confinante, dato che non c'è un numero di abitanti sufficiente a giustificarne la presenza. L'anagrafe apre un giorno alla settimana.

Forse.

Dipende da quel che dice l'oroscopo dell'unica impiegata.

Mentre stavo parcheggiando, ho pensato che se si fotografasse la piazza con il filtro in bianco e nero, sembrerebbe la location per un film di *Don Camillo*.

D'altra parte, se non fosse stato per l'arrivo di qualche famiglia di immigrati, il paese sarebbe morto da un pezzo.

Be', non che quando ero piccola fosse una metropoli all'avanguardia.

Ho passato qui diverse estati e non ne conservo ricordi gioiosi.

Anzi.

Non smette un attimo di piovere.

"Piove su le tue ciglia nere
sì che par tu pianga
ma di piacere...".

Affatto.

Di piacere qui nemmeno l'ombra. Il mio umore gira in una centrifuga composta da: senso del dovere nei confronti di mia madre, voglia di fuggire a Santo Domingo come in tutti i momenti di crisi della mia vita, noia mortale.

Ecco, mai aggettivo fu più calzante e appropriato.

Sono una persona orribile... Orribile.

In questo momento darei cinque anni di vita per un bagno caldo e un whisky con ghiaccio. Cazzo, però, sono solo le undici e mezza di mattina. Cloe, un po' prestino per il vecchio Jack.

Spio mia madre mentre getta la rosa dentro la fossa. Nel farlo non si scosta dal mio fianco, anzi, mi costringe a seguirla nei pochi passi che deve fare. Nel frattempo un'applicazione di autodiagnostica sta soppesando i miei sentimenti.

Non va male, dopotutto. Quello che ho vissuto, dalla telefonata di quattro giorni fa a oggi, mi sta scivolando addosso con la stessa facilità dell'acqua sputata dal cielo.

«Chi semina vento raccoglie tempesta», diceva spesso la vecchia Ilde. E in effetti, nonnina, devo ammettere che in questo caso avevi ben ragione. Io sto bene, anzi, sto benissimo, se non fosse che sono costretta a stare qui sotto la pioggia. Hai seminato così tanto vento, almeno nel mio campo, che l'idea che si tratti dell'estremo saluto a te, però, tutto sommato consola.

Alzo lo sguardo sui monti che circondano le mura del cimitero: sembra debbano franarci addosso da un momento all'altro, tutti insieme, di botto. Posso sentirne quasi il peso, concentrato in un unico punto del diaframma.

Avanti Cloe, ricordati che devi respirare. Respira.

Ussignur che ansia.

Muovo il collo, sposto la testa verso le spalle prima da un lato e poi dall'altro. Lo scrocchio delle ossa sembra allentare un po' la tensione.

Le persone si avvicinano a noi per le condoglianze, così da permettermi di scostarmi e respirare più a fondo.

Mi guardo intorno. Chiara è vicina ad Alessandro, che le tiene un braccio intorno alle spalle. Mi guarda a sua volta e accenna un sorriso. Entrambi belli ed eleganti, pure sotto il diluvio: sembra che la pioggia nemmeno li sfiori. Chiara è alta, magra, bionda e ha pure gli occhi azzurri, come lo zio Elia.

Se non l'amassi tanto, credo che la ucciderei.

Per qualche scherzo del DNA, io sono alta come Calimero, ho i capelli neri con ampia libertà di espressione e solo gli occhi, nei giorni di maggiore ottimismo, accennano a qualche sfumatura verde. Il tutto assortito su un corpo che zia Ester definisce rotondetto, ma io preferisco descrivere come armoniosamente mediterraneo. Abiti perennemente neri, in famiglia mi hanno fatto guadagnare la nomea di becchina. E ho un numero imprecisato e in crescita di tatuaggi che a mia madre fanno alzare gli occhi al cielo. Sono trentotto anni che lo dico: devo essere stata adottata, altrimenti non si spiega.

Gli impiegati dell'impresa funebre La Pace sistemano i vari mazzi di fiori e una corona. A coprire la fossa ci penseranno altri due uomini che aspettano più in là, con la tuta da lavoro e un badile in mano.

Non vedo l'ora di andarmene.

Guardo verso il cancello di ferro battuto, l'unica via di uscita. Mi chiedo quanto tempo ci vorrà ancora: questo funerale pare durare un'eternità.

C'è un uomo in piedi, appoggiato allo stipite. Fuma il sigaro e mi fa un cenno di saluto con la testa, prima di uscire silenziosamente. Mi volto per chiedere a mia madre chi sia, ma è già sparito. Mi sembrava un volto conosciuto, ma non riesco a dargli un nome.

Io me li dimentico sempre, i nomi.

Alba, Cuneo, 19 dicembre 2016

Le sei e mezza di sera.

L'angolo cottura della mansarda in cui vivo è in piena luce. Un albero di Natale, modello bonsai, sberluccica appoggiato sul davanzale di una piccola finestra raso terra.

L'alta figura maschile che mescola, con un cucchiaio di legno, qualcosa che sobbolle dentro a un pentolino di rame, è Sandro Visconti. Ha la fronte alta su cui si appoggiano delicatamente una pioggia di ricci castani. Sopracciglia folte e occhi scuri come la cioccolata calda che sta preparando. Le ciglia lunghe a incorniciare lo sguardo.

Ora, vogliamo parlare di quanto siano sexy gli uomini con le ciglia lunghe che gli addolciscono gli occhi? E poi la barba. Sandro porta la barba e un accenno di baffi. Una peluria incolta che sembra crescere in tre giorni di trascuratezza, ma talmente curata e ben rifinita da attenuare il naso aquilino. Ho notato quella barba prima ancora di notare lui. Deformazione professionale: studio e lavoro da sempre su dettagli e sfumature.

A volte quando è seduto sul divano, accarezza Pablo o sta leggendo, mi fermo a osservarlo senza che se ne accorga. Giuro che staccargli gli occhi di dosso non è facile. Non di rado mi chiedo cosa abbia trovato di così speciale nella sottoscritta, tanto da sceglierla. Eppure... Eppure è qui. E pare voglia restarci, cosa che tutt'ora fatico a credere, ma soprattutto non mi sono mai abituata alla sua presenza in casa, dove si muove come abitasse qui da sempre, sebbene siano passati: quanti mesi? Non più di quattro dal mio trasferimento.

Per dirla tutta, non mi spiego come sia venuto in possesso di un mazzo di chiavi. Fatto sta che spesso, quando rientro, lo trovo che gira per la cucina sotto l'occhio controllore di Pablo, armato di mestolo o qualche altra diavoleria, per mettere insieme una cena giocando a Tetris con i pochi ingredienti che pesca dal frigo.

Il display blu dello stereo acceso, infilato in mezzo ai libri, rimanda la traccia n. 4 di *The very best of Miles Davis*. Sandro sceglie la colonna sonora a seconda di quello che sta cucinando: Davis va benissimo per una cioccolata calda di metà pomeriggio, Eric Clapton è appropriato per una pausa pranzo veloce, la new age è perfetta per la lentezza con cui gustarsi la cena alla fine di una giornata frenetica, facendo pace col mondo.

Nel mio mondo interiore, invece, al contrario di quello che ci si aspetterebbe dato il mio aspetto, l'unica cosa che mi salva dalle mie burrasche è la musica classica.

Sul divano a due posti, abbandonato qui dall'inquilino precedente e già ricoperto da un copriletto viola di cotone indiano, finge di dormire Pablo: un persiano di otto anni, mio unico e vero compagno di vita. Acciambellato tra due cuscini, ostenta indifferenza, ma segue con un orecchio a mo' di radar la telefonata in corso con mia madre.

«Ma non puoi andare con Chiara? Sto a più di 400 km... sono quasi cinque ore di auto, non è proprio "el giro dell'orto", per dirla alla veneta».

«Tua sorella è impegnata con Alessandro e i ragazzi: festeggiano Capodanno in montagna. Mi aiutano in ogni cosa già tutto l'anno, non vedo perché dovrei rovinare le feste scombinando i loro piani».

«E di rovinare le mie, di feste, scombinando i miei piani, invece...».

«Tesoro, è Natale. Da quando hai dei piani per le vacanze di Natale? Tu odi il Natale. Ogni anno aggiorni le statistiche dei suicidi che avvengono durante le festività. Quest'anno ti ho trovato qualcosa da fare, per aiutarti a passare meglio il tempo. Dovresti ringraziarmi, invece di lagnarti, così questi giorni scorreranno più velocemente e potrai tornare alla tua classe di posseduti prima di rendertene conto».

«Sai, potrebbe stupirti scoprire che ho una vita. Ma poi dai, volevo mettere in ordine casa, finire di svuotare gli scatoloni. Mi sono trasferita da poco e ho ancora tutto sottosopra, lo sai come sono i traslochi».

Ho la voce quasi piagnucolante, lo ammetto. Sandro mi guarda con espressione interrogativa: gli scatoloni erano già spariti dopo tre giorni dal mio insediamento. Sorride scuotendo la testa e torna al pentolino di rame. Mi guardo intorno cercando un altro salvagente a cui potermi aggrappare. O a questo punto anche una forca andrebbe bene.

«Cloe, tutta la tua vita sta in quel topolino che ti ostini a chiamare auto. L'unica cosa che reputi fondamentale per la tua sopravvivenza è Pablo, la tua esistenza ruota sostanzialmente intorno a lui. A quattro mesi dal trasloco, quanti scatoloni vuoi avere in giro per casa? L'anno scorso, a Roma, sono venuta con te e in una giornata avevamo sistemato tutto».

Touché.

Dato che ogni anno il ministero mi trasferisce in una scuola diversa, ho imparato a viaggiare leggera e a portare con me solo l'indispensabile. Pablo, senza dubbio. I libri, lo stereo con i cd (sì, lo so, esistono le chiavette, ma io sono ancora legata al passato) e i vestiti della stagione in corso.

Sto esaurendo gli argomenti. Il mio fedele compagno di pelo si stiracchia in una delle sue armoniche posizioni yoga, quasi a voler lanciare un assist.

«Appunto, Pablo! Chi bada a lui in mia assenza?»

«Quel gatto ha sopportato tutti i tuoi traslochi degli ultimi otto anni, dormendoci su da buon filosofo quale è. Portalo, a me fastidio non dà».

Pausa.

Alzo gli occhi su Sandro che a sua volta mi guarda da dietro la penisola dei fornelli. Sorride di nuovo. Non è la prima conversazione con mia madre a cui assiste e le trova sempre piuttosto comiche. Non le ho ancora raccontato niente di lui e mi chiedo se sia questo il momento di giocarmi l'ultima carta, ma lei prende il silenzio come un varco, una crepa nella strategia difensiva, e torna all'attacco con un carico da undici: «Amore…».

No. Amore no. Lo sapevo che avrebbe sferrato il colpo mortale. Una non può distrarsi un attimo su una barba attraente che zac, l'avversaria va in affondo.

«Senti, lo so che ti chiedo molto: ti sei trasferita ad Alba da poco e sei ancora sottosopra, ti stai ambientando e non è una situazione facile. Ma tuo zio Beppe ha trovato un acquirente per la casa della nonna e abbiamo deciso di accettare. Di questi tempi, con i chiari di luna che ci sono, non possiamo fare troppo i sofisti. Alle pratiche burocratiche ha già detto che ci penserà lui, ma a me tocca svuotare la casa e decidere cosa tenere o buttare. Non voglio affrontare tutti quei ricordi da sola, Cloe: mi farà meno male se ti avrò accanto».

Il cibo, il sesso e la mamma: le tre principali fonti del senso di colpa.

Mi lascio cadere sul divano. Pablo sussulta e mi guarda stringendo gli occhi verdi con l'espressione da *te possino*, imparata durante l'anno alla Garbatella.

«Va bene, hai vinto. Ma solo per pochi giorni, il minimo indispensabile. Ho bisogno di tornare qui e avere il tempo di preparare le lezioni per quando rientrerò».

E sono già pentita di aver accettato.

«Ottimo. Adesso vado che c'è la pizza con le signore della parrocchia: ci facciamo gli auguri di Natale. Ciao tesoro, ricordati di mangiare. Bacibaci».

La perfetta conclusione di una perfetta telefonata.

«Tieni, ho pensato che ne avessi bisogno».

Alzo lo sguardo dalla punta dei piedi alla tazza di cioccolato caldo che mi si para davanti, e poi ancora su: la mano che la regge, e il polso, risalgo lungo il braccio fino a raggiungere la spalla, e infine incrocio lo sguardo sornione di Sandro.

La prima volta che lo vidi fu davanti al negozio della Venchi, a Torino Porta Nuova. Io arrivavo in città per far visita a Patrizia, la mia compagna di stanza ai tempi dell'università, ora professoressa di Scienze della comunicazione nel capoluogo piemontese. Così con

Sandro, langarolo fin nel DNA, si era deciso di cogliere l'attimo per pranzare insieme. Nelle lunghe telefonate che avevano preceduto quell'incontro, la mia passione per il cioccolato era stata al centro delle nostre conversazioni più di una volta, da qui la scelta del luogo. Ci trovammo entrambi lì, su due angoli diversi della stessa vetrina, con il cellulare in mano a chiedere: «Dove sei? non ti vedo». Fino a voltarci e riconoscerci all'istante.

Tornando al presente, mi rendo conto che la musica intorno a noi è cambiata: Miles ha lasciato il posto a Beethoven e alla sua Sonata n.14.

«Come facevi a sapere che ne avevo bisogno?»

«Non ti conosco da molto, ma credo di aver imparato che quando hai quello sguardo lì, solo il cioccolato e la *Sonata al chiaro di luna* possono salvarti da una delle telefonate di tua madre. Che succede?».

Raccolgo le gambe nella posizione del fior di loto e prendo tra le dita la tazza fumante.

Sandro assume la stessa posizione sul tappeto davanti a me. Per sedersi accanto dovrebbe spostare Pablo e non so se sia per un eccesso di timore reverenziale o di rispetto, ma non lo fa mai.

E Pablito apprezza. È l'unico essere umano che, dopo tre mesi di pseudo convivenza, non abbia ancora testato uno dei suoi artigli. Certo, il fatto che di mestiere faccia il cuoco e non manchi giorno in cui arrivi con un pacchettino di avanzi selezionati, credo abbia avuto un ruolo determinante nel processo di accettazione felina.

La cioccolata calda farebbe resuscitare un morto, è paradisiaca: una vellutata crema di gianduia. Sembra di avere tra le mani una tazza di gianduiotti squagliati. Non mi stupirei se si trattasse proprio di questo: le bustine da supermercato, Sandro non le considera nemmeno.

Da quando è entrato nella mia quotidianità, la dispensa ha conosciuto il senso della parola *sano* e i pranzi che consumiamo insieme sono sotto il segno dell'equilibrio e della genuinità. Per esempio: nel frigo, di tanto in tanto, fa la sua apparizione la verdura. Cioè, quella fresca, non le robe verdi surgelate a cui ricorrevo prima e pure con una certa parsimonia. Mai amato particolarmente il verde.

Annuso ancora la bevanda degli dei e solo il profumo che emana è in grado di farmi fare pace col mondo. Guardo fuori attraverso la piccola finestra: qualche fiocco di neve svolazza e piroetta nel vento. È tutto così perfetto che mi sento a casa. E non è una cosa che mi sia capitata tanto spesso. Amo questa terra, da sempre: la comunicazione di trasferimento in Piemonte mi è sembrata fin da subito un segno e un regalo del destino. E pare che anche Sandro non vedesse l'ora di dare un taglio alla distanza.

«Allora? Sto invecchiando seduto qui», ride l'uomo paziente.

Ha questo modo di guardarmi come se fossi la sola creatura presente in tutto l'universo. Come si fa a non amarlo? Già, come si fa?

Ma io mica lo so se lo amo. Amo tanta perfezione? O in qualche modo il mio eterno conflitto con l'autostima mi fa sentire comunque imperfetta?

E poi, perché queste domande proprio ora? Sorseggio la cioccolata. Dopo la telefonata con mia madre è forse il momento meno opportuno per ragionare sui massimi sistemi che governano i miei sentimenti.

«Mi ha precettata: sono di corvée almeno fino a Capodanno, forse di più. Pare che zio Beppe abbia trovato un acquirente per la casa della nonna e c'è da fare le solite cose: prendere quello che si vuole tenere, buttare il resto, e Madre mi vuole lì. Chiara è in montagna con la famiglia del Mulino Bianco e...».

E ho bisogno di un'altra dose di cioccolata.

«Mi sembra giusto. Non deve essere facile per lei affrontare questa cosa, meno che mai da sola».

Sandro approfitta della mia pausa per intervenire. Mi guarda chinando la testa da un lato, comprensivo ed empatico. Diavolo: lo prenderei a morsi quando fa così.

«Senti, ma tu da che parte stai? Avevamo fatto dei progetti».

Mi sento un po' cretina a piagnucolare come una bambina viziata, ma avevamo pensato di andare a Bardonecchia, dove i suoi zii hanno un monolocale che ci avrebbero prestato. Ne avevamo parlato così a lungo, fin nel dettaglio, che ora mi sembra un'ingiustizia l'idea di rinunciare alla neve, al caminetto, la coperta e il sesso davanti al fuoco Sandro appoggia la tazza a terra e si sposta in avanti, sostenendosi con le braccia sulle mie ginocchia.

«I progetti si possono cambiare, non sono scolpiti sulla pietra. Credo che questa cosa abbia la priorità rispetto alla nostra breve vacanza. Alla fine, vedi...», e si fa ancora più vicino, «come direbbe un qualsiasi poeta, è una vita che ti stavo aspettando».

«Non era Renga?»

«Stai zitta, Cloe, non mi interrompere. Sto cercando di fare il romantico, tuo malgrado. Dicevo: è tutta la vita che ti aspetto, quindi cosa vuoi che cambino pochi giorni?».

E sorride, togliendomi un po' di cioccolato dal naso con un gesto del dito più vicino a una carezza, ma che lascia intendere il desiderio di togliere ben altro dalla mia pelle.

Ora, guardandola da fuori, la scena è perfetta.

Quella che in ogni film romantico ti fa fare la faccia ebete con le pupille a cuore: Lui davanti a Lei, Lui con un sorriso disarmante, due spalle così e un culo che apriti cielo. Comprensivo, dolce, gentile, non solo fa la spesa senza lagnarsi, ma sa anche cucinare e cambia il rotolo della carta igienica in bagno. Cose che manco nelle sceneggiature da premio Oscar.

Lui che guarda Lei con lo sguardo strappa perizoma, ma che da gran signore quale è, si limita a scostarle una ciocca di capelli dalla fronte, o la cioccolata dal naso.

A questo punto Lei, che sarei io, dovrebbe dire qualcosa a effetto, all'altezza della situazione, qualcosa che crei del calore, che gli faccia capire che è nel posto giusto al momento giusto con la donna giusta.

O per lo meno sfoderare un sorriso disarmante alla Jennifer Aniston.

Ma io, parliamoci chiaro, alla Aniston somiglio solo nel fare pipì.

Forse.

«Sandro, Pablo...».

«Pablo?», trasalisce dal filo dei pensieri pseudoerotici, spezzati dal mio savoir-faire. «Vuoi che pensi io a...».

«No, tesoro, la tazza...», balbetto.

Sandro mi guarda appena, un po' come se fossi deficiente. Forse nemmeno a torto.

«Mi spieghi che stai cercando di...».

«Tesoro: Pablo ha ficcato la zampa dentro la tua tazza di cioccolata».

Ci giriamo entrambi a guardare il gattone nero, tutto intento a leccarsi i gommini.

E ciao Aniston's style.

Sandro ha pietà di me e ride.

Valdobbiadene, 23 novembre 1956

Nella caserma dei carabinieri di via Roma, il maresciallo Ilario Giordano si alzò dalla scrivania e aprì la finestra. Alle sue spalle, il Presidente della Repubblica Giovanni Gronchi osservava severo il rigoroso ordine del tavolo. Nell'angolo a destra quattro fascicoli disposti in ordine di gravità. Il primo in alto riguardava un omicidio, a seguire due rapine e un furto. Sulla sinistra, accanto al telefono, una cornice d'argento così semplice da sembrare quasi banale, con una foto di famiglia. Un portapenne e un posacenere che l'appuntato Privitera, benché non facesse parte delle sue mansioni, si prendeva la briga di svuotare. Il maresciallo amava i sigari, ma di tanto in tanto apprezzava la pipa, sosteneva lo aiutasse a mettere ordine nei pensieri.

Al centro della sua attenzione, la cartella sul ritrovamento di una donna annegata la sera prima in un paese poco distante: Segusino.

Il maresciallo lesse per la seconda volta il rapporto scritto da De Carli. Esaustivo come sempre, aveva descritto il luogo del ritrovamento e lo stato del cadavere con una dovizia di particolari da rendere quasi superflue le fotografie, che sarebbero state inserite dopo lo sviluppo.

Dalla finestra, l'aria umida di metà mattina si affacciò quasi timidamente nell'ufficio. Pioveva pressoché ininterrottamente da cinque giorni e il suo umore non gradiva. Meteoropatico lo definiva sua moglie. In realtà era più propenso a pensare che fosse il suo sesto senso, e taluni delitti mascherati da incidenti, a renderlo nervoso.

Recuperò un Toscano dal primo cassetto e i fiammiferi dalla tasca sinistra dei pantaloni. Non si decideva però ad accenderlo. Lo tenne tra l'indice e il medio, mentre faceva girare la scatoletta di cartone tra i pollici. La sua mente ripercorreva riga dopo riga il rapporto che aveva letto poco prima.

Il bussare alla porta interruppe il fluire delle riflessioni.

«Avanti!».

«Maresciallo, con permesso: le ho portato dei documenti che richiedono la sua firma».

L'appuntato appoggiò alcune cartelline nell'angolo libero della scrivania, voltandosi verso il suo superiore in attesa di eventuali nuovi ordini.

«Privitera, De Carli è già rientrato?»

«Sissignore. Da pochi minuti».

«Gentilmente, digli di venire qui».

Accese il sigaro, gettando il fiammifero oltre il davanzale.

«Subito maresciallo».

Privitera fece battere appena i tacchi, prima di uscire chiudendo la porta alle spalle senza rumore.

Giordano tornò a sedersi, lasciando cadere la scatola dei fiammiferi accanto alla cornice. Gli sembrò che l'espressione della moglie si facesse più dura. Del resto non amava che lui fumasse, soprattutto non amava l'odore del tabacco che gli rimaneva addosso. Ignorò lo sguardo di disapprovazione, soffiando una nuvola grigiastra sopra la testa.

«Avanti!».

«Comandi maresciallo».

Il brigadiere De Carli si fermò sull'attenti.

«Riposo, De Carli, accomodati. Stavo leggendo il rapporto sul ritrovamento della donna nel Piave».

Rimise gli occhiali da lettura sulla punta del naso: conferivano agli occhi azzurri un'espressione austera.

«Sissignore».

De Carli si raddrizzò ancora di più sulla sedia e deglutì con apprensione. Nonostante l'esperienza, si sentiva sempre un po' sotto esame. Ripercorse mentalmente quanto scritto la sera precedente, prima di smontare dal turno. Stanco, bagnato e infreddolito, aveva soprattutto voglia di mangiare e ritirarsi nel suo alloggio. Così aveva redatto velocemente fatti e impressioni con tutta la precisione possibile, ma in quel momento si chiese se avesse scritto qualche strafalcione.

«Leggo che hai richiesto al medico legale di effettuare un esame preliminare urgente, prima di rientrare».

«Sissignore».

Unì le mani, intrecciando le dita davanti a sé.

«Cosa, delle informazioni rilevate dall'assistente in loco, non ti aveva convinto?».

Giordano lasciò cadere il fascicolo sulla scrivania e si ritrasse contro lo schienale.

De Carli si mosse ancora, schiarendo la voce.

«La vittima non aveva né scarpe, né cappotto, e non le abbiamo rinvenute sulla sponda del fiume che siamo riusciti a controllare. Il che mi ha fatto nascere delle perplessità: siamo a novembre, chi esce scalzo e senza coprirsi? E poi presentava lividi che, personalmente, ho trovato anomali. La manica sinistra dell'abito era strappata e si notava un ematoma sull'avambraccio. Anche le labbra avevano un profondo taglio. Alla luce di questi indizi, ho chiesto di approfondire subito, tanto per avere un'idea di come potessero essere andate le cose. Del resto, lì sul posto, sotto la pioggia e al buio, all'assistente del medico legale poteva essere sfuggito qualcosa. Non sappiamo nemmeno con certezza dove la vittima sia caduta. Ho mandato fuori due uomini, stamattina, a risalire il fiume, ma con la pioggia non è semplice. Inoltre, se mi permette un parere personale: l'insieme di quanto rilevato, data anche la giovane età della vittima, mi ha fatto temere un episodio di… violenza carnale».

L'imbarazzo gli fece abbassare di un tono la voce.

«Capisco», rispose il maresciallo, aspirando un'altra boccata di fumo e voltandosi verso la finestra. «Il medico legale, invece, asserisce che quanto hai notato sono ferite da impatto, il corpo è stato trascinato dalla corrente e quindi ha fatalmente sbattuto contro rocce o tronchi». Pareva che Giordano chiedesse lumi alla pioggia interminabile, lì fuori.

«Sissignore. Oggi effettuerà un secondo esame. Ieri la situazione in ospedale era un po' caotica, ma in linea di massima è dell'idea di confermare quanto già detto dall'assistente».

«Capisco», ripeté il maresciallo con lo stesso tono.

"Beato te! Io tutte queste certezze non le ho mai", pensò tra sé e sé il brigadiere.

Ilario Giordano non era un superiore difficile. Con i suoi cinquant'anni compiuti da poco, era una persona che la vita e la guerra avevano reso severo ma disponibile al dialogo. Credeva fermamente nel confronto con i propri sottoposti: diceva che vedere la stessa situazione sotto punti di vista differenti permette di avere una visione globale, fatta di dettagli che possono rivelarsi risolutivi. Si esponeva sempre in prima persona, non per protagonismo, ma per senso del dovere. Ciò nonostante, l'azzurro freddo degli occhi, e il profondo segno che gli attraversava la fronte quando qualcosa lo preoccupava, incutevano soggezione a chiunque gli si trovasse di fronte.

De Carli non faceva eccezione.

«Abbiamo qualche riscontro sull'identità?», riprese Giordano, tornando a guardare il brigadiere da sopra gli occhiali da lettura.

«Nossignore. Sto confrontando le denunce di scomparsa dei comuni che si affacciano su entrambe le rive del Piave, ma per ora non ho trovato alcuna segnalazione che corrisponda alla giovane donna. Oltretutto volevo il rapporto definitivo del medico legale, dovrebbe farcelo avere in serata, così da sapere con certezza come muoverci e, nel caso, cosa dire alla famiglia».

«Bene, procedi in questa direzione. Hai fatto un buon lavoro. Condivido le tue perplessità e apprezzo gli scrupoli che hai avuto. Tienimi informato su ogni singolo sviluppo e stasera, prima di ritirarti nel tuo alloggio, vieni a fare rapporto. Puoi andare».

«Sissignore».

De Carli scattò in piedi e portò la mano tesa alla fronte, girò sui tacchi e uscì. Un sorriso tradì l'emozione per il complimento ricevuto.

Giordano si rialzò, tornando alla finestra. Lasciò cadere la cenere oltre al davanzale. Aveva fumato senza troppa convinzione e quindi senza piacere. Il sigaro si era spento durante la chiacchierata con il suo sottoposto.

Tornò con lo sguardo alla foto che teneva sulla scrivania: accanto alla moglie, sorridevano le due figlie. Avevano vent'anni, all'incirca la stessa età della ragazza trovata sull'ansa del Piave. L'immagine che si era fatto del corpo martoriato della giovane, si sovrapponeva ai visi delle figlie, sfumandoli e rendendoli meno brillanti. Prese in mano il telefono.

«Ciao, sono io. No, niente, volevo solo sentirti. Giada ed Erica? Bene. No, tutto a posto. A stasera, ciao».

Statale del Santo – direzione Vas, 26 dicembre 2016

«Dai, non è stato poi tanto male il pranzo di ieri».

Lascia cadere la frase lì, come avesse detto: «Oh, ma tu guarda la nebbia». In realtà sento chiaramente il silenzioso e accurato lavoro dell'aracnide che tesse la sua ragnatela attorno a me.

Sono appena risalita in auto. Ancora ferme al distributore di benzina, cerco una salvietta umidificata per togliermi l'odore del carburante dalle mani. Finisce che mi passo i palmi sulle cosce, sfregandole contro i jeans strappati in alcuni punti strategici, mentre mia madre mi guarda storcendo il naso. Questo strano equilibrio nel nostro rapporto è uno dei motivi che mi fa amare così tanto il mio lavoro itinerante. Pare che lei e io riusciamo a capirci solo quando ci separa un numero considerevole di chilometri.

Ma non ho voglia di cadere nella domanda a trabocchetto, non ho voglia di arrampicarmi sugli specchi per preservare una sorta di armistizio tra noi, e non ho voglia di fingere una serenità che non mi appartiene. Dovrei essere stesa su un tappeto davanti a un caminetto, con il profumo del caffè e l'idea di una mattina da inventare. E invece sono qui. Ma settanta chilometri di ipocrisia sono troppi, anche per il mio concetto di pazienza.

«In effetti. Se consideriamo le solite trenta persone stipate in venti metri quadrati, Cip e Ciop a dir poco tarantolati, zia Ester che ha urlato tutto il tempo e non ultime le innumerevoli volte in cui mi è stato chiesto perché ancora nessuno mi abbia sposata, per poi muovere critiche al mio lavoro manco fossi una zingara, hai ragione: non è stato male».

Tac! Ecco fatto, bomba sganciata: fine della pace. Parlare prima di un'ora dal caffè del mattino dovrebbe essere vietato dalla Costituzione.

Mia madre si gira e mi guarda con quello sguardo che dice: "dove ho sbagliato?", poi torna a fissare davanti a sé. Raccoglie le spalle nel maglione color panna che le ho regalato, stringendosi un po' di più alla sciarpa in cachemire e seta che le ha regalato Chiara.

È ancora una bella donna, anche se a volte sembra disinteressarsene. Chiara e io abbiamo l'abitudine di regalarle capi di abbigliamento ricercati, lei il più delle volte dice che siamo pazze e che spendiamo troppi soldi, tanto lei non deve andare da nessuna parte a esibirli. Ci vuole tutto il tatto e la delicatezza di Chiara, per spiegarle che in realtà dovrebbe coccolarsi per sé stessa, più che per la gente che potrebbe vederla. Ma appartiene ancora alla generazione che conosceva il vestito buono, quello della domenica. Quindi usa per lo più le solite cose, ché le nuove se no si rovinano.

Mordicchia l'unghia del pollice.

«Avanti, spara».

La conosco fin troppo bene per non sapere che è lì, pronta come un cecchino con il colpo in canna.

«Cosa vuoi che ti dica, Cloe. Si vede che sono anni che vivi da sola. Hai pochissima pazienza con gli altri. E poi fraintendi le loro intenzioni e attenzioni: la tua famiglia vorrebbe vederti felice e non si spiega perché tu sia ancora sola. Anche se, con il carattere che ti ritrovi, non dovremmo certo avere troppi dubbi...».

«Ussignur, Madre! Ti ricordo che faccio la professoressa di storia dell'arte, il che significa che ho a che fare in media con una sessantina di ragazzi scalmanati e menefreghisti nelle classi del triennio. E non ho ucciso nessuno. Ancora. Questo dovrebbe dire molto sulla mia capacità di sopportazione. Ma se a chiedermi perché io sia ancora zitella è l'adorata cugina Francesca, non è affetto, credimi, bensì voglia di rompere i... spettegolare, ecco. E io non lo sopporto».

Ho usato un tono così acido che persino Pablo, dalla sua gabbietta in mezzo al sedile posteriore, si alza facendo capolino nello specchietto retrovisore.

«Quindi sei così nevrotica solo quando si tratta dei modi di fare della tua famiglia», mi risponde pacata.

«Probabile. Se non foste tutti sempre lì con la critica in tasca, magari...».

Sul parabrezza, telo da proiezione dei miei film mentali, scorre l'immagine di Francesca che batte l'unghia dell'indice contro il polso sinistro e fa schioccare la lingua, nell'intento di farmi capire che il mio orologio biologico sta battendo gli ultimi ritocchi, mentre suo marito le carezza con fare melenso il pancione di otto mesi *e due settimane*, come ha tenuto a sottolineare.

«E poi non è mica detto che una persona per essere felice debba necessariamente essere fidanzata o *bellachesposata*. Per non parlare del concetto di realizzazione della donna, che pare debba necessariamente passare attraverso l'utero. Anni di femminismo buttati alle ortiche. E comunque vivere da soli non è così male».

Mia madre sposta una ciocca di capelli dietro l'orecchio e guarda fuori dal finestrino.

«Non sono d'accordo. Dici così perché non hai ancora trovato la persona giusta. Io ero felice con tuo padre. Mi piaceva allungare la mano e ritrovarlo ogni mattina dall'altra parte del letto, o mescolargli lo zucchero del caffè. Adesso mi sono abituata a essere da sola, ma non significa che sia soddisfatta. Anzi. È semplice rassegnazione: molto diverso».

Papà si ammalò di leucemia quando avevo dieci anni, Chiara due in meno. Lottò per un anno e mezzo, prima di firmare la resa. Con il tempo, la sua presenza in casa è andata affievolendosi, ma solo in apparenza. Certo non ci sono più le sue camicie nell'armadio, o le riviste sul mare sopra il comodino, ma è rimasto il baricentro della nostra famiglia. Mia madre gli parla ancora, guardandolo in una delle poche foto in cui ride, sopra la credenza. Anche questa mattina, prima di uscire, l'ho vista osservarsi allo specchio mentre si sistemava la sciarpa e poi girarsi verso di lui chiedendogli: «Vado bene così?».

Da piccola, la domenica mattina li vedevo ridere tra loro complici in chissà quale discorso. Mia madre spesso faceva la pasta fatta in casa e lui rassettava casa. Poi magari trasmettevano alla radio una canzone di Gianni Morandi e lui le faceva posare il mestolo e, così com'era, con grembiule e farina sulle mani, la prendeva tra le braccia e ballavano intorno al tavolo.

Credo sia difficile, se non impossibile, eguagliare un esempio così.

Non ho argomenti con cui ribattere, così taccio e lascio fluire la nostalgia. È lei ad aprire uno spiraglio nel silenzio.

«Certo, non è che la fauna maschile al momento dia grandi soddisfazioni. Eh, che gente si vede in giro. L'altro giorno sono incappata in un talk show dove c'erano...».

«Ho conosciuto un uomo, ad Alba».

Non so nemmeno perché l'ho detto. O meglio, forse l'ansia di sentirmi raccontare per filo e per segno una puntata di quel programma dove uomini da una parte e donne dall'altra sbraitano scemenze ha superato quella di raccontarle di Sandro.

«O mio Dio! Stai scherzando? Oddio no, sei arrossita! Non stai scherzando! È vero! Un uomo! Frequenti un uomo! E come si chiama? Chi è? Come vi siete conosciuti?».

Gesticola così tanto che, a momenti, si sgancia pure la cintura di sicurezza. Pablo si è messo a sedere come la dea Bastet, per godersi al meglio la scena. Mi osserva con quell'espressione tipo: «Auguri».

«Si chiama Sandro, ha 44 anni».

«Sposato?»

«No».

«Fidanzato?»

«Nooo».

La guardo di sbieco. Ma che è, un interrogatorio? Tace qualche secondo guardando davanti a sé, per poi girarsi di scatto.

«Non capisco, che problema ha? Se ha quarantaquattro anni ed è single, sicuramente ha un problema».

«Ma perché se uno sopra i trentacinque anni è single ha problemi? Io ne ho tren...».

«Appunto».

Ma perché nessuno ha ancora brevettato una sparachiodi con alimentazione da 12V, da tenere in auto?

«Comunque andiamo avanti: quarantaquattrenne, single, non male come esordio. Non interromperti, dai, racconta».

Si è tolta gli occhiali da sole e mordicchia una stanghetta.

Ansia.

Palpabile ansia.

«Non è sposato o fidanzato o tanto meno legato a qualcuna dal sacro vincolo del mutuo. È divorziato, va bene? Da qualche anno. Niente figli. Va d'accordo con Pablo, il che è già una conquista. Anche lui ha una gatta: Harissa, che vive a casa dei suoi. È proprietario di un bed and breakfast a Grinzane Cavour: Da Lavinia».

«Harissa, che nome è Harissa? E chi è Lavinia?».

Calmati, Cloe. Cerca di ricordare le tecniche di respirazione, quelle del corso di yoga in cui ti ha trascinato la collega di scienze quando insegnavi a Spoleto: inspira pace e consapevolezza, trattieni, e poi espira l'istinto omicida.

«Lavinia era sua nonna, è stata lei a insegnargli a cucinare. E Harissa è il nome di una salsa piccante».

Mi sono innamorata del Lavinia, la prima volta che l'ho visto. È una vecchia casa ristrutturata ai piedi della collina, sovrastata dal castello del Conte Cavour. Era l'abitazione dei suoi nonni. Ci sono quattro camere, a ognuna ha dato il nome di un vino.

Sfruttando l'ampia cantina, ha potuto ricavare una cucina e una suggestiva sala ristorante. Durante le feste comandate vi organizza cene. Non può ospitare più di una decina di persone, ma le prenotazioni non mancano.

Sandro non ambisce a diventare ricco, gli basta vivere

facendo quello che gli riesce meglio e che gli permette di sentirsi in pace con sé stesso. Dopo il diploma all'alberghiero, aveva provato a vivere in città occupandosi di un ristorante piuttosto conosciuto, ma dopo qualche anno si era reso conto che quella vita non faceva per lui. Troppo stress, troppa frenesia, troppo abituato ai tempi scanditi dai vigneti delle Langhe.

Aveva risparmiato abbastanza per ristrutturare la casa dei nonni e così si era deciso a scommettere su sé stesso.

«Uh. Detto così sembra un buon partito. Ma di' un po', fisicamente: com'è?».

È quasi completamente girata verso di me, sembra seduta su un cuscino di spine.

«Fai paura così sull'attenti. Non lo eri nemmeno mentre mi interrogavi le sere prima della maturità. Comunque è alto, decisamente alto. Capelli e occhi castani. Ha la barba, ma non troppo lunga».

Cerco di capire quale strano essere si sia impossessato di mia madre. Prendo tempo sparando dettagli a caso, nella speranza di placare la sua morbosa curiosità. A un certo punto, in preda a una qualche sorta di rivelazione, mi interrompe poggiando una mano sopra la mia, dimenticata sul cambio.

«Ecco perché non mi parlavi più delle tue emicranie».

«Madre!».

Pablo sparisce dallo specchietto retrovisore.

«Cloe, te l'ho mai detto che quando mi chiami Madre mi viene voglia di sfilettarti come un branzino? E comunque andiamo, siamo donne adulte ormai, lo sappiamo entrambe come funzionano certe cose. Non fare la pudìca. E dì un po', come vi siete conosciuti?».

Ecco, e adesso che le dico? Come glielo spiego?

Non è certo nulla di scandaloso, mica l'ho incontrato in un locale per scambisti, ma Sandro e io ci siamo conosciuti su Facebook. Era amico di un amico, ci siamo intercettati in un paio di post e alla fine mi ha contattata. Abbiamo iniziato a chiacchierare, anche se sarebbe meglio usare il termine *chattare,* ma è una di quelle cose che mi fa venire l'orticaria. Contro ogni regola della perfetta seduttrice, fui io a chiedergli il numero di telefono: odio l'idea di passare il tempo a scrivere messaggini, quando una bella chiacchierata vecchia maniera è più pratica e soddisfacente.

Lui era alle prese con i lavori di ristrutturazione della locanda, io mi ero appena trasferita a Roma dopo l'anno scolastico a Spoleto. Ero completamente stordita dal cambiamento dei ritmi, hai presente? A Roma sembra che tutto sia dilatato e al contempo giri a una velocità maggiore di tutte le altre, e in più con una rete di amicizie da rifare. Lo sai, non è che io di amici ne abbia mai avuti tanti. Anzi. Non brillo certo per socievolezza.

Chiacchierare di sera, con il tempo era diventato una sorta di piacevole appuntamento. Non ho proprio un carattere semplice, non sono certo "farina per impastare ostie", come dice zia Ester.

In realtà sono perfettamente cosciente di avere un carattere di merda. Ma Sandro ha la capacità innata di disarmarmi ogni volta che, anche per un motivo banale, alzo i muri e chiudo il ponte levatoio, sguinzagliando i coccodrilli nel fossato.

È stato questo suo modo di essere ad aprire una breccia, a far sì che mi decidessi ad abbassare le difese. Non tutte e non completamente, perché tanta perfezione mi inquieta, ma per la prima volta in vita mia avevo la sensazione di trovarmi davanti a una persona che volesse davvero conoscermi e capirmi nonostante la nebulosa in cui mi nascondo.

«Su Facebook? Hai incontrato un uomo su Facebook? Ma nemmeno tua cugina Micaela che ha diciannove anni incontra ragazzi su Facebook».

«Oh, Madre! Non ti sto dicendo che l'ho incontrato in una casa di appuntamenti. L'ho incontrato attraverso un social, oggigiorno succede. Una volta avevo gli amici di penna, si chiamavano così, ti ricordi? Se lo usi come si deve, anche Facebook può essere meglio di quanto venga dipinto. Resta sempre un casino, ma si possono incontrare belle persone, magari con i tuoi stessi interessi, o affinità. E poi lo sai anche tu che io non sono così socievole. Per esempio non mi piace andare in palestra, e anche quando Chiara mi ci ha trascinato non ho fatto amicizia con nessuno. Meno che mai vado nei locali da sola, mi infastidisce. Ho pensato pure di iscrivermi a uno di quei siti d'incontri, anni fa. Mi sono sentita un'idiota. Sono… ero… zitella, mica disperata».

«Be', avresti fatto pure bene a darti dell'idiota, dico. Insomma, com'è? È carino».

Pablo rialza la testa: è di parte, lo si vede dall'espressione. Credo stia pensando al filetto di tonno che si è sbafato senza onore la sera del 23, in una cena natalizia fuori programma.

«Sì. Molto. È carino, e gentile, e premuroso, e pare aver capito come prendermi, cosa non proprio da tutti». Porto la mano sinistra alla faccia, come dovessi togliermi la tristezza dalle labbra.

«Mi sembri comunque perplessa».

Mia madre sa cogliere la più piccola sfumatura di tono che niente, nemmeno i RIS.

«È uno di quelli che fa le cose seriamente», dico.

E di nuovo mi chiedo perché mi escano frasi così.

«Meraviglioso! Dovresti essere entusiasta, perché fai quella faccia? Lo sai che non puoi mentirmi, tuo padre aveva la stessa espressione quando era preoccupato».

«E se poi sbaglio? Se fosse un altro errore? Se combino l'ennesimo disastro? Insomma, non siamo più due bambini e io fino a oggi non è che ne abbia azzeccate molte, in fatto di uomini, lo sai. Dopo la storia con Domenico e tutte le sue menzogne, mi ero detta: "Mai più". E ora ci sono nuovamente dentro con tutti gli anfibi».

Sposta lo sguardo da me alla strada. Sospira. Sembra rincorrere un pensiero, per poi trovarlo intrecciato alla fede che porta al dito e che non ha mai voluto togliere.

«Fammi indovino e ti farò ricco, si diceva una volta. Se non ti concedi di vivere questa storia, non puoi sapere se sia un errore o meno».

«Tu quando l'hai capito? Che papà era quello giusto, dico».

Sorride. Continua a far girare la fede al dito.

«Appena l'ho visto. Avevo quattordici anni e lui sedici. Bello come il sole, con quel ciuffo di capelli neri davanti al viso che dovevo mordermi le mani per non passarci le dita dentro. Però i tempi erano molto diversi, per cui ci si comportava da amici, io restavo sulle mie e non ho mai detto mezza parola di più. Era lui l'uomo, quindi a lui spettava il primo passo. Quando mi ha spedito una lettera in cui diceva che si era accorto di volermi bene, erano passati già tre anni. E il mio primo pensiero è stato: "Finalmente!"».

«Tre anni?».

L'avrò sentita cento volte e ancora non riesco a capacitarmene.

«Sì. E dalla lettera al primo bacio è pure passato qualche altro mese. Perché da Padova a Vas sono una settantina di chilometri, ma a quei tempi erano più difficili da percorrere. Doveva farsi prestare la macchina da tuo nonno e non sempre ci riusciva. Ma dentro di me sapevo di volere solo lui. Il resto non contava. Provaci Cloe: se Sandro è una persona che ti fa sentire bene, prova a vedere se funziona. E armati di pazienza, non fare come il tuo solito che di punto in bianco vedi tutto nero, e *ciao Nina*! E se poi proprio non dovesse andare, non sarà la fine del mondo».

Torna a infilare gli occhiali da sole, torna a guardare fuori dal finestrino.

La voce di Eric Clapton riempie l'abitacolo: «*I was a pilgrim for your love, a pilgrim for your love*...».

Vas, 26 dicembre 2016

Dopo un paio di ore eccoci al paesello, di cui non sentivo la benché minima mancanza. Ci sono non più di due o tre alberi di Natale illuminati. Uno è quello dell'albergo, giù in piazza. Per il resto, a parte i lampioni e la retroilluminazione dell'orologio del campanile, è buio pesto. Il sorcio che spaccio per auto ha fatto una fatica del demonio a risalire la strada, in parte ghiacciata, slittando e schivando muri per pochi centimetri. Parcheggio davanti a casa di Clotilde, proprio di fronte alla porta che, nello stesso istante, si apre facendoci sussultare. Esce Rita, nascosta da un giaccone pesante lungo fino a metà coscia, con un berretto di grossa lana in testa, le braccia aperte e un gran sorriso.

«Ben arrivate, avete fatto buon viaggio?».

Abbraccia prima mia madre e poi me. Profuma di legno e violetta.

«Oh, Cloe, al funerale non te l'ho detto, ma ti sei fatta proprio una bella donna, bene in carne!».

Un tonfo sordo alle mie spalle: la mia autostima, colpita a morte, giace esanime sull'asfalto congelato. Sorrido di buon grado.

«Ero venuta a controllare il fuoco. L'ho acceso stamattina, così da farvi trovare un po' di calore e togliere l'umidità, altrimenti stanotte battete i denti. Ma sei sicura che non volete restare da me? Fa freddo e l'aria sa di umido. Mi farebbe un gran piacere avervi in casa».

Rita e mia madre si conoscono fin da bambine, con i rispettivi matrimoni si erano perse di vista per qualche tempo, ma da quando anche lei è rimasta vedova hanno ripreso i fili della loro vecchia amicizia. Ciò nonostante, molto spesso mia madre pare non essere abituata a troppa confidenza, teme sempre di disturbarla o darle noia, e con mio rammarico rifiuta l'allettante proposta di una notte al caldo e senza fantasmi.

«Ma no, Rita, grazie. Non vogliamo disturbarti. E poi Cloe ha portato il gatto e non credo che Birba apprezzerebbe l'intrusione».

Ecco, Pablo, tutta colpa tua.

«A cena però siete mie ospiti, non accetto scuse. Così nel frattempo i muri si scaldano un po'. Vi lascio sistemare le vostre cose. Ah, ho già acceso anche lo scaldabagno dell'acqua calda. Vi aspetto tra un'oretta, va bene?».

Sparisce nel buio, un paio di case più in là.

La casa me la ricordavo più grande e con i soffitti più alti, non sono entrata nemmeno quando mamma ha dovuto scegliere i vestiti per il funerale. Non me la sentivo proprio. Forse ero io a essere più piccola. Prendo il trasportino con Pablo che miagola appena, perplesso.

La porta che dà sulla strada si apre sotto una tettoia, a sinistra c'è una sorta di casetta ripostiglio. Un tempo ospitava il frigo ghiacciaia, gli attrezzi di lavoro del nonno, o una brandina nel caso in cui ci fosse un ospite improvviso: ci dormì anche mio padre, prima del matrimonio. Poi il piccolo cortile, con un lavatoio in pietra e un rubinetto che perde da quando ho memoria: si intravede, nella poca luce, una stalattite di acqua ghiacciata che scintilla come una colata d'argento.

Dopo esserci guardate nel buio, ci decidiamo a entrare: la porta si apre su un corridoio cieco.

La stanza a destra è la cucina. La luce si accende su un tavolo da sei al centro, una credenza contro la parete, un piccolo divano sotto una delle due finestre, una cucina economica proprio di fronte.

Quando ero piccola ed entravo qui, sul divano c'era sempre seduto il nonno. Ci aspettava intento a rollare una delle sue sigarette con il tabacco trinciato. Se chiudo gli occhi posso sentirne ancora l'odore.

A sinistra c'è lo spazzacucina: una sorta di ripostiglio ricavato nel sottoscala, con un lavello in pietra dove si lavano e ripongono piatti e pentole. C'è odore di muffa. Pablo ha smesso di miagolare e aspetta di capire quali saranno le prossime mosse.

Il corridoio muore a ridosso della scala che porta al primo piano. I gradini di pietra e legno sono ripidi e di diverse altezze. Dopo una prima rampa, a sinistra c'è il bagno: l'hanno costruito Elia e Beppe una quarantina d'anni fa. Quando mia madre era piccola, il bagno era ricavato nel piccolo cortile sul retro della casa.

Nello stesso pianerottolo, di fronte, un armadio a tre ante con dei cassetti alla base e poco più in là la porta della camera dei nonni, con un arredamento a dir poco essenziale. Un'altra mezza rampa e una porta di ferro conduce all'orto e al vecchio pollaio.

In cima la soffitta. I pavimenti sono assi di legno, lunghe un paio di metri, che si lamentano a ogni passo, come se si dovessero spezzare da un momento all'altro. Dalle due finestre in fondo alla stanza, speculari a quelle della cucina, l'orologio illuminato del campanile fa concorrenza alla luna.

Suona a tocchi ogni mezz'ora. Il campanile, dico, non la luna.

I letti gemelli di un tempo, in cui ho dormito anch'io, non ci sono più. Al loro posto una catasta di non so cosa, coperta da un lenzuolo. Di fronte solo un vecchio armadio dalle ante scardinate e un baule.

Da piccole, quando io e Chiara passavamo l'estate a Vas, il mio era il letto più vicino alla finestra. Appeso alla testiera, lo zio Elia aveva lasciato il suo cappello da alpino. Era difficile abituarsi a dormire qui: di notte si sentivano i cigolii del legno e quel suono angosciante delle termiti che banchettavano all'interno delle travi. «Il legno è vivo», diceva il nonno.

Per me lo era fin troppo. Finivo per addormentarmi con la testa sotto al cuscino, temendo che qualcuno di quegli insetti rosicchianti mi piovesse in testa e finisse per entrarmi nel naso o nelle orecchie, terminando il suo viaggio pasteggiando col cervello.

Non mi sento affatto meglio all'idea di dormire qui. In più, da quando siamo partite, ho di nuovo il senso di oppressione sullo sterno.

«Sicura di non voler dormire da Rita?», chiedo smarrita, con la voce più alta di un paio di toni.

«Ma sì, dai, staremo benissimo», risponde dal piano di sotto, calcando la mano sulla doppia s.

«Pablo, tu dormirai in cucina. Qui ci sono troppi posti dove puoi nasconderti e a me viene l'angoscia solo a pensare cosa potrebbe appiccicarsi al tuo pelo. Ma vedrai, ti piacerà: è l'unica stanza con la stufa».

La mia chiappa sinistra vibra.

Messaggio WhatsApp di Sandro: "Arrivate a destinazione? Tutto bene? Sai, qui nevica da stamattina, le vigne sono uno spettacolo, gli ospiti tutti fuori ed è il momento ideale per uno dei miei Irish coffee".

"Alle volte sei più crudele di me, lo sai vero?", rispondo.

Ed è subito nostalgia della mansarda, del divano col telo indiano, di Sandro che ai fornelli intinge un dito in una pentola, e poi assaggia.

Mi manca casa mia, mi manca sentirmi al sicuro.

Tocca rassegnarsi all'inevitabile.

Scendo. Prima di portare Pablo in cucina, recupero il borsone che ho lasciato davanti al bagno per appoggiarlo nella stanza matrimoniale. Rita ha già preparato il letto e l'aria fredda sa di violetta.

In casa di Rita, invece, si respira un buon profumo di minestrone.

«Ho pensato che a Natale si mangia così tanto... Meglio qualcosa di leggero. Ho sbagliato? Se volete posso mettere su qualcos'altro».

«Il minestrone va benissimo», replichiamo in coro.

Rita, senza giaccone, è decisamente più magra di un'ora fa. Ha i capelli castani corti, non un taglio alla moda, ma pratico. Come i suoi gesti, come il suo essere diretta.

Rita, mi ha sempre raccontato mia madre, non usa mezze parole, va dritta al sodo e non le manda a dire. Abituata fin da giovane ad affrontare i problemi come un ariete: a testa bassa. Come le donne che sono rimaste sole e devono imparare a cavarsela in un paesino di montagna.

Birba, la sua cagnolina, mi segue passo passo annusando la presenza di Pablo dai jeans. Mi siedo a terra per accarezzarla e lei mi rifila una slinguazzata dal mento alla fronte.

«Le piaci», dice Rita, apparecchiando la tavola.

«Così, a crudo? Senza nemmeno un po' di salsa barbecue?».

Le due amiche si aggiornano sulle ultime novità.

Mi avvicino alla stufa a legna, tendendo le mani verso il calore. Intorno alla canna fumaria, nel ripiano d'appoggio in ferro, una pagnotta di pane bianco. A mano a mano che si scalda, il profumo fragrante si sposa con quello delle verdure. Tutto intorno, sulle mensole, piccole bomboniere, tante foto di famiglia e una collezione di orchidee. Rita ha una vera passione per le piante e il suo amore è ricambiato ogni anno da numerose, bellissime fioriture. Anche ora, benché sia inverno, molte sfoggiano fiori cangianti. Le indico con il dito e il viso stupito. Rita fa il gesto di pavoneggiarsi, soffiandosi sulle unghie e poi sfregandole contro il maglione verde bottiglia, facendomi l'occhiolino.

«Come avete trovato la casa?»

«Vuota», risponde malinconica mia madre.

«Lo era già da tempo», risponde Rita, confermando il dono della sintesi.

Al momento della dipartita, Clotilde era ricoverata da mesi. Tutto era iniziato con un raffreddore divenuto polmonite, l'età aveva fatto il resto.

«E tu? Hai passato bene il Natale?», le chiede mia madre, sistemando i tovaglioli.

«Sì, a pranzo con entrambi i ragazzi e i nipotini. Ma lo sai quanto me, in questi giorni la mancanza pesa più del solito».

Osservo le foto dei nipotini su una mensola, vicino all'ingresso. Riconosco i suoi figli, con cui qualche volta ho giocato da piccola. La nebbia in cui ho celato gran parte dei ricordi della mia infanzia, a tratti sembra sollevarsi.

«Non ci si abitua mai», taglia corto mia madre.

L'atmosfera diventa densa, la pressione allo sterno aumenta. E a me non viene nessuna cazzata da dire, per stemperare. Perdo colpi.

Ci sediamo a tavola, il minestrone caldo rincuora e rasserena tutte e tre.

«Ma ditemi, ragazze, cosa pensate di fare domani?».

Alzo la testa dal piatto, guardo mia madre, ma resto zitta. Avrei giusto un paio di idee: tipo tagliare la corda all'alba, tornare da Sandro e raggiungere finalmente Bardonecchia.

«Mah, dovremmo iniziare a fare ordine in casa, perché?»

«Allora potete rimandare il tutto al primo pomeriggio, no? Tanto, che fretta c'è? Pranzate qui, ovviamente, e poi posso venire a darvi una mano. Ma domani mattina abbiamo un appuntamento!».

Rita pare aver ritrovato l'entusiasmo perso poco prima. Si drizza sulla sedia, compiaciuta della sua capacità di creare suspense.

Mia madre e io ci guardiamo con la faccia a punto interrogativo.

«Domani mattina, nove e mezzo: appuntamento al cimitero. E mi raccomando, puntuali».

Mi si ferma il cucchiaio a mezz'aria. Non sono così convinta di aver capito bene.

«Wow! Ma solo noi, o per l'occasione è prevista anche la rimpatriata della Famiglia Addams?».

Mia madre mi frusta col tovagliolo, Rita ride.

«Devi sapere, Cloe, che noi *vedove* ormai abbiamo questo soprannome in paese, per ovvi motivi. Ogni martedì e giovedì andiamo al cimitero per pulire e dare acqua ai fiori. L'ultimo custode è andato in pensione due anni fa e da allora ci preoccupiamo di tenere in ordine. Poi, per premiarci del lavoro fatto, ci fermiamo alla locanda a bere l'aperitivo, spettegolando come si usa in un paesello come il nostro. Visto che siete qui non potete certo mancare!».

«Ma certo che no», mi trovo a esclamare con un entusiasmo che potrebbe sembrare falso, ma se l'alternativa a rovistare tra ragnatele, ricordi di famiglia e nella biancheria della vecchia megera è girare tra le tombe, ben venga l'appuntamento al cimitero e, soprattutto, la promessa di una dose di alcool subito dopo.

Mia madre mi osserva. È poco convinta del mio entusiasmo, ma per questa volta si adegua.

«Be', visto che a Cloe non dispiace, ci saremo», sentenzia.

Mi sveglio di soprassalto. Non capisco subito dove sono, impiego qualche istante a mettere a fuoco una stanza che non è la mia. La maglia del pigiama è incollata per il sudore, ma al contempo tremo per il freddo. Tutto intorno tace, a parte il respiro lento di mia madre che non si è accorta di nulla. Oltre lo scuro rimasto aperto, la silhouette del campanile, ma senza occhiali mi è impossibile leggere l'ora. Cerco lo smartphone in carica sul comodino: sono le tre.

Un incubo.

E sì che non ho mangiato nulla di particolare, a parte il minestrone. Deve essere questa casa, i ricordi che evoca, cos'altro? Ho le mani che tremano.

Era tutto così dannatamente reale. Il freddo, la pioggia, il dolore.

Ho bisogno di bere. E magari di stringere un po' Pablo: qualche minuto con lui dovrebbe riuscire a rasserenarmi.

Scendo piano dal letto, cercando di non far rumore, ma ogni singolo passo fa pigolare una tavola di legno.

«Tutto bene?».

L'istinto materno prevale sul sonno.

«Sì, mamma, ho solo sete, dormi».

Mugugna qualcosa in risposta ed è già altrove.

Scendo le scale, entro in cucina. Qui fa un po' più caldo e Pablo arriva a strisciarsi contro le mie gambe. Anche tu mi sei mancato, bandito. Lo prendo in braccio e avvolgo entrambi nella coperta che gli ho lasciato sul divano. Si appallottola tra le mie gambe, fa le fusa e mi impasta la cellulite con le zampe, come fosse pane.

Mi sento già meglio. Fusa di gatto battono ansiolitico uno a zero.

«Oh, Pablito, mi ci vorrebbe qualcosa di più fortino della camomilla, sai? Possibile che ogni volta che vengo qui mi senta come un'alcolista in crisi d'astinenza?».

E mentre stropiccio le orecchie al mio compagno di vita, ripercorro le poche immagini dell'incubo che riesco a ricordare.

Sto correndo lungo la strada che porta fuori dal paese, sulla sponda destra del Piave. Piove a dirotto. Mi fa male la milza per lo sforzo e mi brucia la faccia, come se avessi ricevuto un ceffone violento. La saliva sa di ferro e sangue, la testa è un dolore continuo. Ma non mi fermo, chiudo gli occhi e provo a correre più forte. Arrivo al fiume e prendo fiato. L'acqua è di un colore marrone scuro minaccioso. La pioggia ci va a morire dentro e la corrente, in alcuni tratti più forte, crea dei vortici che spariscono nel buio dell'anomala profondità.

Ho freddo, ho paura. I polmoni bruciano per la corsa. Mi sento stanca. Tanto stanca. Ferma sulla sponda del fiume in piena, mi accorgo che l'acqua si fa sempre più vicina, ma le gambe pesanti mi impediscono di scappare.

A svegliarmi è stato uno scatto elettrico dei nervi, uno di quelli che mi svegliano al momento giusto quando sogno di precipitare.

Pablo ha smesso di impastarmi le gambe e si è spostato accanto a me. Dovrei ravvivare il fuoco, così posso restare qui ancora un po'. A terra, tra le due finestre, il vecchio baule bianco: quando ero piccola era lì che si teneva la legna, chissà se è ancora così.

Infatti.

Non è cambiato niente. Anche gli odori sono gli stessi, di legno e resina bruciati. I rumori della casa, del paese fuori, i cani che abbaiano a intermittenza e che sembrano chiamarsi tra loro. Il rintocco del campanile.

È passata una vita e qui è tutto uguale.

Anche il mio malessere.

Valdobbiadene, 24 novembre 1956

De Carli raggiunse l'ufficio del maresciallo, a passo lesto e fiato corto. Le mani gli tremavano mentre bussava: sentiva di essere a una svolta, in quella che risultava essere a tutti gli effetti la sua prima, vera indagine.

«Avanti!».

La risposta oltre la porta non si fece attendere.

«Novità importanti, maresciallo», disse il brigadiere sull'attenti.

«Dimmi, De Carli».

Giordano abbassò sul naso gli occhiali da lettura e indicò la sedia davanti alla scrivania.

«Ci è appena stato consegnato il rapporto definitivo del medico legale sulla ragazza rinvenuta nel Piave. Conferma di non aver riscontrato segni di violenza. E indica come causa della morte: annegamento. Date le circostanze, con ogni probabilità un suicidio o un incidente».

«Bene, se così si può dire. Che altro?».

Giordano fece una smorfia e finse di ignorare la foto di famiglia alla sua sinistra. De Carli respirò a fondo.

«Privitera, questa mattina, ha raccolto una denuncia di scomparsa. La descrizione corrisponde. Benché la foto che ha portato il familiare sia dell'anno scorso, direi che ci siamo. Trattasi di Virginia Pinto, anni venti, residente a Vas in via Giuseppe Garibaldi, al civico 8. Scomparsa il 19 novembre».

«Il 19 novembre? Una ragazza di vent'anni e hanno aspettato cinque giorni per denunciarne la scomparsa?».

Il maresciallo non fece nulla per nascondere il suo disappunto. Il brigadiere era nuovamente imbarazzato, quasi si sentisse in colpa lui stesso per questa mancanza.

«Sissignore. A sporgere denuncia stamattina è stato il cognato, tale Sebastiano Verri, marito della sorella della vittima. Diceva che all'inizio non si erano preoccupati, pensavano fosse andata dai parenti su al Carpen. Né loro, né questi parenti hanno il telefono, quindi non hanno potuto verificarlo nell'immediato, ma diceva anche che pare fosse solita allontanarsi senza avvisare e che questo negli ultimi mesi ha creato non pochi problemi in famiglia. Poi, però, non avendo notizie, ieri si è recato a controllare. E non trovandola al Carpen ha sospettato potesse esserle successo qualcosa».

«"Potesse", certo».

Giordano si alzò e riaprì la finestra, ripetendo il rituale del sigaro.

«Maresciallo, stamattina Privitera non ha detto nulla al signor Verri, temeva di commettere un errore e ha preferito aspettare che rientrassi dal giro in pattuglia, così da fare insieme il riscontro delle foto. Se lei è d'accordo, andrei subito a informarli».

Ilario Giordano puntò lo sguardo oltre i vetri, verso le colline coperte dalle vigne. Dal giorno del ritrovamento della ragazza, un segnale d'allarme aveva preso a tintinnare nella sua testa, come la campanella della stazione all'arrivo del treno. Quando De Carli gli aveva finalmente riferito le generalità, il tintinnio si era fatto più intenso e martellante, fino a fargli fischiare l'orecchio destro.

«Vas ci dà da pensare, negli ultimi mesi».

Bastò questa frase per mettere in allarme il brigadiere. Fu subito chiaro che qualcosa gli fosse sfuggito. Deglutì, raddrizzandosi sulla sedia e cercando di ricapitolare velocemente tutte le informazioni nella testa, quanto aveva scritto nel rapporto, quanto riferito da Privitera, ma non riusciva a identificare quale fosse il tassello mancante.

Eppure quella frase, apparentemente buttata lì, lo fece sudare freddo. Qualcosa era passato inosservato agli occhi della sua inesperienza.

Giordano rimise gli occhiali sul naso e prese la prima cartellina verde oliva della pila, appoggiata sul lato sinistro della scrivania. Sulla copertina, scritto col pennarello nero in stampatello: OMICIDIO GINA PEZZE – 6 LUGLIO 1956 – VAS.

La faccia di De Carli cambiò colore, come se il sangue fosse improvvisamente precipitato scrosciando ai suoi piedi.

"Ma porca puttana...", pensò tra sé e sé: sarebbe dovuto arrivarci.

Brutta storia, quella.

Cose che si leggono sui giornali nazionali, i piccoli paesi di provincia dovrebbero essere immuni a tali scabrosità. Del resto ci si conosce tutti, come si fa a pensare che un orrore nasca nella casa del vicino? Fin dal ritrovamento del cadavere, ogni energia e ogni risorsa della caserma erano state impiegate per la risoluzione del caso.

Il giudice istruttore faceva pressioni. E anche se

la stampa aveva, per così dire, mollato l'osso, non si asteneva dal far uscire qualche articolo di tanto in tanto, chiedendosi che cosa stessero facendo le forze dell'ordine.

Sapeva che il fascicolo era sempre il primo per gravità sulla scrivania del maresciallo, ma la sua mente era stata incapace di creare un possibile collegamento tra le due morti.

«Eccola: Virginia Pinto. È stata interrogata, insieme ad altri paesani di Gina Pezze, il giorno del ritrovamento del cadavere. Si conoscevano, ma non avevano particolari legami. Affermava di non aver saputo nulla dell'accaduto fino al nostro arrivo. Raccolsi io stesso la testimonianza e ricordo che non mi convinse del tutto. Continuava a contorcersi le mani, mentre la sorella maggiore le stringeva la spalla. Magari non c'è nessun collegamento, ma voglio controllare. Tu che dici?».

Giordano fissò il brigadiere da sopra la montatura argentata.

Non sembrava particolarmente deluso, o almeno così sperava il pallido De Carli.

«Sono d'accordo con lei, maresciallo».

I piedi gli dolevano come se le scarpe gli si fossero riempite di puntine da disegno.

«Respira De Carli, respira. Andiamo dalla famiglia».

Il brigadiere scattò sull'attenti e si fece da parte, cedendo il passo al superiore.

Vas, 27 dicembre 2016

La strada che porta al cimitero inizia tra l'albergo e il municipio. È dritta, non troppo lunga e termina con una discesa. Sullo sfondo, il Piave scorre placido e un po' annoiato. Le piogge costanti, ma non intense di questi giorni, non hanno disturbato il ritmo del suo sonno. A dirla così, sembra quasi romantico.

Realizzo che questa è stata la prima strada su cui ho guidato un'auto.

Avrò avuto sì e no quattro anni, e la macchina era la Fiat 128 Sport. Mio padre mi aveva fatto sedere sulle sue ginocchia, con la scusa di abbracciarmi teneva le mani sul volante poco sotto le mie. Io ero convinta di guidare, ogni tanto salutavo i pedoni con un gesto plateale della mano. Era il tempo in cui vivevo nella convinzione che il mio papà sarebbe stato accanto a me per sempre e niente e nessuno avrebbero potuto farmi del male. In quel momento, nessun segno lasciava presagire che da lì a pochi anni tutte le mie certezze sarebbero crollate sotto il peso della malattia, costringendomi a fare i conti con la sua assenza.

Mi scrollo il pensiero di dosso, alzando la faccia verso una parvenza di sole pallido. Il collo ci mette nulla a ricordarmi che stanotte non sono tornata a dormire nel letto: mia madre mi ha trovata appallottolata sul divano con Pablo, ancora acciambellato tra le gambe e la coperta rigirata sulle spalle, tipo i capi indiani che disegnano i bambini. Mi ci sono voluti due caffè prima di accantonare, per qualche ora e con poca convinzione, la voglia di uccidere qualcuno.

Provo a massaggiarmi e di nuovo sposto la testa, prima da un lato e poi dall'altro.

«Dovresti ricordarti che nemmeno tu hai più vent'anni. Tesoro, non puoi dormire seduta sul divano e sperare di non sembrare un catorcio il giorno dopo».

«Grazie, Madre».

«Dio quanto odio quando mi chiami così. Ma il buon vecchio *mamma* è passato di moda? A ogni modo, lo dico per il tuo bene: sei più bianca del solito. E credimi, non pensavo fosse possibile. Dovresti truccarti un po', perché non chiedi a Chiara di insegnarti? È sempre tanto bella ed elegante, lei».

Buona, Cloe. Inspira pace e serenità. Espira il desiderio di seminare testate alla Zinédine Zidane.

Dai campi si è levata la nebbia e le nubi, passando davanti al sole, creano un gioco di luci e ombre grigie. Anche il meteo si allinea perfettamente al mio umore.

«Sono in tinta con il paesaggio», dico a voce alta, più che altro a me stessa, dato che mia madre ha già raggiunto le amiche. Il gruppetto delle vedove è già all'opera. La pioggia e il vento di questi giorni hanno lasciato vasi rovesciati e fiori secchi, sparsi un po' ovunque.

Un bel giro al cimitero di prima mattina, ecco quello che ci vuole per rinfrancare corpo e spirito.

Le amiche di Rita si presentano al volo e mi salutano con un cenno della mano, prima di tornare ai loro compiti. Teresa sta oliando i cardini del grande cancello in ferro battuto, Rita e Milena spazzano davanti ai loculi con scope di saggina, Maria e Pina sistemano vasi e fiori.

Mi spiegano che gran parte dei defunti non ha più nessuno che passi a rendere loro omaggio, così sono loro che comprano crisantemi o margherite, a seconda della stagione, al mercato di Valdobbiadene. Ogni tanto si fermano per raccontarsi qualcosa di quello che hanno visto in televisione la sera prima, poi si rimettono a lavorare, qualcuna canticchia.

Guardandole sorrido.

Mi sembra una realtà così estranea alla mia vita: ho la sensazione di osservarle da dietro un vetro. Eppure riescono a trasmettermi serenità.

Affondo le mani nelle tasche.

Ho freddo. Per quanto l'itinerario non sia dei migliori, spero che camminare tra le tombe aiuti a scaldarmi. Infilo uno degli auricolari e dalla playlist dello smartphone arrivano le note di un pianoforte: un brano di Bach diretto e interpretato da Ezio Bosso. È l'album che mi ha regalato Sandro per Natale.

A quest'ora potrei essere con lui davanti al caminetto acceso della sua locanda, con una tazza di crema gianduia fumante tra le mani. Guardarlo mentre parla con i clienti, sorride e stringe gli occhi in quel modo tutto suo, dando indicazioni su come arrivare a Santo Stefano Belbo o suggerendo il piatto del giorno. Con quel maglione bianco a collo alto da marinaio che adoro. E i jeans chiari che gli fasciano il sedere come un guanto. Il trolley sarebbe in un angolo, già pronto, con il minimo indispensabile per Bardonecchia. Tanto nessuno dei due scia. E poi chi se lo sognerebbe di uscire di casa se non per la spesa?

Se ci penso mi viene da dare due testate al basamento di pietra della grande croce di ferro che troneggia sul lato vecchio del camposanto.

Rita mi raggiunge con un sorriso e la scopa in mano.

«Dormito male?», mi chiede.

Metto in pausa Debussy e le sorrido.

«Mah… un po'».

«L'avevo detto che era meglio dormiste da me. Sarà stato freddo».

Mi fa una carezza appena accennata.

«Non più di tanto, Rita, grazie. È stato… Boh, credo l'atmosfera. Qui non ho mai dormito troppo bene. Non mi sono mai abituata ai rumori, al campanile, alle termiti del legno. Quello a cui sono abituata è avere Pablo addosso, e mi mancava. Così sono scesa in cucina e alla fine mi sono addormentata sul vecchio divano del nonno».

Ride, appoggiandomi una mano sulla spalla.

«Come ti capisco, cara. Da quando ho adottato Birba anch'io dormo meglio. Dicono siano solo bestie, ma la realtà è che ti cambiano la vita. Tu li porti a casa pensando di fare del bene a loro e invece sono loro a salvare te. Senti, ma dimmi un po', come mai l'hai chiamato Pablo? È un nome strano per un gatto».

«"Mi dicevano Pablo perché suonavo la chitarra…", è l'inizio di un romanzo di uno scrittore piemontese che amo molto.

Ti spiego: una mattina di metà settembre, un mio collega, professore di musica, arriva a scuola con questa pallina di pelo. Se l'era ritrovato sopra il cofano dell'auto e non aveva avuto il coraggio di lasciarlo lì. La moglie, però, era allergica e aveva posto il veto all'adozione. Arrivato a scuola, me l'ha piazzato tra le mani chiedendomi aiuto e io non ho resistito: aveva un musino così adorabile. Così ho deciso di tenerlo. Avendo due ore di lezione senza pausa, lo abbiamo lasciato chiuso a chiave in sala musica, sperando non facesse troppi danni. Quando siamo tornati a prenderlo, si era infilato dentro la cassa armonica di una chitarra classica. Non abbiamo capito come avesse fatto: il mio collega ha dovuto togliere tutte le corde per farlo uscire da lì. Alla fine l'abbiamo chiamato Pablo».

Rita ride ancora, scuotendo la testa.

«Gatti! Ma per il resto come stai? Mi ha detto Elvira che l'anno scorso eri a Roma, adesso sei vicino a Cuneo, mi pare. Il nome del paese me l'ha anche detto, ma non lo ricordo. Non sei stanca di fare la zingara?»

«Al momento non ho grandi alternative. O forse non ho troppa voglia di pensarci, ma tutto sommato mi piace, sai? Ho girato quasi tutta l'Italia, mi mancano solo le Isole. È bello, perché di ogni posto conosco le usanze e il cibo, cosa che non disprezzo affatto come hai notato. E poi è bello conoscere persone diverse con diverse mentalità. Più mi sposto e più divento curiosa di conoscerle tutte. Certo, legare con gli studenti non è facile. Non mi fermo mai due anni di seguito nello stesso istituto e questo non mi dà il tempo per stabilire un vero rapporto. Però, anche in questo caso, si tratta di studiare una giusta strategia, a seconda di chi mi trovo davanti. E per ora in qualche modo me la cavo».

«Ah, con i ragazzi di oggi poi, non deve essere facile. Si leggono di quelle cose».

«Mah, non credere. I ragazzi sono capaci di stupirti se gliene dai la possibilità. Oddio, non è facile, più di una volta ho pensato seriamente di lasciar perdere e fare altro. Ma poi mi torna in mente il mio professore di inglese al liceo. Aveva i capelli lunghi e ricci, il chiodo in pelle nera e un orecchino pendente all'orecchio. Non ti dico i discorsi: in classe eravamo tutte ragazze e lui emanava testosterone a ogni gesto. Le mie compagne, al cambio dell'ora, si rifacevano il trucco. Io, che al tempo ero nelle prime posizioni della categoria "anonime sfigate", mi limitavo a desiderarlo dalla terza fila. Ti garantisco che Heathcliff, o le poesie di John Donne spiegate da lui, erano qualcosa di assolutamente divino. Aveva la capacità di calamitare la nostra attenzione fin dalle prime parole. Era in grado di portare la letteratura del secolo precedente nella tua vita con una tale maestria, che potevi sentirtela addosso, viverla come facesse davvero parte di te. L'ho amato silenziosamente per tutto il triennio. E per me, *Cime tempestose* continua a essere il suo libro».

Rita ascolta con attenzione, e io mi lascio trasportare dai ricordi.

«Non so chi sia questo Heathcliff, ma hai reso bene l'idea. Però non ho capito cosa c'entra con te».

«Mi hai chiesto se non sono stanca del lavoro che faccio o di girare come una zingara, appunto. Be' quando mi scoraggio io penso al mio prof e provo a dare ai miei studenti quello che ho ricevuto. E allora la stanchezza mi passa... Ma pare ti stia facendo lezione, vero? Scusami, alle volte mi lascio prendere dall'enfasi e divento logorroica...».

«Ma no, è così tanto che non ci vediamo, ascoltarti mi fa piacere...».

«Che confabulate voi due?».

Mia madre ci raggiunge con un sorriso, Rita la ripaga con la stessa moneta.

«Sto facendo la curiosa con tua figlia. Sotto questi occhiali scuri, l'è sempre la tosetta che era da piccola, sai».

«Lo so, l'ho cresciuta io», risponde con eccessiva soddisfazione, «ma adesso lasciamela, già che siamo qui le voglio mostrare un paio di cose».

«Non vedo l'ora!», esclamo rivolgendomi a Rita, che mi guarda e trattiene la risata.

Raccolgo ciò che resta nella mia mente dell'immagine di Sandro e del suo fondoschiena, tanto per farmi coraggio, e mi avvio a braccetto di mia madre tra le lapidi.

Lasciamo la parte più vecchia del cimitero. Butto un occhio in direzione della tomba di Clotilde e allontanarci mi sembra una buona cosa.

Camminiamo lente verso l'ossario. Mia madre mi mostra i piccoli loculi dei bisnonni: di Carmela ho un'ombra di ricordo che profuma di vigna, ma è l'immagine sfocata di una figura vestita di nero e di foglie di vite e di grappoli di uva bianca più grandi delle mie mani.

«Quando eri piccola, siamo andati ad aiutarla con la vendemmia, forse Chiara aveva uno o due anni. Poi è mancata e non ci siamo più tornati. Qui invece ci sono le tue prozie. C'è pure la Nina, quella che ti faceva sempre piangere di paura».

«Perché?».

Provo a ricordare, ma non mi viene in mente nulla. Il tentativo di accantonare nel profondo tutto ciò che fosse collegabile alla Ilde, a quanto pare ha funzionato molto bene. Mi scopro ad avere pochissimi ricordi. Ecco perché il sogno della notte passata mi suona ancora più stonato.

«Ogni volta che andavi a trovarla ti raccontava storie di bambini che erano morti perché si dimenticavano di respirare. E tu tornavi a casa terrorizzata: ci mettevo ore a spiegarti che non avresti mai potuto dimenticartene».

«E poi ti stupisci del fatto che mi vesto di nero, campando di pessimismo cosmico e vittoriano cinismo».

«Ma non lo faceva con cattiveria. Sono persone nate e cresciute in un paese piccolo, circondato dai monti. Nessuna istruzione e tanto lavoro da portare avanti. Persino io dovevo aiutare tuo nonno nei campi, prima di andare a scuola la mattina. Figurati chi è nato durante la guerra: mangiavano patate e superstizione. Guarda, eccolo qui il nonno».

«Lui me lo ricordo meglio. Non tantissimo, qualche immagine, ma le poche foto che ho mi aiutano a non dimenticarlo. E quella lapide lì? C'è scritto solo V. P. 1936 – 1956. Fa parte anche quella della nostra famiglia?»

«Il loculo di mia zia Virginia».

«Avevi una zia di nome Virginia? Non me ne hai mai parlato. Ma perché niente foto, né nome?»

«Non te ne ho mai parlato perché non c'è mai stata occasione. Come vedi è morta che ero molto piccola, nemmeno io l'ho conosciuta bene, sebbene abitasse con noi. Non potrei nemmeno dire di ricordarne il viso. Pare sia morta suicida ed è già tanto che l'abbiano messa a riposare in terra consacrata. A quei tempi erano più severi di oggi. Il prete ha fatto un'eccezione perché gliel'ha chiesto tua nonna. E lo sai, non è che a lei fosse facile dire di no. Ma per quel che mi hanno raccontato, non le hanno nemmeno fatto un vero e proprio funerale. Forse una breve cerimonia, alle sei del mattino: era l'ora della vergogna, la stessa di quando si sposavano le donne incinte. Per questo non hanno messo il nome per esteso, ma solo le iniziali».

«Aveva vent'anni... sai perché si sia tolta la vita?»

«Non ne ho idea. Te l'ho detto, ero piccola. A quell'epoca passavo la maggior parte del tempo dalla nonna Carmela, su al Carpen: era rimasta vedova e aveva bisogno di una mano in campagna. Quando mi hanno fatta rientrare a casa, l'avevano già seppellita e tua nonna aveva fatto sparire le sue cose. Non rimase nulla, nemmeno una foto. Provai a chiedere di lei, ma per tutta risposta Clotilde mi diede una sberla, dicendo di non nominargliela più. A quei tempi si era grandi per lavorare, ma non per certi discorsi. Solo qualche anno dopo, tuo nonno Bastian mi ha raccontato qualcosa, ma molto poco, e di nascosto, mentre andavamo a raccogliere la legna. Così, su due piedi, non saprei che dirti...».

«E allora? Venite con noi a prendere l'aperitivo o restate qui con i morti? Avanti, voi due, spicciatevi».

Il gruppetto de le Vedove è già davanti al cancello e guarda verso di noi. Hanno finito di sistemare, lasciando gli attrezzi nel piccolo armadio accanto all'ossario.

Sono belle, viste da qui. Avvolte nelle sciarpe colorate, fatte ai ferri nelle sere d'inverno davanti alla televisione: ognuna con una sfumatura diversa, ma tutte molto simili tra loro. Penso che se non fossero davanti al cancello di un camposanto, verrebbe voglia di fotografarle.

Ripercorro la strada di prima. Che cosa può passare per la testa di una ragazza di vent'anni, perché si tolga la vita? Penso alle mie alunne. Mentalmente scorro i loro visi, in sequenza tra i banchi, e mi soffermo su Elisa, terza fila vicino alla finestra. Silenziosa e timida, la scopro spesso con gli occhi persi oltre il vetro. Lo facevo anch'io, prima di ricacciare il naso tra le pagine del diario e scrivere sconclusionati pensieri a cui davo la parvenza di poesie, riversandovi dentro le mie maree malinconiche.

«Senti ma'... nonno te lo disse come si uccise Virginia?»

«Pare si sia gettata nel Piave. Forse dal ponte, quello che poi è andato giù con l'alluvione del '66. L'hanno trovata diversi chilometri a valle, verso Segusino, qualche giorno dopo la sua scomparsa da casa, povera anima».

«È vero. Era inverno, se non ricordo male, verso fine anno: novembre o giù di lì», le fa eco Rita. «C'è stato un tempo in cui molti drammi si concludevano nel Piave. Il fiume è stato testimone silenzioso di tante miserie, qui. Ogni tanto, da piccola, sentivo raccontare di quelle storie... non mi ci far pensare, Cloe. Dai, acceleriamo il passo che il nostro barman preferito starà già facendo tintinnare i bicchieri».

Le immagini dell'incubo mi prendono a schiaffi. Ho le mani gelate, come la notte passata. Posso aver sognato un ricordo non mio? Mi sento subito deficiente, dopo averlo pensato. Devo smetterla con i noir: ha ragione Sandro, quando dice che dovrei leggere pure un Topolino, ogni tanto.

Mi stringo le spalle più forte nel chiodo di pelle e rimpiango di non avere una di quelle interminabili sciarpe.

Mi basta varcare la soglia della locanda per essere sbalzata in uno dei ricordi che pensavo ormai sepolti nella memoria.

Rivedo il mio piedino di bimba.

Indosso un sandalo con una farfalla rosa da un lato e salgo il gradino che segna l'ingresso del vecchio albergo. Un odore intenso mi colpisce il viso. Alzo lo sguardo sulla sala del bar, verso sinistra.

Ci sono quattro vecchi al tavolo, giocano a carte. Due li conosco. Uno è Germino, il vicino di casa dei nonni detto il Gobbo: cammina piegato in avanti da un lato, appoggiato a un bastone. Davanti a lui Quinto, detto il Rosso, è un sindacalista iscritto al PCI e lavora in cartiera con il nonno Sebastiano. «È l'unico che fa la voce grossa con la proprietà», ho sentito dire dal nonno, ma io non so che cosa significhi, né chi sia questa signora Proprietà.

Gli altri due li ho già visti, ma non so come si chiamino.

Sopra le loro teste una nuvola di tabacco forte e odore di vino rosso. Poi ce n'è un altro più lieve, di sottofondo, ho impiegato anni a capire cosa fosse: l'odore delle carte da briscola usate. Quelle plastificate e consumate che fanno il loro tac secco, quando vengono schiacciate sulla tavola di formica, color marrone finto legno.

Il Rosso ha appena fatto proprio quel gesto, gridando: «Scopa!».

Qualche tavolo più indietro c'è un uomo solo, spalle al muro. Beve, guardando di sottecchi i quattro giocatori. È Tarcisio, detto il Nero per il suo passato da repubblichino. Si era dichiarato più volte pentito, ma il nonno mi ha raccomandato di stargli distante, che si può cambiare camicia ogni volta che ci si lava, ma quella nera ti resta tatuata addosso tutta la vita, come il sangue di chi hai tradito. Anche queste parole mi sembravano strane, le capii poi, col tempo.

«A giocare col nero perdi sempre...»,

«...i poeti che brutte creature ogni volta che parlano è una truffa».

Mi risveglio dal ricordo che mi ha fermata sulla porta dell'albergo.

Sono all'interno di una proiezione che non riesco a fermare. Ho impiegato anni a dimenticare tutto ciò che in qualche modo mi ricollegasse a Clotilde e ora non riesco a frenare le immagini che mi crollano addosso come una slavina.

Mia madre e le sue amiche sono già sedute, mi guardano sorridendo.

La voce fuori campo, alla mia destra, è quella del proprietario dell'albergo. Sorride anche lui. È lo stesso che mi ha rivolto il saluto dal cancello, il giorno del funerale della Ilde.

Mi viene un sospetto.

«L'ho detto ad alta voce, vero?».

Rincoglionita, sono rincoglionita. Fantastico, ora in paese non sarò solo la Becchina di nero vestita, ma anche la Rincoglionita che parla da sola.

«Sì, l'hai fatto, ma se entri nel mio bar citando De Gregori ti accoglierò sempre a braccia aperte. Ben ritrovata Cloe, sei una meraviglia! Come stai? Che ti porto?».

Ma chi cazzo è? Dal giorno del funerale mi ci arrovello a fasi alterne. Ho sfogliato tutte le foto segnaletiche della mia memoria, ma niente, non ci arrivo. Che nervi. Che si faccia beffa di me non depone a suo favore. Gesù, fa che mi ricordi almeno un nome, uno solo nella vita: mi accontenterei.

«Ci conosciamo?», gli chiedo, sfoderando sicuramente la mia espressione più riuscita: un mix tra imbecillità, stupore e incazzatura, già con la sicura sganciata.

Perché me lo sento che sto per fare un'epocale figura di merda. Giusto qualche istante prima, appena in tempo per rendermene conto, e *tac*. Ma ormai è tardi. E ci sono dentro fino al collo.

L'uomo davanti a me se la ride.

«Facciamo che ti porto un cappuccino? Ci metto dentro un po' di cannella, come piace a te».

E mi strizza un occhio azzurro intenso.

Lo guardo armeggiare con la macchina del caffè, scaldare il latte creando la schiuma. Ogni tanto si gira e mi sorride. Anzi ghigna, lo stronzo.

Avanti Cloe, concentrati. Punta sui dettagli a te tanto cari. I capelli cortissimi, rasati alla perfezione. Bianchi come il pizzetto ben disegnato e curatissimo. Mentre lo guardo, uno dei miei spaesati neuroni partorisce un pensiero: "tipico pizzetto da carabiniere".

Immediatamente dopo, lo stesso neurone fa spallucce emettendo un: boh.

Le mani curate e le dita affusolate. I suoi gesti mi sono familiari e in qualche modo rassicuranti. Sembrano canticchiarmi all'orecchio una musica antica, o riportarmi sulle onde di un profumo che conosco bene e mi appartiene.

E ha pure un bel sedere, a dirla tutta.

Siedo sullo sgabello davanti al bancone. L'inquietudine provata lungo la strada ha lasciato spazio a una sensazione di calore alla bocca dello stomaco. Fino a qualche secondo fa ero incazzata nera e ora, solo a osservare le mani dello sconosciuto, mi sto calmando.

Ma niente, non ricordo chi sia.

Decido di ridarmi un contegno. Distolgo lo sguardo dai suoi gesti per guardarmi intorno.

Rispetto a quand'ero piccola è cambiato il mobilio. E l'odore, certo. Non c'è più il fumo.

La disposizione del bancone e dei tavolini è più o meno la stessa. Mi volto a guardare le mie Vedove: sono sedute intorno a un tavolo quadrato. Non è più in formica, ma in legno di pino, con sopra una tovaglia di plastica trasparente. Non c'è nessuno che giochi a carte, ma del resto sono le undici del mattino di un giorno che sa ancora di festa. Chissà, in altre ore, forse.

«Allora, cosa ti ha fatto venire in mente *Le storie di ieri*?».

Il cappuccino è davanti a me, sulla schiuma del latte un sole disegnato con il cacao. Alzo gli occhi sull'uomo appoggiato coi gomiti al bancone, proprio davanti a me. Resto qualche secondo assorta prima di rispondere. Lo sento che se la ride dentro, lo sento. Dal suo maglione mi arriva un profumo di tabacco e dopobarba. E di nuovo i miei sensi lo registrano come terra conosciuta. E si riaccendono. Calma Cloe, calma. Ragiona con ordine e metodo.

«Credo fosse una domenica pomeriggio, ma non potrei giurarlo, sono passati troppi anni. Entrai qui da sola. Volevo un succo di frutta o qualcosa di simile. Mio nonno mi seguiva poco distante, ovviamente, mi raccontò dei quattro anziani che erano seduti qui a giocare a carte. In particolare mi disse di stare distante da uno di loro, che aveva un passato da fascista. E che quando erano giovani si erano picchiati. Ora non ricordo bene, questa storia non la sento da un pezzo. Mio nonno avrà avuto diciotto o vent'anni e quell'uomo con altri due amici, una sera, l'hanno aspettato fuori dalla cartiera dove lavorava e l'hanno pestato a sangue. Mio nonno non ha mai avuto una tessera di partito, ma era chiaro da che parte stesse. Ne è uscito vivo solo perché è arrivato il padrone della cartiera che li ha messi in fuga, sparando in aria con un fucile. Gli ci vollero giorni per rimettersi in piedi, ma una volta guarito li ha cercati a uno a uno, aspettando che fossero soli. E ha reso quanto dovuto. Nessuno si permise più di toccarlo».

«Be', uno dei detti più famoso di Bastian è: "Tutti i ze boni metterse in tre a copare un mort". Tutti sono capaci di mettersi in tre ad ammazzare un morto».

E che diamine, conosce pure il vecchio detto di famiglia!

«Oh, ma insomma, mi dici chi sei?».

Il bell'uomo scoppia a ridere. Alle mie spalle arriva la voce di mia madre: «Cloe, ma davvero non ti ricordi di Fabrizio?».

Vas, estate 1983

Caldo, noia e strazio.

Forse l'estate dei primi, inconsapevoli, pensieri suicidi della mia vita.

Sono le quattro del pomeriggio. Ilde mi ha autorizzata a uscire in strada, ma non c'è nessuno con cui giocare, nessuno con cui parlare. Non posso andare in giro con la bici perché suderei, non posso camminare perché mi allontanerei, non posso giocare con la palla per non dare fastidio a chi fa la pennichella. E comunque, se poi rotolasse giù per la strada, data la pendenza, finirebbe in piazza e chi la ripiglierebbe più.

Se trasgredissi agli ordini, se prendessi la bicicletta e attraversassi il paese, risalendo parte della collina, probabilmente troverei le cugine di città, anche loro qui in vacanza dai nonni. Ma le odio e ne faccio volentieri a meno. Già non le reggo per le poche ore imposte dalle feste comandate, figuriamoci per un'intera vacanza.

Si sentono solo le cicale. E a cadenza regolare, il solito rintoccare del solito campanile.

Il silenzio fossile di un paese semimorto.

Il canto del motore di un'Alfetta mi rianima. Ho imparato a riconoscerlo l'estate prima: è l'auto di servizio su cui si muove lo zio Elia, appuntato dell'Arma, di stanza alla caserma di Valdobbiadene. Nei giorni d'estate, quando è di pattuglia, capita che passi da casa per un caffè, ma è una scusa: in realtà vuole controllare lo stato di salute del nonno che non sta bene.

Adoro lo zio. Trova sempre il tempo per parlare con me e mi guarda come se dicessi cose intelligenti. Non con quell'espressione di sufficienza che hanno di solito gli adulti quando parlano con i bambini.

Scende dall'auto sportiva e dal muso cattivo. Mi fa un cenno con il cappello, entra in casa.

Anche la portiera del lato passeggero si apre: esce un altro carabiniere che non avevo mai visto, magro come lo zio e all'incirca della stessa età, quindi piuttosto giovane. Alto, con i capelli neri. Si sistema la giacca e si avvicina.

Resto seduta sul muretto a osservarlo, con la schiena contro la rete che mi impedisce un volo di tre metri sull'orto sottostante la strada. Quando arriva vicino, si sfila gli occhiali da sole e mi accorgo che ha gli occhi più azzurri che abbia mai visto. Saluta con un sorriso. Poi, poggiandomi il cappello d'ordinanza in testa, chiede: «Allora… che fai qui tutta sola?»

«Mi annoio a morte».

«Uh, che espressione grave per una bimbetta, di quanti? Sei, forse sette anni?»

«Non sono una bimbetta. Ho sette anni e mezzo. Vado a scuola io, sai? E so anche scrivere e leggere piuttosto bene».

Sempre stata una schiappa nel formulare dialoghi interessanti con gli uomini.

«Davvero? Allora non sei una bimbetta proprio per nulla. Ma come mai ti annoi a morte?».

Posa il piede sul muretto, avendo cura di sollevare

un po' i pantaloni della divisa. Poi si appoggia con il gomito sul ginocchio. La sua ombra mi avvolge completamente, quasi fosse un abbraccio.

«Non c'è nessuno con cui giocare, non ho niente da fare. Una noia mortale, chiaro no?».

Sospiro teatralmente mandando su e giù le spalle. Il carabiniere scoppia a ridere.

«Aspetta qui».

Torna alla macchina, apre lo sportello posteriore, sparisce dentro l'abitacolo per qualche secondo, quindi mi arriva di fronte con un libretto in mano.

«Tieni, è *Alice nel paese delle meraviglie*. L'avevo preso per mia nipote che domani compie gli anni, ma ho tempo, gliene prenderò un altro. La prossima volta che ci vediamo mi dici sei ti è piaciuto, visto che sai leggere "piuttosto bene". Bimbetta».

E mi fa l'occhiolino.

«Possiamo andare, brigadiere, grazie», dice mio zio, richiudendosi la porta alle spalle.

«Non c'è di che, Elia».

Il carabiniere riprende il cappello dalla mia testa e mi fa il saluto militare, con un sorriso scanzonato. Zio si avvicina e mi dà un bacio, facendomi il solletico con i baffi biondi: «Ciao pulce».

L'Alfetta riparte e sparisce dietro la prima curva, ma il motore lo sento fino a quando arriva alla piazza del municipio.

Vas, 27 dicembre 2016

Quello fu il primo incontro con l'allora brigadiere Fabrizio Demaria.

In quell'estate interminabile, e per le quattro successive fino a quando venni in vacanza qui, diventò il mio bibliotecario personale. Mi portava libri che poi gli restituivo, passando da casa sua dove abitava con la madre. Altre volte, dopo cena, se era di riposo faceva due passi per venire a prendere mio zio e andare al bar a fare due chiacchiere. Si fermava sempre qualche minuto a parlare con me.

Fu lui a sostituire i miei precoci pensieri suicidi in altrettanti precoci pensieri amorosi.

Insomma, mi ero presa una di quelle cotte da paura, totalizzanti come solo quelle infantili possono essere. Lo aspettavo come si aspetta la manna dal cielo. Spiando i turni dello zio, sapevo sempre in anticipo che giorno ci saremmo visti. La mattina passavo in rassegna le mie magliette, cercando di scegliere sempre la migliore e, cosa che credo lo facesse ridere non poco, quando ci trovavamo a camminare vicini tendevo a stare sempre in punta di piedi, nel vano tentativo di sembrare più alta. Certo non potevo competere con le ragazze più grandi che gli giravano intorno, suadenti e smorfiose, ai miei occhi inevitabilmente più alte più magre più interessanti e, data la mia età, decisamente più appetibili.

Ma bastava che lui si fermasse a salutarmi per prima, e mi desse il solito bacio sulla fronte, a farmi sentire più importante delle altre.

Poi, prima che finisse l'ultima estate, Fabrizio venne trasferito a Cuneo. La vita travolse mio padre, sbalzandoci tutti in un binario parallelo. E io non seppi più nulla di lui.

Fino a oggi.

«O-mio-Dio».

Riconosco finalmente gli occhi azzurri in cui mi perdevo da bambina. Salto giù dallo sgabello, faccio il giro del bancone e concludo le acrobazie buttandogli le braccia al collo.

«Ehi, calma bimbetta! Ho una certa età, così mi spezzi la schiena. Cloe, tesoro, anch'io sono felice di vederti, ma così non respiro».

«Oh santa pace, scusa! Ma cazzo... Non ti avevo riconosciuto. Fatti guardare: Fabrizio, sei come il buon vino, invecchi meravigliosamente».

«Non serve corrompere un ex pubblico ufficiale, te lo offro lo stesso il cappuccino. Non fare la ruffiana, dai».

Mi allontano di un passo e lo guardo, cercando il brigadiere che conoscevo nell'uomo che riconosco. Non è cambiato molto. Gli anni sono passati, certo, ma con garbo. E lo sguardo un po' malizioso, inconfondibile, è sempre il suo.

«Raccontami che cosa hai fatto in questi anni».

Torno a sedermi al mio posto e prendo fiato, sorseggiando il cappuccino ancora caldo. Persino le mie mani, perennemente gelate, sono finalmente calde.

«Dopo il trasferimento a Cuneo mi sono spostato ancora un paio di volte e nel frattempo sono diventato maresciallo. In una delle licenze che mi riportavano a casa, ho conosciuto Enza, che era ospite qui da una zia e… le solite cose. Ci siamo innamorati, sposati e abbiamo avuto due figli. Sono stato a Modena fino alla pensione, poi ho pensato di tornare qui. Di restare a casa, o finire per passare le giornate pescando, non ne volevo sapere. Così ho rilevato l'albergo».

«In pensione? Di già? E poi… qui? Cioè, fammi capire: hai scelto liberamente di tornare a vivere qui? Di' la verità, stai scontando qualche pena e non lo vuoi rendere noto: nessuno sano di mente vorrebbe vivere qui».

Ride.

«Sciocca. Sì, sono già in pensione da un paio d'anni, uno dei pochi graziati dalla legge Fornero. E poi dovresti ricrederti, qui non è tanto male. Al silenzio, all'assenza di caos ci si abitua. Però hai ragione, nei primi tempi potrei dirti di aver sofferto una *noia mortale*. Poi c'è stata l'occasione dell'albergo: il vecchio proprietario era morto, suo figlio sta a Milano e non poteva pensarci, io ho capito di non avere nessuna voglia di stare tra i piedi di Enza tutto il giorno… Lei mi diceva, che so, di andare a pescare, magari, anziché cominciare un altro lavoro, ma l'hai visto il Piave? Non è più il fiume di una volta. D'estate diventa poco più di una pozza. Insisteva che avrei potuto godermi i nipotini, ma Giorgia, la figlia maggiore, li porta qui solo in certi periodi dell'anno e Ilario, il secondo, abita a Roma e si fa vedere di rado. Se ti ricordi, io non riesco proprio a stare fermo troppo a lungo. E poi a me piace il rumore della serranda che si alza, il primo sigaro della giornata, fuori tra i tavolini ancora da sistemare e le sedie impilate, mentre aspetto Franco per la consegna delle brioche ancora calde. Ah, quando la incontrerai, non dire a Enza della storia del sigaro, sta cercando di farmi smettere. È convinta che mi faccia male al cuore. Non riesco a farle capire che sono altre le cose che fanno davvero male al cuore».

Fa una pausa. Per qualche secondo mi sembra che il suo sguardo si incupisca, poi si scuote da non so quale pensiero e riprende.

«A ogni modo, fumo il mio sigaro e osservo la strada che pian piano si anima. Non fare quella faccia, discola! Anche qui c'è gente che si alza per andare a lavorare, che ti credi. Sono stranieri, per lo più, ma ci sono, lavorano nelle varie fabbriche in zona. Senza di loro questo paese probabilmente sarebbe morto da tempo. È bello, sai: le luci che si accendono nelle case, le luci che si spengono nella via... hanno un che di poetico, non trovi? Quando arriva Franco, con la sua andatura lenta e claudicante, il bar si riempie del profumo di pane caldo e brioche. Quello è uno dei momenti che preferisco. Siamo diventati subito amici, non mancano mai le battute sulle partite di campionato e della Champions. È un bravo Cristo, forse un po' sfortunato. Non perché sia zoppo eh, ma tifa Inter: quella sì è una disgrazia. Ah, bimbetta, quando arriverai alla mia età capirai che doverti alzare presto la mattina ti fa pensare di avere più tempo. Avrò un'eternità davanti per dormire. Finché posso voglio godermi l'alba».

Lo guardo in silenzio. Aspetto che le sue parole, e il ritorno familiare dei suoi gesti, decantino dentro di me, andando a colmare i trent'anni che ci hanno visto lontani.

Riabbasso lo sguardo sulla tazza vuota. Fabrizio riprende a parlare. Ora la sua voce è più bassa, ha cambiato ritmo.

«Mi è dispiaciuto molto per tuo zio. Ci eravamo tenuti in contatto, dopo il trasferimento, ma quando è mancato ero all'estero e non sono riuscito a rientrare in tempo. Passo spesso giù al cimitero, a far due chiacchiere con lui. È sempre bravo ad ascoltare».

Non riesco a dire nulla. L'incubo, i ricordi, la storia della prozia e ora anche Fabrizio. Guardo fuori, attraverso la porta finestra: il cielo è grigio plumbeo. Ho talmente tanto rumore dentro, che non so da che parte iniziare a distinguere i suoni che mi affollano la testa.

«Cloe, ti senti bene? Non mi hai interrotto nemmeno una volta. Quando eri piccola per farti stare zitta bisognava narcotizzarti», dice Fabrizio, appoggiando la mano sulla mia.

Un brivido.

«Ed è ancora così, Fabrizio, credimi».

Mia madre risponde al posto mio, passandomi una mano sulla spalla.

«Ma stanotte non ha dormito molto e credo che la sua parlantina sia ancora sotto le coperte, insieme al suo gatto. Cloe, io vado da Rita, prepariamo il pranzo. Direi di mangiare presto, così poi cominciamo con gli scatoloni: non voglio metterci più tempo del previsto».

«Fatemi sapere se vi serve aiuto», interviene Fabrizio, «ho un pick-up, magari può esservi utile per trasportare qualcosa di ingombrante».

«Senz'altro, grazie. Cloe, ti aspetto tra mezz'ora, non fare tardi».

Mia madre e le Vedove escono, dopo aver pagato gli aperitivi. Io resto al mio posto. Pensavo di venire qui, riempire due scatole, cinque sacchi neri e andarmene. Invece mi ritrovo a fare i conti con immagini e ricordi che bussano dal passato. E non aspettano nemmeno l'invito a entrare, prima di invadermi la testa.

Questa notte l'incubo con un frammento di vita, o di morte a quanto pare. E ora Bicio: la prima cotta, il primo batticuore.

L'unico, a parte mio zio, che tra queste montagne sembrasse accorgersi che esistevo e che non ero felice. L'unico capace di regalarmi attimi che, se non erano di felicità, ci somigliavano molto, facendomi sentire al sicuro anche solo con l'abbraccio di un'ombra.

Fabrizio si sposta da dietro il banco e mi raggiunge alle spalle. Lo seguo con gli occhi: sta armeggiando con un vecchio juke-box. Il rumore del gettone che scende nel cassetto, il fruscio della puntina che graffia il vinile. Ed ecco la chitarra di George Harrison: *My Sweet Lord* riempie il silenzio.

«Uh, allora sei ancora un intenditore».

Spero che il tono non mi sia uscito troppo malinconico.

«Attenta a come parli, bimbetta. Se hai un gusto musicale decente è merito del vecchietto qui presente, che ha pensato di crescerti a Nutella e musicassette già in tenera età. Ma senti, tu che mi dici, invece? Non sembri proprio sprizzare entusiasmo. Hai la stessa ombra negli occhi di quando dicevi "mi annoio a morte", ma non mi sembri annoiata. Turbata, piuttosto. Continui a tormentarti le mani. Ma porti la fede? Sei sposata? E quando è stato? Com'è che nessuno mi ha detto nulla? Ho estorto a Rita informazioni su di te regolarmente, da quando sono tornato».

Una cosa che faccio di rado è tirare su le maniche del

maglione. Ho questo vizio, che mia madre odia, di tenerle sempre giù fino a coprirmi metà mano. Solo che, sarà stato il cappuccino, sarà stata la vicinanza di Fabrizio o la voce di George, ma mi è venuto caldo e me le sono tirate su. È così che è comparsa la fede di mio padre all'anulare. Non la porto sempre: la metto le volte in cui sento il bisogno di un sostegno in più, qualcosa che mi dia conforto. In pratica, non la tolgo da mesi.

Nonostante Sandro, c'è ancora qualcosa che pesa e non mi torna. Forse proprio la sua presenza, in giro per casa, mi lascia pochi momenti di solitudine e non mi rende facile identificare che cosa sia. Poi arrivo al punto in cui, stanca di arrovellarmi, risulta più semplice dare la colpa agli sbalzi ormonali, al trauma del trasloco, alla nuova scuola, ai ragazzi, al buco dell'ozono e alle targhe alterne. Insomma, qualsiasi cosa pur di non fermarmi a pensare.

«No, ma scherzi? Chi vuoi mi si pigli. È la fede di papà».

La faccio girare intorno al dito con lo stesso gesto di mia madre.

«Ma così, Cloe, mandi messaggi sbagliati. Metti che ci sia qualche baldo giovine con la voglia di corteggiarti: lo fai arrendere prima ancora che tenti».

«A prescindere dal fatto che vorrei vedere se esiste ancora qualche baldo giovine che sappia cosa significhi corteggiare, mio buon Fabrizio: i tempi sono cambiati. Adesso si fa tutto per messaggio. Ti cercano con un messaggio, si dichiarano con un messaggio, ti mollano con un messaggio. Tutto sicuramente pratico, forse anche più igienico, ma ti fa venire una depressione, guarda. Incontrare qualcuno con cui parlare davvero, che ti faccia dimenticare il cellulare in borsa, è quasi fantascienza. Anche se, be', in effetti una persona c'è. Ma è una cosa ancora all'inizio... credo...».

Vorrei sapere perché comincio sempre discorsi che non voglio fare. Fabrizio stringe gli occhi e poi inclina la testa da un lato, lasciando cadere il discorso.

«Mi ha detto Rita che sei diventata professoressa, è vero?».

Conosco questa strategia. Ha deviato l'attenzione su un altro argomento per stemperare la tensione, ma alla prossima occasione mi aspetta al varco. Tecniche di ingaggio e interrogatorio.

«Yes, Sir, di storia dell'arte. Mi sposto da un punto all'altro della penisola ogni anno, come una pallina di un flipper impazzita. A proposito, perché non ne metti uno? Di flipper, dico. Vicino al juke-box ci starebbe bene».

«Troppo rumoroso. Non mi piace».

Si avvicina alla porta finestra, la apre e resta fermo lì, accendendo il sigaro.

«C'è aria da neve».

«Ussignur, no. Ti prego, maresciallo, sembra una scena da film: il vecchio della montagna che scruta l'orizzonte e prevede l'apocalisse. Per lo meno, se proprio devi, prevedila dopo che sarò ripartita».

«Glisso elegantemente sul vecchio», risponde Fabrizio, stringendo di nuovo gli occhi e mascherando un sorriso con il fumo.

«È meglio che vada, o Madre mi rimbrotterà come quando avevo dodici anni. Però torno, che dici? Passo stasera a salutarti e chiacchieriamo ancora. Ti va?».

Mi trovo a sperare che sia libero e che, come me, non veda l'ora di riprendere le fila del discorso. Mi fissa e tace, io trattengo il respiro.

«A sua disposizione, madame», e lascia scivolare un leggero inchino.

Prima di uscire mi volto, lo guardo e il solito neurone che si connette a sproposito propone un'altra delle sue genialità.

«Senti ma... lo sai che ora, con il pizzetto tagliato così, assomigli tantissimo a Giorgio Faletti?»

«Dici? Enza racconta alle amiche di essere sposata con Peter Gabriel».

Ridiamo entrambi. Esco dall'albergo.

Per strada non c'è una sola anima. La desolazione sembra la stessa che ricordavo, con l'aggravante del cielo plumbeo e pesante che pare schiacciarmi la faccia sull'asfalto. Nonostante questo, il paese mi sembra meno tetro.

Va bene, ok, lo faccio. Prendo lo smartphone, chiamo.

«Ciao, ti disturbo?».

A quest'ora Sandro potrebbe essere alle prese con un pranzo, ma la voglia di sentirlo anche per pochi secondi ha prevalso sul buonsenso.

«Lo sai che non mi disturbi mai, ti pare? Ciao tesoro mio, come va?».

La sua voce sortisce gli stessi effetti della sua cioccolata calda.

«Avevo voglia di sentirti. Come vanno le cose lì?»

«Sto preparando il pranzo. C'è già una coppia di tedeschi a tavola e più tardi arriva una famiglia di Firenze. Ma dimmi di te, non ti sento molto allegra».

«Sono giorni più complessi di quel che credevo, Sandro. Non capisco. È come se improvvisamente qualcuno mi avesse aperto una porta in testa e il vento continuasse a far svolazzare immagini e pensieri che credevo morti e sepolti. Ne aggiunge anche di nuovi.

Se devo dire la verità, nulla di tutto questo mi mancava. È come essere qui e fare i conti col passato. Non credo mi piaccia, anzi: non mi piace per niente. Avevo fatto bene a imporre a mia madre di non raccontarmi nulla del paesello. L'unica nota positiva è aver rivisto un vecchio amico dello zio Elia: Fabrizio, un maresciallo in pensione. Finché non me lo sono trovato davanti, avevo completamente rimosso la sua presenza dalla mia vita. Eppure è stata l'ancora di salvezza nelle estati che passavo qui. Ci pensi? Un momento prima non ricordavo nulla. E subito dopo mi si srotolava davanti agli occhi la mia infanzia, come fosse uno di quei filmini super 8. Ci sono momenti in cui non capisco più niente. Un mezzo disastro, insomma».

«Potrebbe esserti utile, invece. O addirittura terapeutico, se ci pensi».

«Che vuoi dire?».

Mi fermo in mezzo alla strada. Tanto non corro certo il rischio di essere investita da qualcuno. Un gatto con la coda mozzata attraversa e mi osserva con sufficienza.

«Dico che se sta succedendo quanto dici, probabilmente hai delle questioni irrisolte che premono per venire a galla e questo potrebbe essere il momento di chiuderle definitivamente. Il fatto che tu non parli mai del tuo passato o, se insisto, sia quanto meno evasiva fino a sbottare e andartene, la dice lunga. Non trovi?»

«Io credo che di irrisolto ci sia solo la nostra vacanza mancata».

Ci risiamo.

Ma perché non possiamo soprassedere e parlare d'altro? Pure di sesso, volendo, ma non del mio passato. Cos'è questa mania di doversi raccontare tutto. Mi fa diventare insofferente. E non solo: il collo inizia a far male, segno che ho irrigidito le spalle, mentre la spina di traverso nello sterno pare trasformarsi nella punta da sei di un trapano. Perché Sandro deve sempre mettere il puntino su ogni singola i? Manco fosse un ingegnere.

«La vacanza è solo posticipata. Insomma, Cloe! È morta tua nonna. Quando è morta la mia, sono stato malissimo per giorni. Invece tu hai una maniera piuttosto insolita di vivere il lutto: lo ignori completamente. Io non so che ti abbia fatto, o cosa sia successo. Ma non trovo sano questo atteggiamento. E non nasconderti dietro al tuo cinismo, come fai sempre. Sei una donna speciale, con una profondità d'animo rara, ma certe volte, quando si tratta di te e dei tuoi sentimenti, mi sembri ancora un'adolescente».

«Grazie, Sandro. Sai, era proprio di questo tipo di conforto che avevo bisogno, sono commossa. Ho fatto bene a chiamarti, molto bene. Certo, fossi in te eviterei di fare il volontario al telefono amico o una linea antisuicidi».

Risalendo fino in fondo la strada, mi sono fermata a qualche passo dalla casa di Rita, vicino alla rete su cui appoggiavo la schiena da bambina. Al posto dell'orto c'è una piccola vigna e il dislivello sembra minore di quanto ricordassi. Davanti a me, la casa del Generale Ilde sembra ancora più lugubre e abbandonata di ieri, quando era ammorbidita dalla luna.

«Non è questione di confortarti. Lo sai che sono qui per te. E benché tu non voglia sentirlo, io ti...».

«Non dirlo».

«Appunto. Ma è così. Io so esattamente cosa provo ed è proprio per questo motivo che non sopporto quando ti vedo fossilizzata nel tuo pessimismo cosmico, come lo chiami tu… Prendi coraggio e affronta questo momento, Cloe, insomma, reagisci!».

In questo momento, l'istinto si dibatte tra il prendere lo smartphone, testandone la caduta dall'altezza variabile fra i tre metri ricordati e i due metri scarsi effettivi, e rispondergli a tono. Ma finirei per scoppiare in singhiozzi, come capita sempre quando m'incazzo a dismisura.

Dio che nervoso, lo odio quando fa così.

«Cloe, spicciati: è in tavola».

Mia madre, affacciata alla finestra, fa un cenno con la mano e mette fine alla mia esitazione.

«Devo andare», ringhio sottovoce.

«Cloe…».

Sandro ha cambiato tono, è dispiaciuto. Chiudo la comunicazione senza rispondere.

Dio che nervi.

Lo odio.

Lo odio quando ha ragione su tutto.

Svuotare la camera è la parte più semplice. Il contenuto del piccolo armadio a tre ante è tutto riverso sul letto. Gli abiti in buone condizioni sono stati messi nelle borse che porteremo alla Caritas, il resto si butta. Un paio di golfini di lana, mia madre decide di tenerli per sé.

C'è anche un maglione nero, ampio e con lo scollo a V, fatto ai ferri con punto dritto. Riconosco la lavorazione perché c'è stato un tempo in cui la Ilde pensava di tramandare a me l'arte del lavoro a maglia. Solo che a otto anni le dissi, pari pari, che non avevo nessuna voglia di trasformarmi in Nonna Papera. Non mi parlò per due giorni. Questo però è uno di quei maglioni che, se sapessi *tricottare*, farei. Mia madre lo alza e mi guarda. Sembra dire: «Oh, è pure del tuo colore».

Non lo so, sono ancora sotto sopra per la telefonata con Sandro. In più l'idea di mettermi addosso qualcosa del Generale mi fa stringere lo stomaco. Devo ammettere che il maglione però mi piace e così, come capita sempre quando sono combattuta, taccio. Torno a occuparmi delle camicie da notte, mentre mia madre, che ha capito ogni singolo pensiero, prende il maglione, lo piega con cura e lo appoggia sopra il mio trolley. Le sorrido, ringraziandola con un cenno della testa.

Nei cassetti del comodino di destra, quello dal lato della finestra, non c'è nulla. In quello di sinistra, che fu di mio nonno, ci sono delle medicine scadute, un libro di preghiere, un mazzo di tarocchi – quando si dice la coerenza – e due paia di occhiali.

Una piccola scatola di legno custodisce la fede di mio nonno e quella di Ilde. In un sacchettino di velluto nero, legato con un laccio, una collana sottile d'oro con un medaglione ovale, lavorato a filigrana con una pietra bianca nel centro: l'unico gioiello di Clotilde.

Un brivido freddo mi corre lungo la spina dorsale, costringendomi a scrollare le spalle come se mi fosse caduto addosso un ragno. Eccola l'immagine che ho fatto di tutto per cancellare dalla mente, senza mai riuscirci.

«Che hai?»

«Niente, solo un brivido di freddo».

«Vado giù a controllare il fuoco. Il medaglione vuoi tenerlo tu? Tuo zio mi ha già detto che non gli interessa».

«No. Tieni tutto tu. Preferisco».

Il medaglione che spicca sulla camicia bianca. Seduta sulle ginocchia di Clotilde, ascolto le sue parole, ma non riesco a guardarla in faccia. Piangevo quando mi ha preso in braccio. Parla di papà. Fatico ad ascoltarla e allora mi concentro sulla filigrana del medaglione.

Questa volta non ho fatto un grosso sforzo a ricordare anche i dettagli. Questa scena mi ha tenuto compagnia per gran parte dell'infanzia.

«Fatto. Il fuoco si era spento, forse per quello hai sentito freddo. Vuoi che ti prepari un tè? Ti starai mica ammalando».

Si avvicina, mi poggia una mano sulla fronte.

«No, grazie, ma ti va se metto un po' di musica? Tutto questo silenzio e il campanile lì fuori mi fanno venire l'ansia».

Faccio partire un'applicazione nel mio smartphone, Bosso riprende a suonare Bach, da dove l'avevo interrotto per parlare con Rita, e sembra lenire la mia malinconia. La musica riempie gli spazi, a mano a mano che li svuotiamo.

Dopo un paio d'ore prendiamo le borse e i sacchi, li sistemiamo nella stanza oltre il cortile.

«Qui abbiamo finito. Vado di sopra?».

Non è che abbia tutta questa voglia. Mi sento svuotata come l'armadio che sto richiudendo.

«Sì, adesso ti raggiungo. A me quel tè ora va proprio. Comunque guarda nel mio borsone, dovrebbero esserci un paio di lampadine: non so quanto illuminino le due che ci sono su. Ne ho portate anche un paio nuove di ricambio, ma se fosse comunque troppo buio possiamo continuare domani mattina».

E in effetti, nonostante siano solo le cinque, è davvero troppo buio. Non riesco nemmeno a trovare l'interruttore. Oltre tutto, uno zompettare sospetto di un essere non meglio identificato sulle tavole di legno mi fa pensare di aver temporeggiato abbastanza: ho proprio bisogno di qualcosa di forte. Scendendo, incontro la comprensione di mia madre che, mentre beve il tè, è così in pace che potrebbe trovare senza troppa fatica una soluzione equilibrata anche per il riscaldamento globale.

Mi infilo un giaccone e raggiungo l'albergo a passi veloci. Dopo il monologo di Sandro ho bisogno di un volto amico. È strano come si possa vivere più di trent'anni senza una persona e poi, quando la ritrovi, si abbia fame di riempire il tempo perso.

«Appena in tempo per l'aperitivo, bella fanciulla», mi accoglie Fabrizio mentre varco la soglia.

«Fammelo forte. E doppio».

«Uh! Siamo di ottimo umore a quanto sento».

Non ci sono clienti. Anche il juke-box è spento. Mentre Fabrizio finisce di riempire le scatolette dei tovaglioli, restiamo in silenzio. A parte un allegro fischiettare che viene dalla cucina.

«È François, il cuoco», mi dice Fabrizio leggendomi nel pensiero, senza nemmeno alzare gli occhi.

«Hai un cuoco francese? È pure stellato?»

«No. Si chiama Francesco Menegon, ma François fa più figo per Trivago, o almeno così dicono».

Ride. Ed è bello quando ride.

«Che ti preparo?»

«Tu che bevi?».

Fabrizio prende due birre in bottiglia, toglie entrambi i tappi e me ne passa una. Facciamo cin-cin incrociandone i colli. Poi prende degli stuzzichini e me li piazza davanti con un cenno della testa, guardandomi come per sottolineare: non si beve a stomaco vuoto.

«Come va lassù?».

Fabrizio appoggia i gomiti sul bancone, facendosi vicino. Lo guardo e riassaporo la sensazione di limpida sicurezza che mi hanno sempre dato i suoi occhi.

«Va. In realtà non c'è molto. Zio Beppe aveva detto che negli ultimi anni la Ilde non c'era più con la testa e molte cose le aveva buttate o bruciate. Non credo avesse tutti i torti: tempo tre giorni al massimo e avremo finito. Zompettatori seriali da soffitta permettendo».

«Ma sarà stato un topino. Qualche temerario che esce dalla tana in cerca di cibo. Ma il tuo gatto non può fare il suo mestiere?».

Fabrizio sorseggia un altro po' di birra, sorridendo sotto i baffi.

«Chi, Pablo? Un topo? Nemmeno se fosse già carpaccio disteso su un letto di crema di gambero e spuma di rucola».

François in cucina continua a fischiettare. Inizio a sentire il profumo di crostata di mele. Chiudo gli occhi e inspiro. In questo momento mi sembra tutto più facile. Parlare con Fabrizio, sentirmi capita.

Inspiro di nuovo: il profumo è davvero buono.

«La colazione di domani. Se non fai tardi, te ne metto da parte una fetta».

«Tu devi smetterla di leggermi nel pensiero».

«Mi costringi a farlo, come quando eri piccola. È da stamattina che provo a capire cosa sia quell'ombra che ti porti addosso. E ancora non mi hai dato nessun indizio, tu non parli. Che deve fare un povero vecchio maresciallo per portare a casa la soluzione al rebus?»

«Smettila, lo sai benissimo di non essere un povero vecchio».

A guardarlo adesso, con il maglione e la camicia blu, non mi sembra molto diverso dall'affascinante ragazzo che conoscevo. Ricomincio a far girare la fede intorno al dito.

«Non so che dirti, in realtà. Stanotte ho avuto un incubo. Di solito non bado molto a queste cose, ma stavolta ho la sensazione che mi sia rimasto appiccicato addosso come la piega del lenzuolo sulla faccia. Sognavo di correre verso il Piave e poi di fermarmi su un ponte, con i polmoni che mi facevano male per la corsa. Guardavo in basso con l'idea di buttarmi. La sensazione di precipitare mi ha svegliata, ma l'angoscia non è passata. Poi stamattina, al cimitero, mia madre mi ha fatto vedere alcune lapidi di famiglia. Intrattenimento turistico ad alto livello! Tra le altre una: quella della sorella di Ilde, Virginia. Non sapevo nemmeno che la megera avesse una sorella, non me ne aveva mai parlato. E come è morta? Dicono si sia uccisa buttandosi nel Piave. Faccio fatica a non chiedermi se ci sia un collegamento tra il mio incubo e questa storia, come fosse un segno, qualcosa che devo decifrare. Sai, quelle cose da film horror di terzo livello. Pensa te. Nel frattempo tutto il passato mi sta tornando addosso, con la grazia e la delicatezza di un tir. È assurdo».

Fabrizio mi guarda e tace. Sembra rincorrere un ricordo, stringe un po' gli occhi nel farlo. Improvvisamente è assente e presente altrove nello stesso tempo. Riporta alle labbra la bottiglietta di birra e manda giù, continuando a fissare un punto poco al di sopra della mia spalla sinistra.

«Il nome di Virginia mi ricorda qualcosa. È morta giovane, giusto?»

«Nel '56 aveva vent'anni. Si è uccisa».

Si rimette dritto, fa una mezza smorfia tenendo una mano alla schiena.

«Ero molto piccolo, al tempo, ma suppongo che mia madre qualcosa si ricordi. Potrei sbagliare, ma credo fossero amiche. Se vuoi sapere qualcosa in più di questa storia, possiamo chiedere a lei».

«Nonna Ada è ancora viva?»

«Certo. Alla fine è il motivo principale del mio ritorno. Viviamo nella sua casa, te la ricordi? Ho dovuto farci dei lavoretti per adattarla ed è ancora graziosa. L'hai anche vista al funerale di tua nonna: era la signora sulla sedia a rotelle, dietro di lei c'era Enza».

«Ussignur, non l'ho proprio riconosciuta».

«Lei sì, invece. Credo sarebbe piuttosto contenta di rivederti».

Nelle mie estati montanare, nonna Ada è stata la nonna adottiva. Me l'aveva presentata Fabrizio, in uno dei miei solitari pomeriggi assolati. Dovevo restituirgli un libro e mi aveva fatto andare a casa sua.

Da Ada si trovavano sempre i biscotti all'anice, fosse estate o inverno poco importava: sfornava e basta, oltre a elargire libri di favole e di racconti, con i vecchi classici e qualche volume in francese. Era stata la maestra del paese per molti anni e leggere era una passione che non l'aveva mai abbandonata, anzi: l'aveva data in dote a suo figlio. Non lavorava a maglia, ma ricamava. Sulla sedia a dondolo, vicino alla finestra, così stancava meno gli occhi. La ricordo come una persona discreta, non parlava mai più del necessario e io l'adoravo per quello. Quando mi vedeva passare davanti alla finestra, faceva un cenno. Trovavo sul tavolo un bicchiere di latte, qualche biscotto. E un libro. Mentre leggevo, lei ricamava. Verso l'ora di cena lasciavo il volume sul tavolo, tanto avrei ripreso la lettura il giorno dopo.

«Mi ricordo ancora i suoi biscotti, mi sembra quasi di sentirne il profumo. La ricetta dovrebbe essere Patrimonio dell'Umanità».

«Li cucina ancora. Non con la stessa frequenza, ma spesso. È lucida come un giudice, anche se si affatica facilmente e le gambe la fanno dannare. Per il resto è pure più presente di me. Potrei chiederle cosa ricorda, se ti fa piacere. O potresti venire a pranzo da noi, domani, così senti di persona».

Accetto l'invito e finisco la birra. I biscotti di nonna Ada sono una tentazione troppo forte. Chiamarla nonna è stata la cosa più naturale del mondo, sebbene fosse un'estranea. Aveva nei miei confronti tutti quegli atteggiamenti affettuosi che sanno di nonna. Tipo salutarmi con una carezza al viso, o pulirmi le ginocchia quando finivo per ruzzolare sull'asfalto rincorrendo un gatto del paese. La vecchia Ilde osservava le mie ginocchia sanguinanti, liquidandomi con un: «il male che si vuole non duole». Così finivo puntualmente a farmi rattoppare da Nonna Ada.

Fabrizio solleva le sedie sopra i tavoli. Un secchio col mocio è apparso mentre sfogliavo immagini mentali. È tempo di togliere il disturbo, anche se andarmene mi spiace.

Prima di uscire gli stampo un bacio sulla guancia a tradimento, lasciandolo stupito. Senza aggiungere altro, esco al freddo di questa notte di fine anno.

Per un attimo ho la sensazione di risentire le vecchie farfalle nella pancia, ma poi penso che la birra nello stomaco vuoto stia trovando ampi margine d'azione.

Dopo cena, come nelle migliori tradizioni, in TV danno *Il piccolo Lord*. Del resto non ci sono molte alternative: l'antenna di Ilde, probabilmente sensibile anche alla direzione del vento, prende solo le tre reti nazionali. Raggomitolata sul divano, mi chiedo quanti figli debba ormai avere, a oggi, il piccolo Fauntleroy. Pablo si è sistemato sulle mie gambe, mia madre si aggira per la cucina, dividendo le poche pentole da tenere e quelle più vecchie da buttare. In fondo a un mobile recupera una tazza verde oliva, un po' sbeccata. Mi racconta che era la sua tazza da colazione, quand'era bambina. L'avvolge in un canovaccio e la ripone con delicatezza nella borsa. Sorride, quasi commossa.

Dopo un po' torna con un'altra tazza, decisamente più nuova. Dentro c'è latte caldo e miele, con una spruzzata di cannella, si sente dal profumo.

«Tieni. Magari stanotte riesci a dormire meglio. Sono stanca, vado a letto. Tu cerca di non addormentarti qui con Pablo o domani sarai veramente da buttare».

Ha un attimo di tentennamento, poi si piega su di me e mi dà un bacio tra i capelli. Non siamo più abituate a tanta intimità, un po' ci imbarazza.

Messaggio WhatsApp di Sandro: uno scatto del castello di Grinzane, illuminato nella notte: "Buonanotte Mia". Non ho ancora voglia di rispondere, ma la nostalgia di casa si mescola alla cannella.

Valdobbiadene, 24 novembre 1956

Il maresciallo Giordano entrò nel suo ufficio, seguito da De Carli. Anche Privitera sgusciò all'interno, fermando con la mano la porta poco prima che il brigadiere la chiudesse. Lasciò una cartella sulla scrivania, osservando i movimenti silenziosi dei due. Le espressioni gravi lo fecero desistere dall'aprire bocca. Batté i tacchi e fece per uscire, quando Giordano lo fermò.

«Privitera?»

«Sissignore!».

Riaprì la porta restando aggrappato alla maniglia, in attesa di ordini.

«Sii gentile, portami un caffè per favore».

«Subito, maresciallo».

Appeso il cappotto umido all'attaccapanni, come d'abitudine Giordano aprì la finestra e riaccese il sigaro. Prima di rientrare si erano fermati per un caffè alla locanda di Vas, accanto alla chiesa, ma aveva dimenticato i toscani nel cassetto. Quel rito lasciato a metà gli dava la sensazione fastidiosa di qualcosa di incompiuto.

O forse l'aveva turbato rivedere la vedova Demaria con il figlioletto. Era la seconda volta che si trovava costretto a darle una terribile notizia.

Due anni prima, durante un pattugliamento notturno, un ubriaco alla guida di un furgone non aveva rispettato lo stop, andando a schiantarsi contro la Fiat 600 Multipla su cui viaggiavano l'appuntato scelto Demaria e il carabiniere Ballarin. Demaria era morto sul colpo, Ballarin aveva perso l'uso di entrambe le gambe. Proiettato sulle vigne davanti a lui, come sul telone di un cinematografo, poteva vedere sé stesso che all'alba suonava il campanello, poi il viso giovane e assonnato della moglie del suo collega e amico che apriva la porta. Non c'era stato neppure bisogno di aggiungere altro.

Un giorno sua moglie gliel'aveva detto: «Non serve che diciate niente, noi mogli lo sappiamo che quando due colleghi di tuo marito suonano alla porta è la fine». Aveva ragione.

Una volta aperta la porta, la ragazza si era portata una mano alla bocca a soffocare un urlo e l'altra alla pancia, quasi a proteggere dalla realtà la creatura inconsapevole che portava nel grembo. Non aveva potuto fare altro che afferrarla prima che si accasciasse sul pavimento, tenerla stretta finché i singhiozzi avevano iniziato a placarsi. Dopo il funerale era stato a trovarla in occasione del battesimo. Tutta la caserma si era presentata in divisa e avevano fatto una colletta per permetterle i primi fondamentali acquisti per il bambino.

«Maresciallo Giordano, buongiorno. Come mai qui?».

La voce familiare l'aveva fatto voltare appena sceso dall'auto. La giovane vedova sorrideva, spingendo il passeggino con il piccolo di due anni.

«Signora Demaria, è sempre un piacere vederla», le aveva risposto, stringendole la mano, «peccato capiti in situazioni spiacevoli».

«La prego, non mi dica. È qui… non sarà qui per Virginia, vero?».

Lo stesso cambio di espressione di due anni prima, il pallore vivido e il labbro inferiore che iniziava a tremare.

Sapeva che le due donne erano amiche. L'aveva scoperto a luglio, quando aveva interrogato tutti i conoscenti di Gina Pezze: anche la moglie dell'ex collega rientrava tra loro. In quell'occasione avevano avuto modo di parlare: Ada Demaria, la mattina del ritrovamento, non si era mossa da casa perché il piccolo aveva la febbre e Virginia Pinto era con lei, per aiutarla. La giovane maestra del paese era visibilmente sconvolta, ma asseriva di non conoscere bene e di non aver mai frequentato la Pezze.

Non stentava a crederle. Dalle testimonianze raccolte, Gina Pezze non ne usciva particolarmente bene. I compaesani l'avevano da sempre giudicata troppo frivola e discinta, anche dopo il matrimonio riparatore contratto con tale Tancredi Del Col.

Al contrario, Ada Demaria era una donna minuta e delicata, il viso incorniciato dai capelli biondi raccolti a chignon sulla nuca e una vita castigata dalla vedovanza. Due vite troppo diverse per potersi incrociare.

«Temo di sì, mia cara. So che lei e Virginia Pinto eravate amiche. Sapeva della sua scomparsa?».

Le aveva appoggiato paternamente una mano sul braccio, più che altro per essere sicuro di prenderla nel caso si fosse sentita mancare. La donna si teneva aggrappata al passeggino.

«Sono alcuni giorni che non la vedo. Avevo chiesto alla sorella, che però mi ha risposto in modo evasivo. Pensavo fosse da qualche parente, ma... Cosa le è successo?»

«Mi dispiace, signora, l'abbiamo trovata morta due

giorni fa. Pare si sia buttata nel Piave. Non abbiamo potuto identificarla fino a stamattina, quando i familiari hanno sporto denuncia».

La voce di De Carli gli risparmiò di dover essere nuovamente l'annunciatore di disgrazie.

«O mio Dio, povera Virginia».

La vide stringersi nelle spalle e curvarsi sul passeggino.

«Signora, vuole sedersi? La porto dentro la locanda, magari un po' d'acqua...».

Anche De Carli si era fatto più vicino.

«No, non è necessario. Mi perdoni, maresciallo, preferisco andare a casa. Mi perdoni».

E si era allontanata in fretta, mentre il bambino aveva iniziato a piangere.

«Avanti!».

«Il suo caffè, maresciallo».

Velocemente com'era entrato, Privitera uscì.

Giordano tornò alla scrivania. Mentre metteva poco zucchero nella tazzina, indicò la sedia davanti. De Carli aveva atteso in piedi, silenzioso per tutto il tempo necessario ai suoi pensieri.

«Allora, De Carli, dimmi le tue impressioni».

Vas, 28 dicembre 2016

Enza mi apre la porta, con le mani avvolte in un canovaccio e un sorriso.

«Ciao Cloe, accomodati. Scusa, ma sono alle prese con la polenta. Fai come se fosse casa tua».

«Sono arrivata a mani vuote, mi spiace».

La mancanza di negozi in paese non aiuta il galateo. Certo, avrei potuto prendere la macchina e arrivare fino a Valdobbiadene, se non avesse piovuto a dirotto tutta la mattina, costringendoci a riprendere tutte le pentole che pensavamo di gettare per posizionarle nei punti strategici in soffitta e raccogliere l'acqua che veniva giù dal tetto.

«E cosa volevi portarmi, uno dei dolci di François?».

Fabrizio mi coglie alle spalle, spingendo dolcemente la carrozzina di Nonna Ada.

«O Vergine Maria, guardala la mia bimbetta. Vieni qui, fatti abbracciare».

Ada profuma di chiodi di garofano, acqua di rose e sapone di Marsiglia. Il suo abbraccio mi riporta indietro nel tempo. Altro che viaggio veloce nei ricordi, sono destinata a sguazzarci dentro.

«Be', non sei diventata troppo alta e ti vedo bene, bella paffuta. Hai trovato marito?».

Fabrizio alza lo sguardo e ride sotto i baffi.

Sorrido rassegnata. Da tempo ho smesso di lottare contro la bilancia. Ogni tanto mi regalo anche scarpe dal tacco vertiginoso, per poi finire sempre con quelle da ginnastica o con gli stivaletti, come oggi. È più forte di me: voglio sentirmi io, non chi potrei essere se madre natura, quel giorno, non si fosse distratta.

Le mani di nonna Ada sono magre e nervose, come sono le mani di una signora anziana ed elegante. Porta entrambe le fedi e un anello, che deve essere stato quello di fidanzamento, allo stesso anulare della mano sinistra. Al medio destro uno con rubino. Ogni tanto interrompe il suo gesticolare, lo toglie e lo rimette subito dopo, inseguendo qualche immagine tra i ricordi. I capelli sono lunghi e bianchissimi, raccolti in una treccia che forma uno chignon sulla nuca. Intorno alle orecchie ci sono dei ciuffi leggeri, come fili di una ragnatela che le incorniciano il viso. Ai lobi, ormai ammorbiditi, due gemme pendenti. Un piccolo neo al lato destro della bocca. Gli occhi azzurri di Bicio.

Mentre Fabrizio l'aiuta ad accomodarsi a tavola, andando poi in cucina a prendere il vino, osservo le foto sul caminetto e sul pianoforte a muro.

«Chi suona?», chiedo.

«Io. O meglio, suonavo quand'ero ragazza», mi risponde Enza, arrivando con una teglia di pasta al forno. «Ho smesso da molto tempo, ma non ho avuto cuore di separarmi dal pianoforte: me lo regalò mio padre per il diciottesimo compleanno».

Le sorrido. Dietro di lei Fabrizio, con la bottiglia di vino. Nell'appoggiarla sul tavolo, le tocca la spalla con la mano.

Provo a immaginarli giovani e innamorati. Qualcosa che sembra una punta di gelosia punge da qualche parte, intorno al cuore. Mi do della cretina e torno a guardare le foto.

C'è Fabrizio alla Prima comunione e una nel giorno del Giuramento. In un'altra, color seppia, il padre di Fabrizio, l'appuntato scelto Vittorio Demaria. Si somigliano molto. Una volta nonna Ada mi raccontò che era caduto in servizio, durante un turno di notte, pochi mesi prima che Fabrizio nascesse. Una foto di Enza e Fabrizio il giorno del matrimonio – sempre la stessa puntura nel solito posto, sempre lo stesso *cretina* che risuona nella testa – alcune con la nonna e i nipoti piccoli in diversi momenti della loro vita e poi, appeso proprio sopra il camino, un ingrandimento di Ada e Vittorio, il giorno del matrimonio. Lei radiosa nel suo vestito semplice e candido, i capelli sciolti a incorniciarle il viso, una coroncina di fiori bianchi da cui scende il velo. Vittorio accanto a lei, giovane, con l'uniforme. Belli da commuovere.

«Nonna Ada, ma questa foto è meravigliosa. Non ricordo di averla mai vista».

«L'abbiamo fatta stampare qualche anno fa per il suo compleanno. Hai visto che bella?», mi risponde Fabrizio.

«Incantevole. Sembri Virna Lisi, anche con il neo nello stesso posto: siete davvero identiche».

«Eh, me lo dicevano tutti. Bei tempi. Non è rimasto molto di quella bellezza, ormai», dice Ada con un sospiro. «Ma vieni a tavola, ne hai di cose da raccontarmi. Lo bevi un po' di vino?».

Il pranzo trascorre veloce. Si ride degli aneddoti, si guardano altre vecchie foto. In un paio di occasioni, Enza appoggia la mano su quella di Fabrizio e noto che l'espressione di lui cambia. Incrocia i miei occhi, sembra a disagio per quell'esternazione di affetto. Gli sorrido con naturalezza, ma mi sento a disagio.

Che mi passa per la testa, eh? Ormai ho perso il conto delle volte in cui mi sono data della cretina da quando sono arrivata.

Per togliermi dal circolo vizioso di sguardi, chiedo a Ada di Virginia. Lei sembra soprassedere qualche istante. Mi fissa negli occhi che diventano più liquidi. Chiude l'album di foto che sta tenendo sulle gambe, poi sembra voler ripescare il passato da un baule chiuso da troppo tempo.

«Me la ricordo molto bene, Virginia, e con grande affetto. Cara amica mia. Lo siamo diventate da piccole e lo siamo rimaste fino all'ultimo giorno. A quei tempi nulla era facile, nemmeno coltivare le amicizie. Ci si trovava in chiesa per il rosario o alla santa messa. Non tanto per devozione, ma per la voglia di uscire un po' di casa, trovarci tra noi ragazze e fare quattro chiacchiere. Oltretutto siamo state bambine con la guerra e poco più che ragazzine dopo la Liberazione. Questo è un paesino tra le montagne, c'era anche la paura di uscire da sole. Virginia e tua nonna erano rimaste presto orfane di madre, come sai. Tua nonna aveva quasi dieci anni più di lei, quando si è sposata e l'ha presa in casa con sé. Virginia ha studiato solo fino alla quinta elementare, però succedeva che andassi fino a casa sua, dopo la fine della scuola, e ci fermassimo in strada, sullo stesso muretto dove tu aspettavi Fabrizio. Fino a quando Clotilde ce lo permise».

Dove tu aspettavi Fabrizio, già. La mia cotta non era passata così inosservata. Lo guardo, e inevitabilmente arrossisco. Ora è lui a far finta di nulla, tornando a fissare i fondi nella tazzina di caffè.

«Virginia non ha potuto iniziare le medie. Non perché fosse stupida, ci mancherebbe, ma all'epoca l'educazione scolastica di una donna aveva ben poca importanza. Lei doveva dare una mano in casa e lavorare nei campi, però è sempre stata curiosa. Io le passavo gli appunti delle lezioni e gli esercizi. Poi, quando riusciva a farli, me li dava e li correggevo. È studiando con lei che ho deciso di fare la maestra: mi piaceva esserle d'aiuto. Me la ricordo bella. Con gli occhi verdi e con tanti capelli neri e lunghi, un po' come li avevi tu da piccola. Hai molte delle sue espressioni. Sono passati tanti anni, ma la ricordo bene: aveva sempre quella vena triste, come se stesse inseguendo qualcosa che continuava a sfuggirle. E la durezza di tua nonna non l'aiutava per nulla, povera cara. Con tutto quello che ha sofferto. E con quello che era successo. Ma perché vuoi scomodare queste storie vecchie? I morti vanno lasciati in pace, no? Specie dopo tanti anni».

Ada ha ragione. Del resto ho vissuto fino a oggi senza sapere dell'esistenza di quella triste prozia, adesso perché tanto interesse? Forse l'atmosfera della casa, o quell'incubo ancora appiccicato addosso come il sudore dopo una corsa affannata.

Suggestione. Pura suggestione.

Dovrei preoccuparmi soltanto di chiudere questo sgombero e di tornare a casa quanto prima, mettendo una pietra sopra a tutta la storia. Riprendere l'idea della vacanza, archiviare definitivamente ricordi e fitte intercostali.

Ecco, sì, dovrei fare così.

E per siglare l'accordo con me stessa sto per alzare le spalle, un gesto che Sandro mi ha detto faccio sempre quando firmo la resa davanti a qualcosa. Solo che mi blocco, perché quel qualcosa stavolta non mi torna.

«Scusami, che vuol dire: "con quello che era successo". Perché? Che successe?».

Ada sposta lo sguardo dal rubino a me e porta una mano al seno sinistro, come se volesse coprire il cuore. Sembra si sia resa conto di avere detto più di quello che avrebbe voluto dire, o per lo meno è questa la mia sensazione.

«Io ho detto così? Uh, no, non è successo nulla di che... forse mi sono confusa. Bimbetta, ho una certa età ormai. E infatti adesso ti saluto e vado a riposarmi un po'».

Il tono di voce è cambiato. Tra una frase e l'altra c'è il tipico tentennamento che hanno i miei studenti quando li colgo impreparati. A voce alta Ada chiama Enza, che nel frattempo era tornata in cucina. Arriva sempre con il canovaccio in mano e le mani umide, lasciando nell'aria un profumo di detersivo per i piatti al limone.

«Devo tornare all'albergo, vuoi un passaggio?».

La voce di Fabrizio mi arriva alle spalle e mi fa voltare. Ci troviamo più vicini di quanto dovremmo essere, secondo il tracciato ipotetico del mio spazio vitale.

«No, ti ringrazio, faccio due passi e vado a vedere il torrente», rispondo ai suoi occhi che non lasciano i miei, «così smaltisco un po' della pasta al forno».

Arretro quanto basta per aumentare lo spazio tra noi: non voglio dare adito a strani pensieri, se Enza dovesse tornare in salotto. Arriva giusto in tempo per darmi un piatto con due fette di crostata ai mirtilli: «Per tua madre e per Rita».

Esco. Respiro a fondo l'aria fredda con un senso di sollievo. Non piove più da un po'.

In compenso, nevica.

«Ti ho portato la torta».

La faccia di mia madre fa capolino dallo spazza cucina, tiene Pablo in braccio.

«Devi pulirlo un po': si è andato a infilare sotto il mobile, qui dentro».

Appoggio il piatto sul tavolo e prendo Pablo tra le mani. Il suo pelo nero è variegato con ragnatele grigie che gli impestano anche i baffi. La tentazione di piazzarlo sotto il rubinetto è tanta, ma il non aver fatto ancora testamento mi fa desistere.

«Uhm, che buona. La frolla di Enza è insuperabile. Allora, com'è andata? Come sta Ada?»

«Come la rivedo nei miei ricordi. Con anni di più, ma i gesti e lo sguardo sono sempre quelli. E pure i biscotti all'anice, a dire il vero. Sai, una volta ho comprato quelli dell'Ikea sperando gli somigliassero, ma è tutto un altro pianeta».

Con una salvietta umida accarezzo il gattone facendolo tornare all'antico splendore.

Mia madre si ferma con il boccone a mezz'aria.

«Ma infatti, Cloe, è una bestemmia solo averlo pensato. E riguardo a Virginia, hai avuto modo di chiederle qualcosa?»

«Be' sì. Erano amiche, compagne di classe anche. Finché Virginia ha potuto studiare, poi si incontravano in chiesa. Ma era stanca e ha preferito andare a riposarsi. Anche se, a un certo punto, ha detto che lei non era così stupita che Virginia si fosse uccisa. Ha detto: "Con tutto quello che era successo…". Quando però le ho chiesto a cosa si riferisse, ha risposto che doveva essersi confusa e bon, morta lì».

«È una signora di ottant'anni, non in ottima salute, facile che si confonda. Vai tu a capire che ricorda. Comunque sono passati così tanti anni, tesoro, lascia riposare i morti in pace. Piuttosto, pronta per la soffitta?».

Non aspettavo altro.

Le scale per raggiungerla sono tremende. Il primo scalino è più alto del normale, ricordo che da bambina dovevo appoggiarmi con le mani su quello successivo per aiutarmi. Avevo sempre paura di cadere: con le scale non ho mai avuto un buon rapporto, ho perso il conto delle volte che le ho fatte ruzzolando. E poi, gli scricchiolii che producevano a ogni passo non aiutavano il rapporto di fiducia con la loro stabilità. Comunque dovevo essere io troppo pessimista, perché di fatto stanno ancora qui a svolgere la loro funzione. La poca luce del pomeriggio invernale entra dalle due finestre in fondo alla stanza, senza gli scuri. Li abbiamo notati appoggiati al muro, giù in cortile, vicino alla legna da ardere. I cardini arrugginiti devono aver ceduto tempo fa. Sullo sfondo qualche luce accesa e l'orologio del campanile illuminato.

Vedere in queste condizioni quella che era la mia stanza, nelle calde notti d'estate mi rattrista, in qualche modo. Quando non riuscivo a dormire, aprivo la finestra e mi sedevo sul davanzale con le gambe a penzoloni. L'incoscienza non mi faceva soffrire le vertigini come oggi. Tenevo le cuffie del mangiacassette in testa, guardando la luna e la strada davanti a casa. Mi lasciavo trasportare dalle canzoni e dall'atmosfera, insomma. Ho imparato presto a girare film mentali, per cui tuttora vinco sovente l'oscar per la migliore regia.

Mia madre sposta parte del lenzuolo, sollevandolo. E con esso una nuvola di polvere. Sotto ci sono vecchie sedie di legno e paglia, un mobiletto Singer irrimediabilmente danneggiato, un paio di sgabelli e cassette da frutta piene di giornali ingialliti.

A questa roba penserà zio Beppe.

L'aiuto a rimettere il lenzuolo com'era. La polvere continua a svolazzare con lo stesso ritmo delle ragnatele che, calando in alcuni punti dal soffitto, sembrano toccare il pavimento.

Apriamo l'armadio e ci avvolge l'odore di lavanda e naftalina. Non so se sia peggio questa miscela o la polvere di prima.

«E che diamine!», esclama prima di cominciare a tossire.

«Il mio pensiero iniziava allo stesso modo, ma finiva decisamente più scurrile», le dico, tossendo a mia volta.

Aria, ho bisogno di aria. Vado ad aprire una delle due finestre, quella più vicina a noi. L'aria profumata di neve entra prepotente e ristoratrice.

«Brava Cloe», mi dice avvicinandosi.

Non ho il tempo di respirare a fondo di nuovo: una delle tavole del pavimento cede sotto il mio peso, inghiottendomi la gamba fino a metà polpaccio. Per non cadere mi aggrappo alla finestra, che di primo acchito sembra cedere pure quella, ma resiste. Il solaio della stanza di sotto arresta l'irreparabile.

«Oh santo cielo, Cloe, ti sei fatta male?».

Le mani di mia madre mi prendono sotto le ascelle, aiutandomi a uscire dal buco.

«No, credo di no. Nulla di grave».

Alzo i jeans, girando la gamba verso la luce. Gli stivaletti e le pesanti calze hanno protetto gran parte della pelle. Solo in un paio di punti la calza è smagliata e si intravedono dei graffi, ma nemmeno una goccia di sangue.

«Questa casa sta cadendo a pezzi. Quando hai urlato m'è preso un colpo. Sicura che stai bene? Vado da Rita a prendere dell'acqua ossigenata?».

Ora anche i miei abiti neri sono ricoperti di polvere, come Pablo poco fa. Provo a farla scendere, sbattendomi le mani contro le gambe, ma con scarsi risultati.

«Per poco finivo al piano di sotto. Fortuna che il solaio ha tenuto. Dici che è arrivato il momento di rimettermi a dieta?»

«Non dire scemenze! Piuttosto, sei sicura di stare bene? Un bicchiere d'acqua? Andiamo al pronto soccorso? Vuoi un tè? Eh, che dici? Sì, un tè, ecco: quello ti ci vuole. Lo faccio subito».

Mia madre è dell'idea che non vi sia nulla che non si possa affrontare, con una tazza di tè fra le mani.

Mentre lei scende in cucina, torno alla finestra per chiuderla, soppesando ogni passo. L'aria è tornata respirabile e io comincio a sentire freddo.

C'è qualcosa che attira il mio sguardo, verso il buco da cui sono appena uscita.

Sfilo lo smartphone dalla tasca e accendo la torcia per vedere meglio. Si scorge appena, tra le fessure del solaio rimasto integro, ma c'è qualcosa nell'intercapedine del pavimento. Non so se questa scoperta mi renda felice: ho letto diversi noir, visto un numero considerevole di thriller e solitamente i ritrovamenti di questo tipo non lasciano presagire nulla di buono. Poi, però, ricordo *Il favoloso mondo di Amelie*, quando sotto una mattonella del bagno ritrova una scatola del tempo. Vuoi vedere che ho trovato un vecchio tesoro dei miei zii?

Mi rimetto in ginocchio sul pavimento, tanto i jeans ormai sono da lavare. Sperando di non appoggiare la mano su qualcosa di peloso, molto vivo e somigliante a Ratatouille, infilo la mano nel buco, trovando una scatola di latta ricoperta di polvere e fuliggine.

La pulisco con uno degli angoli del lenzuolo. La scritta dorata "Pastiglie Leone – Torino", torna a splendere tra i segni di ruggine, sotto la debole luce della lampadina.

I fianchi della scatola, invece, sono decisamente scrostati. Provo ad aprirla, ma il coperchio non si muove.

Mia madre arriva dal piano di sotto con una tazza fumante in mano.

«Che fai?»

«C'era una scatola nel buco», le rispondo, mentre ancora provo ad aprirla.

«Una scatola?».

Beve un sorso di quello che dovrebbe essere il mio elisir in tazza post trauma.

«Una scatola di caramelle, nascosta lì sotto da decenni credo. Roba tua?», le chiedo, smettendo di armeggiare per riprendere fiato. Lei continua a bere il *mio* tè.

«Oddio, mia proprio no. Non ricordo di aver mai nascosto nulla. Che sia di uno dei tuoi zii? Una di quelle scatole della memoria o del tempo, si chiamano così?»

«È buono il tè, Madre?»

«Oh, scusa Cloe, ero soprappensiero. Be', dopo te ne farò ancora. Prova a passarmela, magari riesco a aprirla».

Le do la scatola, così lei è costretta a passarmi la tazza con ciò che resta: forse un mezzo sorso di tè al limone.

Anche i suoi tentativi vanno a vuoto.

Mi decido a fare ciò che fin dall'inizio avrei dovuto. Poi lo so che me ne pentirò in un nanosecondo, ma al momento mi pare la cosa più veloce e sensata. Infilo la mano nello stivaletto di destra e ne esce il coltellino militare di papà.

«Clo'! Ma fammi capire: giri armata?»

«Armata, adesso: armata... È il coltellino di papà. Me l'hai regalato tu, no?».

Sfodero uno sguardo che Bambi, al confronto, sembra l'angelo della morte.

«Perché tu lo tenessi in un cassetto, per ricordo».

Mia madre ha uno sguardo che, a confronto, l'angelo della morte sembra Bambi.

«Be', secondo me le cose o le usi o ne puoi anche fare a meno. Mica lo adopero per tagliare le gomme al preside, anche se non sarebbe poi un'idea da scartare».

Prendo uno degli sgabelli e lo porto sotto la lampadina, usandolo come piano d'appoggio mentre armeggio contro il coperchio della scatola. Che, finalmente, cede.

Resto ferma, guardo mia madre.

La cosa mi emoziona. Anche se dentro ci trovassi le figurine della Juventus o quattro soldatini di mio zio Elia, sarebbe comunque un tesoro. È come un messaggio che arriva da un'altra dimensione. Sono sempre stata dell'idea che l'universo, in qualche modo, parli. Ho imparato con il tempo a riconoscere momenti apparentemente insignificanti, che invece sono la svolta di una situazione intricata. Insomma, io non credo alle coincidenze: le cose capitano in un determinato momento per un altrettanto determinato scopo.

«Che aspetti, apri o no? Adesso sono curiosa».

Mia madre, meno mistica e più pragmatica, mi riporta al presente.

Apro piano. Odore di carta vecchia. E un altro più sottile, sottotono, che sa di rancido. I piccoli cardini scricchiolano con la ruggine. Una volta aperto, il coperchio resta a novanta gradi sulla scatola. All'interno c'è della carta di giornale, ingiallita e slabbrata. Sposto gli occhi su mia madre che osserva i miei gesti in silenzio.

Torno al contenuto della scatola e prendo il giornale che sembra avvolgere qualcosa. Mi muovo con la stessa lentezza con cui ho visto Alberto Angela scoprire gioielli rinvenuti negli scavi di Pompei. Per un attimo mi sembra quasi di sentire la sua voce nella testa.

«È un momento davvero emozionante. La scatola di caramelle Leone è stata nascosta nel pavimento di questa vecchia casa, in questo vecchio paese dimenticato da Dio e dagli uomini. Da quanto? Forse una cinquantina d'anni, forse di più. E la stiamo aprendo qui, per la prima volta, insieme a voi».

«Stai dicendo il rosario?»

«Eh?»

«Il labiale. Sembra tu stia pregando... Sei sicura di sentirti bene? Hai sbattuto solo la gamba, vero? Non la testa contro la finestra».

Faccio una smorfia, borbottando suoni senza senso.

Appoggio la scatola allo sgabello, inizio ad aprire la carta appallottolata come si trattasse di una reliquia. Il coperchio era così ben chiuso che non vi è traccia di muffa e nemmeno di ruggine. Sotto la pagina del giornale trovo un fazzoletto di cotone con qualcos'altro di più duro, avvolto al suo interno. Mi prendo tutto il tempo, non voglio essere precipitosa. Ora guardo se ci sia ancora la data sul foglio del quotidiano.

Si tratta della prima pagina dell'Unità, datata 27 luglio 1956. Annunciava l'affondamento dell'Andrea Doria, avvenuto alle 10:15 del giorno precedente.

«O Dio, guarda», le porgo il giornale.

«O Gesù».

«Manca solo lo Spirito Santo e li abbiamo chiamati tutti».

Eccola la minchiata da stress, puntuale come il sollecito della bolletta del gas.

Ritengo però di essere giustificata: un conto è leggere le notizie dell'epoca da internet, un altro è una pagina del quotidiano originale di quel giorno. L'emozione è tale che quasi mi dimentico del panno nella mano sinistra, non fosse che l'oggetto in cui è avvolto ha un certo peso.

Mia madre sta ancora scorrendo le righe dell'articolo, tenendo il foglio di traverso rispetto alla lampadina.

«Pazzesco», sussurra, «io avevo otto anni all'epoca e mentirei se ti dicessi che ricordo qualcosa. Ma del resto, come ti dicevo ieri, quell'estate l'ho passata dai nonni al Carpen e lì non c'erano né quotidiani, né radio. Era tuo nonno Bastian che non mancava mai di comprare il giornale. Be', che c'è nel fazzoletto?».

Il tessuto doveva essere stato bianco, ma ora è grigio fumo. Il primo lembo, che libero da una sorta di nodo, ha un ricamo con tre piccole stelle alpine intrecciate tra loro. Di nuovo la voce di Alberto Angela fa capolino nella testa, ma stavolta la ignoro.

La parte interna è macchiata e secca. La stoffa è incollata a sé stessa, l'odore non mi piace per nulla. Il colore, un rosso amaranto molto cupo, mi fa scattare qualcosa dentro: è l'istinto che, a vibrazioni, mi fa capire quando qualcosa non va. Provo a ignorare la sensazione, dicendomi ancora una volta che ho letto troppi noir.

Nel tentativo di separare i lembi, in alcuni punti la stoffa si strappa.

Infine, il bandolo della matassa è costituito da una piccola roncola di una quindicina di centimetri. La lama a mezzaluna è scura, il legno dell'impugnatura è usurato.

Ora il mio istinto fischia come un sottomarino in rotta di collisione. Per quanto ne so, dopo aver visto sedici stagioni di C.S.I. in TV, questo impiastriccio che c'è sopra ha tutta l'aria di essere sangue.

«Una roncola? Ma che ci faceva là sotto?»

«Eh, bella domanda. Tra l'altro, non vorrei azzardare ma, secondo me, queste macchie sono...».

«Che?»

«Per me questo è sangue».

«Ma dai, Cloe, non dire cazzate. Che sangue vuoi che ci sia... Sarà ruggine. Chissà da quanto tempo è dentro 'sta scatola».

Però mia madre mi guarda come chi cerca conferme e, nello stesso tempo, teme di essere smentita.

«Non può essere ruggine. La scatola era ben chiusa e l'umidità non è sicuramente passata. Altrimenti la vedremmo anche all'interno e sul giornale. Invece la pagina che hai in mano è pulita, così come i primi giri del fazzoletto di cotone che ho aperto. Le macchie sono solo nella parte interna del fazzoletto, quella più vicina alla lama».

«Ti sei arruolata nei RIS senza dirmelo? Ma dai, Clo', fammi vedere. Che sangue vuoi che sia».

Le porgo fazzoletto e roncola insieme, ma lei si blocca con il gesto a mezz'aria.

«Secondo lei posso toccarla, "maresciallo Rocca", o rischio di distruggere qualche prova, magari le impronte digitali», mi chiede con quel tono da sfottò che se non fosse mia madre la prenderei a testate.

Ricordando sempre gli insegnamenti del maestro yoga di Spoleto, cerco di inspirare pace e serenità ed espirare rabbia e carognaggine, non fosse per l'aria che puzza di polvere e ferma il mio respiro a metà. Sto per rispondere a tono quando il fato, sotto forma di un essere grigio, peloso e con due orecchie relativamente grandi e tonde, sfreccia proprio in mezzo alle nostre gambe e si infila nella novella apertura sotto la finestra.

Ci guardiamo. E non è necessario aggiungere altro.

Qualche minuto dopo siamo nella cucina di Rita. Ognuna di noi ha una tazza di cioccolata calda tra le mani, in centro alla tavola c'è la scatola di latta e il suo misterioso contenuto.

Un silenzio riflessivo aleggia sopra le nostre teste, come il fumo di una bisca clandestina.

«Un roncolet», dice Rita, calando la mano per prima.

«Eh?»

«Una roncola piccola», spiega mia madre, guardandomi come a dire: «Ti ho mandata all'università per cosa, eh, per cosa?»

«Le roncole erano normalmente grandi. Si usavano per far legna da ardere, quindi dovevano poter tagliare anche rami di un certo spessore. El roncolet, invece, era di uso quasi prettamente femminile, adatto ai lavori di casa. Da giovane ne avevo uno anch'io. Vedi? È piccolo, perché lo potevi tenere in tasca ed era più utile se andavi a raccogliere la verdura nell'orto, o per la vendemmia».

Cioccolata. Ho di nuovo un bisogno viscerale di cioccolata. Non so se per il ritrovamento, o perché per tutta la notte avrò l'immagine del sorcio che scorrazza sopra la mia testa.

«Un tempo le donne usavano le gonne ampie con grandi tasche. Tuo nonno ci rideva su, dicendo che le facevano così apposta, per nascondere il fiaschetto di vino mentre andavano nei campi».

Ride.

«Comunque, per me è sporco di sangue: si sentiva anche dall'odore».

«Be', veniva usato anche per spiumare le galline dopo avere tirato loro il collo», continua Rita.

«Io le spiumavo a mano», risponde mia madre di rimando.

Ho bisogno di cioccolata. E di un antiemetico.

«Ammesso che tu abbia ragione, che senso ha?», chiede mia madre. «E poi, il sangue di chi?».

Rita ci guarda perplessa. Prende un po' di cioccolata e torna all'oggetto delle nostre attenzioni.

«È solo una sensazione», rispondo, «ma il fatto che fosse nascosto non mi fa pensare bene».

«Tu leggi troppi gialli. E poi tutte quelle serie TV scabrose. Dovresti dedicarti a qualcosa di diverso, ogni tanto. Sai, guardare una commedia d'amore».

Mia madre è un po' stizzita, ma c'è qualcosa nella sua voce che mi fa capire che non sia un'ipotesi che escluda a priori.

«Senti, ragioniamo».

Qualche minuto di silenzio.

Rita sposta lo sguardo in modo alternato da me a mia madre, come se stesse guardando una partita di tennis. Vedo i suoi occhi divertiti far capolino da sopra la tazza.

«Ok, ragioniamo Cloe. Ammesso e non concesso che sia sangue, potrebbe essere quello di un animale. Te l'ho raccontato quando io stessa ho ucciso una vipera?».

Mia madre appoggia la tazza e si sporge in avanti, per catturare la nostra attenzione. Sembra quasi che le luci intorno si siano abbassate e la regia abbia acceso su di lei un occhio di bue.

«Ti prego, dimmi che non è successo nella stessa casa dove vuoi che passiamo un'altra notte».

«E invece sì», insiste con un sorriso radioso, come se mi stesse raccontando di una giornata alle giostre.

«Dai, che questa mi manca!», la incalza Rita.

«Vi amo di meno, sappiatelo».

E finisco a picchiare la fronte sul tavolo.

«Zitta. Quando ero piccola, il bagno non è come lo vedi adesso. Quello l'hanno fatto i tuoi zii durante le ferie. Sai, avevano lavorato anche come muratori e una volta imparato il mestiere l'hanno tirato su. All'epoca non si badava troppo ai permessi e alla burocrazia».

«Ah, ecco, un ipotetico arretrato sull'ICI o condoni edilizi pendenti: questo ci mancava. Andiamo avanti. Anzi, no, potremmo fermarci anche qui, che dite? Non sarebbe meglio?»

«Zitta, non m'interrompere. Dicevo: prima che venisse costruito quello attuale, il bagno era nel retro della casa, si passava dalla porta di ferro che ora fa entrare direttamente nel pollaio. Lì c'era un piccolo orto, una conigliera e, appunto, il pollaio. In mezzo era ricavato una sorta di bagno, ovviamente al coperto, ma uno dei lati sfruttava il muro di cinta che faceva da confine con la proprietà accanto. E non è che fosse un muro di mattoni: erano pietre incastrate a secco. Bene. Avrò avuto, quanto? Tre o quattro anni. Ero seduta lì sul vaso e da sotto un sasso vedo sbucare qualcosa che si muove, una testolina triangolare: una vipera».

«Rita, posso dormire qui stanotte?».

L'antiemetico non è abbastanza. Mi chiedo se sia meglio un Valium o un bicchiere di Jack. Liscio. Magari doppio. Così da stordirmi e perdere direttamente coscienza.

«Aspetta, cara, fammi sentire la fine».

Rita è rapita dalla trama avvincente.

«Io resto lì seduta. Prendo un bastone, uno piccolo che stava lì, e comincio a giocare con quel cosetto che si muove. La vipera si ritraeva, ma poi tornava fuori e cercava di sporgersi di più. Alla fine l'ho colpita così tante volte che l'ho ammazzata. Nel frattempo avevo finito ciò che dovevo fare, quindi ho abbandonato il giochetto con cui avevo ingannato il tempo e sono rientrata in casa. Avresti dovuto vedere la faccia di tuo nonno, quando ha scoperto cos'era successo: si è spaventato a morte».

«Mi sento meglio. Grazie di aver condiviso con noi questo pezzo di storia, Madre. Rita: stanotte io e Pablo ci trasferiamo nel tuo garage. Ancora grazie».

Le due donne ridono, mentre riprendo in mano fazzoletto e roncolet. Il ricamo delle stelle alpine è fatto a mano, non da un'esperta. Benché sia piccolo, i punti non sono regolari. Alcuni risultano più grandi e sul retro il filo si è annodato più volte.

«Il fazzoletto doveva essere di qualcuno che non ricamava molto bene. Quando il Generale ha provato a insegnarmi, commettevo più o meno gli stessi errori, solo che Clotilde me lo scuciva con una forbice e me lo faceva rifare, fino a quando non appariva perfetto. Quindi dubito sia suo. E allora di chi potrebbe essere? Tuo, Madre? E la roncola? E la scatola? Le caramelle Leone non erano troppo care perché ve le comprassero? Clotilde non mi sembrava una che sperperasse in balocchi e profumi».

«Il fazzoletto non sembra mio, ma non è che ricordi tutti i fazzoletti che ho ricamato», mi risponde. «E per la scatola, mah, ci sto pensando, ma anche quella dubito fosse mia. Sicuramente non l'ha comprata nemmeno mia madre. Però c'erano dei parenti di tuo nonno, delle zie che facevano le sarte a Varese e tornavano qui a passare l'estate. Portavano sempre qualcosa di particolare che a Vas non si trovava, o qualche regalino sapendo che non avevamo soldi per gli sfizi. Potrebbe essere un loro dono». E continua.

«La domanda che mi faccio io è questa: perché nascondere scatola e contenuto? E, ammesso che tu abbia ragione e che quello lì sia sangue... Sangue di cosa?»

«Magari sangue di chi?», suggerisco.

Il mio smartphone suona: è Sandro. Non ci sentiamo dalla litigata di ieri. Lascio la roncola con tutti i miei dubbi sul tavolo ed esco in cortile, per parlare più liberamente.

«Stai bene? Ti sei disinfettata? Non sarebbe il caso di fare un'antitetanica?»

«Ma no, non serve. Vorrai mica che prenoti una TAC per un paio di graffi al polpaccio. Non ho nemmeno perso sangue, quello trovato mica è il mio».

Sandro tace. Pare che rifletta. È una di quelle cose che am… che mi piacciono di lui. Ascolta, riflette e poi risponde di conseguenza.

«In effetti è strano. Se la roncola fosse servita per qualcosa di quotidiano, sarebbe stata rimessa al suo posto dopo essere stata pulita. Sicuramente non nascosta in una scatola, ancora sporca, e infilata sotto un'asse del pavimento. Da come la racconti sembrano gesti fatti in fretta e, boh, azzardo, forse con paura. Come se si pensasse di non avere abbastanza tempo per pulirla o farla sparire».

«Madre pensava fosse una scatola degli zii. Del resto, poche assi più in là, mi raccontava, ce n'era un'altra che al tempo si poteva far scorrere, ma l'avevano fatta apposta per nasconderci dentro le sigarette. Questa sta lì dal 1956, non è stata trovata prima per puro caso».

Fa freddo ed è buio già da un pezzo. Cammino avanti e indietro lungo via Garibaldi, illuminata da vecchi lampioni che fanno un flebile cono di luce che si poggia sulla strada. La neve non ha attaccato. Ce n'è una spruzzata solo sulle piante e le auto.

«Già. Pensi davvero che possa essere l'arma di un delitto?».

Sghignazza nel dirlo, e cala l'accento su *delitto*, scandendo ogni sillaba. Mi sembra quasi di vederlo. Quando sorride stringendo gli occhi, lanciandomi una provocazione e aspettando la contromossa.

«Da Clotilde mi aspetto di tutto. Non mi stupirei che, mettendo in ordine le carte, venisse fuori che in giovinezza era un agente del KGB».

«Non la chiami mai nonna».

«Nonna è un termine che implica affetto. Se penso a una nonna, immagino una dolce vecchina che prepara biscotti con amore, che sorride ai propri nipotini, che vizia e dispensa coccole e carezze. Un po' come faceva per me Ada, la madre di Fabrizio. Oggi ero a pranzo da lei. Clotilde, invece, a me non faceva nulla di tutto questo. A mia sorella sì. Alle nipoti dei vicini di casa, con parsimonia, ma ti giuro di averla vista anche sorridere. A me no. Mai».

«Che strano, non è che esageri?»

«Credimi, avresti dovuto sentirla. Quando papà era in ospedale poi... Senti, lasciamo perdere».

Sandro cambia tono e si fa serio.

«No, parliamone invece. È la prima volta che accenni a qualcosa che appartiene alla tua infanzia. Vai avanti».

«Ma no, non mi va. E poi non è così importante».

Adesso come ne esco? Lui e questo modo che ha di estorcermi le cose.

«Per favore... Parlami... Amore, dai...».

Ma no! "Amore" no, ma cos'è? Mia madre ha fatto brevettare la tecnica?

«Cloe... parlami».

Usa un tono basso. Sembra quasi mi stia sussurrando all'orecchio, come quando restiamo stesi vicini e mi racconta dei suoi progetti.

«Allora... Mi è sempre piaciuto leggere. Anche quando venivo qui in vacanza non giocavo con gli altri bambini. Non ce n'erano molti e con quei pochi nemmeno mi trovavo bene. Così passavo i pomeriggi con i libri che Fabrizio, l'ex maresciallo di cui ti ho accennato, mi prestava. Oppure stavo da Ada, che mi raccontava storie e con cui potevo parlare del libro che stavo leggendo o farmi spiegare i passaggi che non capivo».

«Magari tua nonna era solo gelosa», interviene Sandro.

«Non so. Certo Ada non le piaceva, non ne ha mai fatto mistero. Diceva che mi riempiva la testa di parole e di storie inutili. Ma non è che cercasse di avere un rapporto diverso con me. Anzi, credo provasse un certo sollievo quando me ne andavo».

«Dai, non dire così: era sempre tua nonna. Comunque non mi sembra una buona ragione per spezzare un legame».

«Era un Generale d'armata. Benché fossi una bambina, mi criticava e comandava in continuazione. Lo dicevo poco fa, a mia madre e a Rita: una volta ha provato a insegnarmi a ricamare. Ogni volta che finivo un fiore, lei controllava, prendeva una forbicina di quelle da unghie e tagliava tutti i fili per farmi ricominciare. È andata avanti tre giorni, prima che buttassi nel fuoco un fazzoletto che ormai sembrava tarmato. Con ago, fili colorati e tutto. Mi ha chiamata "demonio", e quel giorno non mi ha preparato né pranzo, né cena. Avrò avuto nove anni».

Sono io a fare una pausa, ora. I miei tentativi di sviare il discorso oggi non sembrano funzionare. Lo so che Sandro sta zitto solo per darmi il tempo di riordinare le idee. Non ci fosse l'intera pianura di mezzo, si siederebbe davanti a me con le braccia poggiate sulle ginocchia, senza dire nulla. Starebbe lì a guardarmi, aspettando che fossi io a parlare di nuovo. E anche ora che siamo al telefono, mi sembra di essere sotto lo stesso sguardo che non mi lascia vie di fuga.

Dato però che non mi decido, Sandro ci riprova.

«Ok, ma sei comunque evasiva. Che successe nei giorni in cui tuo padre era in ospedale?».

Sono combattuta tra il tacere per l'ennesima volta e inventarmi una scusa plausibile o finalmente dirgli tutto, con la convinzione di sentirmi dare dell'idiota mentre si strozza dalle risate. Poi mi chiedo se io riderei a sentirmi raccontare una cosa simile, ma d'altra parte io non faccio testo, sono la strana della famiglia, no? Questa cosa del dire e non dire mi mette l'ansia. Forse sarebbe meglio sputarla fuori una volta per tutte. Almeno si farà quattro risate e non ci pensiamo più. Oppure si convincerà definitivamente di stare insieme a una folle e mi pianterà in asso. Bene, se deve lasciarmi, meglio che lo faccia ora, no? Ora che siamo distanti e sono costretta a restare qui ancora per qualche giorno, il tempo di farmene una ragione.

«Cloe, sei ancora lì?»

«Mi disse che era colpa mia».

Ecco, l'ho detto.

«Che cosa?»

«Quando mio padre fu ricoverato d'urgenza, lei venne a Padova per badare a noi, mentre mia madre entrava e usciva dall'ospedale. Un pomeriggio eravamo sole. Stavo leggendo qualcosa e lei volle prendermi in braccio. Sedendosi proprio sulla poltrona di papà, cominciò a dirmi che la situazione era grave, che non era detto che mio padre se la cavasse. E che la colpa era mia. Che era una punizione di Gesù. Che ero cattiva e andavo punita. Io non riuscivo nemmeno a guardarla, tenevo gli occhi fissi sul medaglione d'oro che portava al collo. Risaltava sopra una camicia bianca e mi pare avesse un gilè nero, fatto ai ferri da lei. Mentre fissavo gli intrecci della filigrana, lei diceva che avrei dovuto pentirmi di tutte le mie malefatte perché, se mi fossi pentita e avessi iniziato a comportarmi come una brava bambina, allora Gesù mi avrebbe perdonato e papà sarebbe tornato a casa. In caso contrario, niente perdono: Gesù mi avrebbe punita per la mia arroganza. Papà è morto un paio di giorni dopo. Dato che ero troppo piccola per spiegarmi che era stata la leucemia a stroncarlo, mi dissero solo che era andato in cielo, ma senza darmi un reale motivo, o una spiegazione. E così... Così ho creduto alla storia di Clotilde».

«O cazzo».

Sandro, che era rimasto in religioso silenzio, ora sembra più turbato di me.

«È una cosa stupida e ridicola, dimmelo pure, ma io da allora non ho più voluto vederla e, nello stesso tempo, mi sentivo in colpa. Adesso penserai che sono balenga e magari...».

«Cloe, fermati. Respira. Non sei stupida, né tanto meno ridicola. Mica ci vuole una laurea in psicologia per capire che queste parole, dette... a una bambina è... è... è terribile. Mi dispiace. Non ne hai mai parlato con tua madre?»

«No. Credo di aver rimosso per diversi anni quella conversazione. Me la sono ricordata che ero già grande, ma poi, che potevo dirle? Da una parte pensavo che tutto quello che avevano sofferto lei e Chiara fosse colpa mia, dall'altra pareva volessi raccontare l'ennesima malignità su sua madre. Ho pensato che non fosse poi così grave. E comunque, dopo il funerale di papà, in casa, cambiarono tante cose: Clotilde non amava venire a Padova, io ho smesso di venire in vacanza qui perché mamma preferiva passassimo le estati insieme, fatalità voleva che nelle feste comandate spesso avessi la febbre, insomma. Non è stato molto faticoso alla fine evitarla. E quando ho iniziato il liceo, basta. Non sono più tornata. Mamma c'ha provato per un po' a chiedermi il perché di tanta antipatia nei confronti del paesello, al punto di non volerne sentire parlare. Ma lo sai come sono quando non mi va di parlare. Dopo un po' si è arresa. Del resto aveva cose ben più importanti a cui pensare».

«Non era così grave? Stai scherzando? Ora che conosco questa storia capisco meglio tante cose... Per esempio la tua continua paura di sbagliare... anche se devi scegliere tra due tipi di pizza a volte ti arrovelli come se da quella decisione dipendesse il destino dell'umanità. All'inizio pensavo fossi solo particolarmente eccentrica, invece...».

«Grazie dottor Freud. La parcella me la mandi a casa o possiamo contrattare un pagamento in natura?».

Troppa tensione, dovevo trovare un modo di stemperare.

«Sciocca», mi dice ridendo.

«E come la mettiamo con la roncola insanguinata? Possiamo archiviare momentaneamente le pillole di psicanalisi per tornare al mio ritrovamento? Secondo te, che devo fare? Non me la sento di sbarazzarmi di tutto quanto come se non l'avessi mai trovato. C'è qualcosa che mi spinge a...».

«Indagare?»

«Sì, esatto: indagare».

Sandro tace per un po'. Sento il respiro sul microfono dell'auricolare. Riesco a ripercorrere mentalmente le sue labbra, il collo, percepire il profumo del suo dopobarba. Dopo i pensieri scemi su Fabrizio, incontrare il suo profilo è quasi rassicurante, anche se mi sento ancora disagio.

«Allora, facciamo così. Ora rientri in casa e provi a scaldarti un po'. Ti rilassi, fai due coccole a Pablo e ci sentiamo domani. Io torno in cucina, che ho degli ospiti in arrivo per cena. Se non finisco troppo tardi, faccio una ricerca in qualche emeroteca online. Magari trovo qualcosa e domani ne riparliamo. Ma tu non usare questa scusa per archiviare di nuovo una parte così importante della tua vita».

«Emeroteca? Tu pensi che qualche quotidiano nazionale si possa essere occupato della cronaca di questo paese, proprio a ridosso dell'affondamento dell'Andrea Doria? Amo... Voglio dire: Sandro, apprezzo molto il tuo inguaribile ottimismo, ma forse in questo caso è eccessivo».

«Sorvolo sul tuo lapsus, ma vorrei fosse messo agli atti che l'ho notato. Detto ciò: hai idee migliori? Magari un giornale nazionale no, ma uno locale potrebbe aver dato spazio a quel che succedeva nella provincia bellunese. Boh, non so. È la prima cosa che mi è venuta in mente. Poi, se cucinando nascessero altre idee, ti scrivo. Sai che per me il filetto al pepe verde è fonte di ispirazione. Ma ora rientra, starai morendo di freddo. A dopo».

Torno in casa. La scatola di latta, con tutto il suo contenuto, è sparita dalla tavola. Al suo posto la tovaglia, e il pane caldo.

Messaggio WhatsApp di Sandro: “Ciao Mia. Ho finito ora di risistemare la cucina. Mi sa che vado dritto a letto. Ma senti, parlarne con il tuo amico Fabrizio? Chi meglio di un maresciallo in pensione può esserti d’aiuto in questa indagine? Buonanotte. E grazie per avermi reso partecipe dei tuoi ricordi”.

Valdobbiadene, 25 novembre 1956

«In tutta franchezza, maresciallo, non lo so. Sono perplesso».

De Carli si lisciò il pizzetto, gesto che aveva iniziato a fare in modo più o meno inconsapevole dopo la promozione a brigadiere, ossia da quando lavorava a stretto contatto con Giordano. Capitava ogni qualvolta i conti non gli tornavano. L'incontro con la famiglia di Virginia Pinto gli aveva lasciato dentro una spina di sofferenza e benché fosse chiaro che non poteva prendere a cuore ogni singolo caso su cui lavorava – il protocollo gli imponeva di mantenere un rigido distacco emotivo – era dall'inizio che tutta quella storia lo faceva vivere male.

«Spiegami».

«Ho visto il signor Verri visibilmente sconvolto dalla notizia. La sorella della vittima, Clotilde Pinto, invece non mi ha convinto per nulla. Non dico che mi sia apparsa *sollevata*, se mi passa il termine, ma nemmeno affranta».

«Uhm».

«Ha assorbito la notizia senza alcun cedimento. Non si è nemmeno seduta. È rimasta impassibile, in piedi, accanto alla stufa. Anzi, ci ha chiesto se volessimo un caffè».

«Sì, me ne sono accorto».

Il maresciallo Giordano, invece, prese a lisciarsi i baffi. Faceva passare la punta più esterna tra pollice e indice, arricciandola appena. Il giovane brigadiere si rese conto dell'imitazione e smise di toccarsi il pizzetto, arrossendo per l'imbarazzo.

«Poi, di solito, i familiari tendono a proteggere i loro cari, soprattutto a ridosso di una disgrazia. Invece la signora Clotilde ha lasciato intendere quello che presumo abbia pensato lei stamattina, ossia che esista un collegamento tra la morte di Virginia Pinto e l'omicidio Pezze».

«Già. Ha fatto una buona dose di allusioni, però non ha voluto essere più precisa. Illazioni, per lo più».

Cambiò mano, lisciando il baffo dalla parte sinistra.

«Uhm», rispose De Carli.

«Comunque, proviamo a ricapitolare. La sorella della vittima, Clotilde Pinto, asserisce che Virginia si comportasse in modo anomalo da diversi mesi. In particolare ha dato segni di squilibrio, se vogliamo dire così, proprio a luglio, dopo l'omicidio della Pezze. Non usciva più di casa, appariva confusa e spesso teneva comportamenti discutibili. Ecco perché non si sono preoccupati subito quando è scomparsa: era avvezza a questo tipo di fughe».

«Quindi, secondo lei, è andata come penso?», chiese De Carli a mezza voce.

«Potrebbe. Ma il movente?», rispose Giordano.

«La sorella ci ha lasciato intendere che Virginia fosse innamorata del marito della Pezze. Il movente potrebbe essere la gelosia».

«Nel rapporto, però, il medico legale non ha scritto solo che la ragazza non ha subito violenza: Virginia Pinto era ancora vergine. Alla locanda l'hanno descritta come una ragazza tranquilla, timida, molto servizievole. Aiutava in casa e gli anziani del paese. Certo, anche loro hanno detto che negli ultimi mesi era più schiva e triste, la vedevano raramente anche in chiesa. Ma per uccidere una donna come è stata uccisa la Pezze, ci vuole rabbia, determinazione, cattiveria. Da come viene descritta, non mi vedo la Pinto macchiarsi di un crimine così efferato e poi tornare ad aiutare gli anziani della parrocchia. Hai visto la vedova Demaria? Con la Pinto erano molto amiche, mi è apparsa sconvolta e sorpresa».

«Ho visto maresciallo».

De Carli spostò lo sguardo sopra la cassettiera alle spalle del suo superiore. In una cornice d'argento, una foto in bianco e nero di Giordano e Demaria in divisa, nel piazzale davanti alla caserma, accanto alla Fiat 600 che sarebbe poi diventata la bara dell'appuntato scelto. Lo sguardo divenne opaco e dovette cercare la punta delle proprie scarpe, fingendo un colpo di tosse per riprendere il controllo delle proprie emozioni.

«Nei prossimi giorni proverò di nuovo a parlare con lei. Per il resto, temo ci resti poco altro da fare. A parte supposizioni e teorie di paese, non abbiamo prove del collegamento tra il suicidio Pinto e l'omicidio Pezze. Al momento siamo gli unici che lo credono possibile. L'arma del delitto non è mai stata trovata, non abbiamo testimoni, e in quella casa c'erano così tante impronte che nemmeno fosse stato un treno locale. Insomma, come si dilettano a scrivere i giornali, stiamo "brancolando nel buio". Odio doverlo ammettere, ma è proprio così».

Nell'ufficio il silenzio prese una consistenza gelatinosa.

A Vas, il campanile batté sei ritocchi. Di lì a un'ora la cena sarebbe stata in tavola: Sebastiano Verri, ogni sera, voleva mangiare non più tardi delle sette. Quel giorno non sarebbe sceso alla locanda. Preferiva restare a casa, forse avrebbe ascoltato un po' di radio. Gli occhi lucidi, le parole dei due carabinieri nelle orecchie. Le dita, mentre rollava il trinciato in una cartina candida, tremavano appena.

Al contrario, sua moglie continuava a mescolare con la consueta energia la polenta sbuffante nel paiolo.

«Stasera non c'è molto, Bastian», gli disse senza voltarsi, «polenta e un po' di formaggio».

«Non fa nulla, non ho molta fame. Come ti senti?», chiese alla moglie.

«Bisognerà pensare a tirar fuori i soldi per il funerale. Proprio questa doveva capitarci, con Giuseppe piccolo. Chiederò alla Ginevra se mi fa fare gli straordinari alla filanda».

«Non sto parlando di soldi, Clotilde. Ti ho chiesto come stai».

Dal piano di sopra, il pianto del bambino interruppe il dialogo. Clotilde guardò verso la porta e poi di nuovo il paiolo di polenta che stava mescolando.

«Vado io», disse Sebastiano, alzandosi dal divanetto accanto alle finestre.

«Grazie».

Clotilde ascoltò i passi risalire le scale fino alla camera da letto. Lasciò andare il mestolo e aprì il baule di legno verniciato di bianco, accanto alla stufa. Spostò dei ceppi più grandi. Sembrava cercarne uno, in particolare. Lo trovò nel fondo: un ramo di pioppo tagliato a spicchio. Sul taglio di una delle estremità, una macchia rosso cupo e qualche capello nero.

Clotilde sentì i passi del marito muoversi al piano di sopra, quindi scendere le scale. Aprì lo sportello della cucina economica e buttò il prezzo di legno tra le fiamme.

La porta della cucina si aprì nello stesso momento.

«Siediti, la polenta è pronta».

Vas, 29 dicembre 2016

«Stai bene? Ti sei disinfettata? Hai fatto l'antitetanica?». Fabrizio resta con il mio cappuccino a mezz'aria, in evidente apprensione.

«Ma che avete tutti? State sereni, sto bene. Piuttosto, dammi il cappuccino che di quello ho davvero bisogno. Non si può correggere con qualcosa?»

«Non avrai dormito di nuovo sul divano, col gatto?». Mi passa una brioche integrale al miele.

«Ovvio! Ieri, nell'ordine: stavo precipitando da un solaio che evidentemente mi ritiene grassa, ho trovato una roncola insanguinata, m'è passato un sorcio tra i piedi e Madre, non paga, mi ha raccontato di quando ha ucciso una vipera in quella stessa casa. Direi che ho dimostrato carattere a non dormire in macchina».

Cerco di sciogliere il collo, ma a questo punto ci vorrebbe un massaggio serio. Ogni singola vertebra rimanda un *croc* fastidioso.

«Quanto la fai lunga. Non avrai passato troppe serate a guardare serie crime del digitale terrestre?».

Bofonchia sotto i baffi, che se non fosse così buona gliela tirerei in fronte, la brioche mielosa.

«Ti aspetti una risposta?»

«Meglio di no. Dai, fammi vedere questo tesoro».

Tolgo la scatola delle Pasticche Leone dalla sacca e

gliela porgo. Fabrizio la prende e la apre con delicatezza. Ho cercato di rimettere il contenuto come l'ho trovato, provando a non rovinare il foglio di giornale: quell'articolo sull'affondamento dell'Andrea Doria mi mette i brividi.

Passata la notte, quelli che ieri mi sembravano semplici passaggi logici non mi appaiono poi così lineari. Sì, è vero, ho trascorso un numero considerevole di serate da single a guardare serie crime e letto molti libri, ma questo certo non fa di me una criminologa. Che vado a pensare? Di svelare un mistero o, addirittura, un delitto? Non so nemmeno se quello che credo sia sangue lo sia davvero. Non sarà la mia voglia di evadere da questa situazione a farmi concentrare su un ritrovamento del tutto fortuito? E poi che faccio? Mi metto a smuovere mari e monti per qualcosa che potrebbe essere avvenuto sessant'anni fa, se mai fosse accaduto davvero? Insomma, sono di nuovo sul punto di fare spallucce.

Vorrei sapere da quand'è che la notte si è messa a portare dubbi, anziché consigli.

«La finisci di pregare?».

La voce di Fabrizio mi distoglie dai pensieri.

«Cosa?»

«Il labiale», mi dice, con la roncola impiastricciata in mano, «pare tu stia pregando».

«Ah, ok. No, non prego: parlo da sola. Bicio, che con quella roba in mano sei inquietante».

«Scusa, la metto giù. Parli da sola? Non è che ieri hai sbattuto anche la testa? Comunque, così a prima vista e senza i doverosi accertamenti, anche per me potrebbe essere sangue. Se sia animale o umano, non è dato sapere».

«Daje. E con l'esame del DNA? Una pioggia di Luminol?».

Sorrido, gesticolando platealmente.

«Sì, be', aspetta: chiamo Grissom e gli chiedo se passa di qui per cena, magari con il kit della Scientifica. Sei a Vas, tesoro, non a Las Vegas. Allora, ragioniamo. Se ritrovi un'arma in soffitta hai l'obbligo di denunciarla alle autorità, ma quella che hai trovato tu è una roncola, utensile di uso comune per l'epoca. Il fatto che sia macchiata di sangue e nascosta in una scatola, in effetti crea qualche perplessità. D'altra parte, anche se andassimo al Comando, credo ci metterebbero alla porta in meno di cinque minuti, ossia dopo il tempo tecnico per farsi quattro risate. Stiamo parlando di roba vecchia e del tutto incerta».

«Hai ragione. E allora, che si fa? Siamo a un punto morto. Archivio il caso e a posto così? Devo pensare che questo ritrovamento sia solo un incidente? Proprio io, convinta che il caso non esista e che l'universo parli? È pur vero che spesso e volentieri mi dice un gran numero di cazzate, soprattutto in taluni argomenti, tipo gli uomini: questo te lo concedo, ma per me le coincidenze non esistono. E adesso tu mi suggerisci di far finta di nulla?»

«Non ho detto questo, devo solo pensare un attimo. Nel frattempo, tu raggiungi pure le tue donne, che saranno giù a sistemare il cimitero come al solito e lasciami qui la scatola».

Lo dice appoggiandomi la mano sul polso. Per poi toglierla quasi subito come scottassi, facendo sparire la tazza vuota.

Non capisco. Ci sono momenti in cui giurerei che…

Fabrizio ha questo modo di cambiare lo sguardo

con la stessa velocità con cui io cambio umore. Passa dall'osservarmi come se fossi la bimbetta dei suoi ricordi, a quel guardarmi da uomo che io non so spiegarmi bene. Se non fosse lui, direi che a volte cerchi una sorta di contatto. Ma è Bicio, il mio ex bibliotecario, quello sposato con Enza dalla notte dei tempi. E quindi non può essere, giusto? E quindi non mi resta che confermare la stessa teoria, avanzata più volte durante il pranzo di ieri: sono cretina.

Meglio tornare al cimitero. Saluto ed esco.

La piazza è deserta. Solo il prete sta chiudendo le porte della chiesa, dopo la messa del mattino. Rita mi ha raccontato che ci vanno poche signore molto anziane, ma don Mario continua a celebrarla lo stesso. Lo osservo strofinarsi le mani nel tentativo di scaldarle, mentre viene a passi veloci verso l'albergo. Non indossa l'abito talare, ma i pantaloni neri e una giacca a vento dello stesso colore. Vedendolo muoversi così agilmente, sembra più giovane di quanto mi fosse parso al funerale di Clotilde. Incrocia il mio sguardo e saluta appena, con un cenno della testa. Ricambio con un mezzo sorriso.

Non è solo colpa del sorcio se ho dormito poco e male anche stanotte. La chiacchierata con Sandro ha lasciato il segno. Odio parlare di certe cose, mi fa sentire esposta e vulnerabile. Non lo faccio quasi mai. E poi c'è stato un altro incubo. Questa volta ho avuto la sensazione che durasse pochi secondi, ma sono stati sufficienti a spegnere la mia voglia di dormire fino a mattina.

Nel sogno tenevo la roncola tra le mani. La mettevo nel fazzoletto e la cacciavo in tasca, prima di correre al rubinetto del cortile. Sfregavo le mani con un pezzo di sapone da bucato verde, consumato e spaccato in più punti. Strofinavo energicamente, ma niente, il sangue non veniva via. Mi ha svegliata Pablo con una zampata sul naso, allarmato forse dal mio respiro affannoso.

Messaggio Whatsapp da Sandro: "Buongiorno! Sto lavorando per te. Fammi sapere come stai".

Varco il cancello del cimitero. Mi accolgono le Vedove, già all'opera. Rita sta canticchiando qualcosa, mentre Teresa e mia madre ridono. È paradossale che, dopo l'albergo, il cimitero sia il luogo più vivo di questo paese.

«Ciò, *cea,* t'ha preso male pure stamattina? Guarda che faccia. A te pari più de là che de qua».

«Teresa, non farci caso», risponde mia madre, facendomi l'occhiolino, «Cloe fa fatica a dormire».

«Gioventù allevata a mangime!», le fa eco l'amica.

Ritornano alle proprie occupazioni, ridendo tra loro. Mi fermo a osservarle e non posso che provare ammirazione. Sono donne segnate da una vita non facile. Tutte hanno seppellito sogni e cuore insieme al marito: hanno dovuto trovare un modo di reinventarsi, ma in un paese di vuoto e nulla come questo non deve essere stato facile. Dolori e lutti che annientano, ti chiedi come sia possibile continuare a respirare.

Ricordo quando mia madre apriva l'armadio, prendeva l'ultima camicia che papà aveva indossato e se la portava al volto. Dopo un po', però, quando anche l'ultima essenza di profumo sparisce, ci si ritrova a fare i conti con una metà dell'armadio ormai inutile. E una metà del letto sempre fredda, tanto che anche cambiare le lenzuola diventa un atto di coraggio. Tutto scorre, tutto scivola. Un intero mondo si disintegra fra le tue mani e uno parallelo continua a girare come se nulla fosse, nello stesso istante.

Respiro a fondo e sposto lo sguardo verso il monte Cornela: si avvicinano nuvole che lasciano presagire un temporale. La testa è ancora dentro la scatola di caramelle, insieme ai dubbi di Fabrizio. Certo, ne sa più lui di me, era il suo mestiere. Eppure faccio fatica a non pensare che potrebbe esserci molto di più, dietro quella roncola insanguinata.

Ripesco le cuffie dalla tasca frontale della borsa e faccio partire *L'aria sulla quarta corda* di Bach, eseguita da una straordinaria violinista.

Cammino e penso, come quando preparo una mia lezione. Cerco di ricollegare i fili del tempo, del contesto e della combinazione di entrambi. È come parlare di un quadro: non puoi limitarti alla storia personale dell'artista, devi inserire il tutto in una visuale più ampia, come la situazione politica, la vita del tempo, le usanze, la storia stessa dei colori scelti e usati. Può sembrare una parte noiosa della ricerca, ma è sempre stata la materia che ho amato di più. Porre al centro l'opera e poi costruirle attorno, tassello dopo tassello, l'intera scenografia di una vita. Perché l'arte non può prescindere dalla vita.

La banalità delle dieci meno un quarto.

Mi sposto nella parte vecchia del cimitero, quella con l'ossario e le tombe a terra, dalle foto in bianco e nero ormai sbiadite. Al centro la grande croce di ferro arrugginita, dove io e Chiara giocavamo ad arrampicarci come bertucce, prima che mio padre ci tirasse giù per insegnarci cosa fosse il decoro.

Avanti Cloe, pensa. Fatti ispirare dall'aria di Bach.

Luglio 1956, la prima pagina de «L'Unità», con l'affondamento dell'Andrea Doria. Negli anni passati qui per le vacanze, non ho mai sentito di qualcuno che si fosse imbarcato o avesse vissuto il naufragio in prima persona. Se così fosse, a Fabrizio potrebbe venire in mente. La scelta della pagina, però, può anche essere casuale. Madre diceva che il nonno comprava il giornale quasi tutti i giorni. Magari è stata pescata al volo dalla pila che si tiene vicino alla legna per accendere il fuoco.

Il violino continua ad accompagnare i miei pensieri.

E il fazzoletto con le stelle alpine? Ricamato da una persona che stava imparando o che comunque non aveva molto talento nel ricamo. Clotilde mi sento di escluderla, perché fino a quando non ha iniziato ad avere problemi di vista ricamava alla perfezione. Mia madre era troppo piccola. Potrebbe essere di Virginia, magari uno dei tanti tentativi a cui il Generale deve averla costretta per insegnarle. Possibile? Se questo pensiero avesse un senso, allora Virginia è stata coinvolta in un fatto grave e cruento, che potrebbe poi essere la concausa del suo suicidio. Ma quale fatto? E perché? E chi altro era coinvolto?

Non ricordo in quale dei tanti crime che ho visto, qualcuno disse: «Qualsiasi sia il delitto, solitamente i moventi hanno a che fare con i soldi, la vendetta, l'amore o il potere». Partiamo da qui.

Soldi in famiglia non ne sono mai girati, figuriamoci parlare di potere in un paese come questo, per di più se collegati a una ragazza di vent'anni che studiava da sola o quando l'amica poteva aiutarla. Vendetta o amore sono moventi già più plausibili, per quanto ci possa essere qualcosa di plausibile in questa storia, dato che magari è tutto frutto della mia fantasia. Ci fosse qualcun altro con cui parlare, a parte Ada, qualcuno che magari ricordi se nel 1956 ci fu un fatto di sangue cruento in paese...

Cristosanto, che cretina che sono! Perché non l'ho pensato prima? Lo sapevo che camminare mi avrebbe messo in moto la testa.

Come diceva Grissom in una puntata di C.S.I.? «Se non puoi chiedere ai vivi, fai parlare i morti».

Decido di partire dall'ingresso e risalire le varie corsie con ordine, come faccio al supermercato. Non guardo nemmeno le foto, mi concentro sulle date di morte. E cerco.

La metà del cimitero alla mia sinistra non dà esiti positivi. Ci sono solo un paio di deceduti nel 1956, ma nei mesi di gennaio e marzo. Prendendo come riferimento la data del giornale, se è successo qualcosa può essere accaduto solo dal 26 di luglio in poi. Sono a metà della seconda fila di destra, quando fanno capolino mia madre e Teresa. Quest'ultima mi guarda con un'espressione che lascia poco spazio all'immaginazione: «*Fetu che po', fia?* Cosa stai cercando?».

Mia madre mi guarda con la stessa faccia, ma a lei basta un niente per capire cosa mi stia passando per la testa. Prima che io possa dire una parola, si intromette.

«Tesoro, noi si sale. Ci fermiamo da Fabrizio per il solito aperitivo. Quando hai finito di cercare un nome caratteristico per uno dei tuoi racconti, ci raggiungi? Non fare tardi».

Mi lancia uno sguardo a metà tra il compassionevole e l'accomodante.

«Scrive racconti? E li pubblica anche?», chiede Teresa, mentre mia madre le passa il braccio sulle spalle e la costringe a voltarsi, incamminandosi verso l'uscita.

«Sì sì, intanto passa il tempo. Non ha mica figli a cui stare dietro, lei...».

Non ho ancora deciso se devo ringraziarla per avermi tolto dall'impiccio o tirarle dietro un coprilume di vetro. Lascio stare e continuo a sfilare davanti alle lapidi. Completo anche l'ultima fila, senza risultati.

Ma come, il 1956 è stato un anno senza decessi? Impossibile, ma che sciocca: non ho ancora guardato nell'ossario. Per leggere le lapidi più alte dovrò prendere la scala, Rita la stava usando poco fa. Se non sbaglio l'ha riposta sotto la tettoia, accanto al piccolo capanno degli attrezzi.

Nel frattempo il vento ha rinforzato e il cielo si è fatto più scuro. In lontananza, i primi tuoni sono un borbottio sommesso che ricorda una vecchia caffettiera.

Prendo la scala e inizio il saliscendi davanti all'ossario. Alcuni dei loculi hanno solo il nome, con gli anni di nascita e morte. Altri hanno piccole foto in bianco e nero o seppia. Facce dall'espressione austera, in posa davanti a un obiettivo come fosse un plotone di esecuzione, quasi sapessero che lo scatto sarebbe stato usato per la lapide. Volti e mani composte, lo sfondo bianco che schiaccia l'immagine togliendole profondità. Un istante cristallizzato e statico, di cui non riesci a immaginare il dopo. La staticità stessa dell'immagine è così intensa, da farmi pensare che davvero non ci sia mai stato un dopo. Non riesco a immaginare che, con la stessa espressione, abbiano pagato con i loro pochi soldi il fotografo e siano tornati a casa.

Un lampo.

Sono così presa dai miei pensieri, che non ho previsto lo scoppio successivo del tuono. Lo spavento mi fa quasi cadere dalla scala che, tra l'altro, è di ferro. Se fossi un minimo sana di mente scenderei immediatamente, ma ho ancora tre file da controllare e non voglio fermarmi adesso. Per la prima volta da quando sono arrivata, ho la sensazione che il cuore stia pompando di nuovo e non funga, come al solito, da puntaspilli.

Sono alla penultima fila, sta già piovendo da un po'. Senza neppure il preavviso delle prime gocce, ha pensato bene di scendere subito a secchiate. I lampi sono diventati più frequenti. Il buonsenso è a un passo dal farmi desistere quando, trovandomi davanti al loculo di Virginia, sposto lo sguardo sulle due finestrelle vuote più in alto. Le lapidi catturano la mia attenzione:

Gina Pezze in Del Col n. 15.11.1932 m. 06.08.1956	Tancredi Del Col n. 26.06.1924 m. 08.08.1956

«Ma sei pazza? Vuoi farti fulminare? Scendi immediatamente da lì».

La voce che urla sotto di me è quella di Fabrizio. Affannato, come chi ha corso sotto un temporale in cerca di una scema, appesa a una scala di ferro in pieno ossario.

«Aspetta, forse ho trovato qualcosa. Voglio segnarmi le date».

Mi basta solo infilare una mano nella borsa che porto a tracolla, in cerca del mio taccuino e di una penna.

«Scendi! O salgo a prenderti».

Il tono perentorio mi fa desistere da ogni altro gesto. Abbandono l'idea del taccuino e mi aggrappo alla scala. Una saetta passa sopra le nostre teste con un prolungato fischio, scaricandosi nel campo di soia poco distante. Il tuono che la segue è così forte da farmi saltare a piè pari gli ultimi tre gradini.

Finisco direttamente tra le braccia di Fabrizio.

«Maresciallo, ai suoi ordini!».

Mi porto due dita alla fronte, sopra i capelli già incollati dalla pioggia. Nonostante la differenza di altezza, il mio viso è a pochi centimetri dal suo.

Da piccola avrei pagato oro per ritrovarmi così vicina alla sua bocca. Sono costretta ad ammettere a me stessa che, tutto sommato, le cose non sono poi molto cambiate.

«Non fare la spiritosa e andiamocene di qui».

Gli occhi azzurri si piantano nei miei. Se non fossimo nel bel mezzo di un diluvio, se non avessi la perenne convinzione di travisare puntualmente i segnali maschili, direi che anche lui abbia sentito qualcosa lì, alla bocca dello stomaco. Ma non ho tempo di pensarci: Fabrizio mi prende per un polso e mi trascina fuori dal cimitero, camminando veloce davanti a me. Immagino la scena vista da fuori. Mi sento come una ragazzina che il padre trascina via, a forza, da una festa in cui si stava divertendo troppo.

Se i fulmini non continuassero a volarci sulla testa direi che rasentiamo il ridicolo, ma in questo momento – bagnata, infreddolita e con la miscela di sensazioni che la sua vicinanza mi ha scatenato – il suo serrarmi il polso riesce solo a farmi innervosire. Mi libero dalla stretta e affondo le mani nelle tasche. Fabrizio si gira appena, forse solo per controllare che continui a seguirlo.

Arriviamo all'albergo. Sopra il bancone ci sono già un paio di asciugamani. Me ne lancia uno.

«Asciugati i capelli o ti prenderai una polmonite».

Il tono secco non prevede risposte. Prendo l'asciugamano e taccio. Mi sento di nuovo la bimbetta che ero, in attesa dell'ennesima strigliata.

«Si può sapere che t'è passato per la testa? L'avrai letto anche nel *Manuale delle Giovani Marmotte* come comportarsi durante un temporale. E tu che fai? In mezzo a una pioggia di fulmini, ti arrampichi su una scala di ferro. Brava! Ottima scelta».

Armeggia con la cannuccia del vapore in una teiera, finché l'acqua non fuma. Ci mette dentro una bustina di tè e taglia delle fettine di limone. I suoi gesti sono sbrigativi, lo sguardo severo. Sembra proprio incazzato nero. Da dietro il banco fa uscire anche il mio smartphone. L'avrò appoggiato e dimenticato lì quando gli ho consegnato la scatola.

«Tua madre ti cercava. Avrà chiamato tre volte. Alla quarta mi sono permesso di risponderle, mi ha chiesto se fossi arrivata qui in albergo. Le ho risposto che eri in bagno e sono venuto a prenderti. Roba che le fai prendere un infarto. Si può sapere che stavi cercando? Anzi no, non me lo dire, tanto lo immagino. Non si era detto che ci avremmo ragionato insieme? Ammesso e non concesso che si tratti di qualcosa di serio, è passato più di mezzo secolo. E tu non puoi aspettare la fine di un temporale?».

Gli occhi si sono fatti sottili, l'iride quasi grigia. Anche quelli di mia madre, che sono chiari, cambiano colore quando è incazzata. Fabrizio mi osserva in silenzio, ma dallo sguardo capisco che non è una pausa che conceda trattativa o replica. Immagino quello sguardo indossato dal maresciallo in divisa. Non deve essere stato semplice per i suoi sottoposti.

«Fabrizio, io...».
«Silenzio. Bevi il tè. Io cambio le scarpe e prendo le chiavi del pick-up, così ti porto a casa».
Se fosse stato Sandro a intimarmi il silenzio, con un tono tanto perentorio e impedendomi di replicare, probabilmente gli avrei tirato dietro il bullone di rame da un chilo e due che tengo sulla scrivania come fermacarte.
Invece niente. Ogni istinto guerrafondaio davanti a Fabrizio batte in ritirata.
«Andiamo».
Nel frattempo il temporale pare addomesticato. I lampi e i tuoni hanno lasciato il posto alla sola pioggia battente. Fabrizio non apre bocca nei pochi minuti che separano l'albergo da casa di Rita. Si ferma davanti all'abitazione e si allunga per aprire la portiera. Di nuovo i suoi occhi, e le labbra, a pochi centimetri dalla mia faccia. Riesco a sentire il calore del fiato sulla guancia, il profumo di tabacco e muschio.
Pochi attimi, prima che ritorni al suo posto ristabilendo le giuste distanze.
«Vai a cambiarti, sei zuppa che la metà basta».
Faccio solo sì con la testa. Mia madre ci ha visti arrivare e mi sta venendo incontro con l'ombrello. Fabrizio le fa un cenno con la mano e riparte.
Mi sento proprio come mi sentii in presidenza, il giorno che fui sorpresa a fumare nel bagno della scuola.

Vas, 30 dicembre 2016

«Hai una faccia... Sicura di non avere la febbre? Del resto ieri sei rientrata fradicia. Fammi sentire la fronte. E non fare quella faccia, voglio solo capire se scotti o meno. No, non scotti. A ogni modo tu oggi resti qui in cucina, vicino al fuoco: hai due occhiaie da paura. Io torno su in soffitta. Tu invece potresti occuparti di questa».

Mia madre esce in corridoio e rientra, appoggiando sul tavolo una voluminosa scatola di legno. Deve aver passato diverso tempo a ripulirla, i segni del tempo e dell'umidità sono evidenti.

«Dove l'hai trovata?»

«Di sopra, sotto la tettoia dell'orto. Ieri mattina è passato il figlio di Rita ed è riuscito ad aprire la porta che era bloccata. Non ti dico il delirio di legna accatastata che c'è là dietro. E altre cose che tua nonna deve aver buttato lì, in attesa di tempi migliori. Questa scatola era coperta da pezzi di nylon e cocci di piatti rotti. Ho provato ad aprirla, ma mi è montata subito una rabbia... come si fa a conservare le cose così? Per favore, vedi tu se c'è qualcosa che si può salvare. Tra un'oretta scendo e preparo un tè».

Ho ancora la tazza del caffelatte tra le mani, una coperta intorno alle spalle e Pablo acciambellato sulle gambe che sonnecchia e fusa. L'ennesima notte tormentata, nessuna voglia di avere persone intorno. Ho lasciato anche che lo smartphone squillasse, mentre osservavo il nome di Sandro e il suo viso sorridente illuminare il display.

Non ci riesco. Ho preso in mano il telefono per rispondergli, ma non ci riesco. Sento ancora addosso il sogno di stanotte. Se chiudo gli occhi, la pelle risponde alle immagini sfumate di quel miraggio prima ancora della mia mente.

Il temporale, la pioggia battente, il fulmine prepotente, io che salto dalla scala e mi ritrovo tra le braccia di Fabrizio che mi fissa silenzioso e incazzato non più di un paio di secondi, prima di stringermi, e baciarmi, e stringermi ancora così forte da farmi dimenticare la pioggia, i fulmini, i morti, e anche di respirare.

So che dovrei staccarmi. Dovrei allontanarmi perché è sbagliato, perché Fabrizio, perché Enza, perché Sandro, e perché siamo noi, cazzo! Perché è sbagliato. Ma riesco solo a pensare: "Ti prego, non fermarti". Non c'è una sola parte di me che non gli voglia strappare i vestiti di dosso.

Praticamente, una scena a metà tra la pubblicità anni '80 di un cornetto e una delle pagine più belle di *Cime tempestose*. Ma l'aspetto peggiore è che a pensarci mi vengono ancora i brividi. E una parte di me, quella che prenderei volentieri a sberle, vorrebbe che fosse un ricordo più che un sogno.

Devo scrollarmi questa cosa di dosso, subito. Una somministrazione abbondante di caffelatte e *cretina*, alla bisogna, dovrebbe essere sufficiente.

Tanto vale buttarsi sulla scatola di legno. E provare a distogliere l'attenzione dall'idea delle sue mani sotto al maglione.

Nella scatola trovata da mia madre ci sono alcune foto.

Gli zii negli anni Sessanta, che sembrano i fratelli poveri dei Beatles. Ce n'è una di zio Beppe, seduto sopra la cappotta di un pulmino della Volkswagen, con i jeans scampanati in tipico stile figli dei fiori. Ce ne sono altre di zio Elia, con la divisa da alpino, insieme ai suoi commilitoni. I provini del matrimonio dei miei. Un paio del battesimo di Chiara. Scorro velocemente, ma di mie non ce ne sono. C'è Chiara sul seggiolone, e nonno sul divano con un cagnolino appollaiato ai piedi, ed Elia il giorno del giuramento all'Arma, e un'altra in cui appare accanto all'Alfetta, insieme a Fabrizio.

Faccio scorrere il dito sulla foto, come lo accarezzassi.

«Cretina».

Eppure non riesco a rimetterla tra le altre: la infilo nella tasca più piccola della mia borsa.

Mi alzo, prendo la teiera, la riempio e l'appoggio sulla cucina economica, ravvivando il fuoco con due pezzi di legno. Chiudo gli occhi davanti al calore. Ritrovo nella mia mente l'azzurro dei suoi occhi, e il coraggio di ammettere a me stessa di essere irrimediabilmente attratta da lui.

È folle, irrazionale, assurdo, sicuramente sbagliato. Ma è così.

Lo smartphone ricomincia a vibrare sul tavolo: è di nuovo Sandro. So di non poterlo lasciare tra color che son sospesi, non è colpa sua se mi sento uno schifo.

«Ciao. Che succede?».

La voce è chiaramente allarmata.

«Perché?».

E lo so che non si risponde a una domanda con un'altra domanda, ma prendo tempo.

«Cloe… Ti ho chiamata, non mi hai risposto e non mi hai richiamato. Mi stavo preoccupando. E ora hai la voce da funerale».

Sono orribile. Orribile.

«No, tutto bene. Ieri pomeriggio ero fuori e mi ha sorpresa un temporale. Sono arrivata a casa fradicia e gelata. Oggi non sto bene: non ho più l'età per certe cose».

Mento sapendo di mentire, ma che altro potrei dirgli?

"No, sai, è che ieri mi sono trovata al cimitero durante il temporale, e mi è venuto a prendere Fabrizio, e poi a momenti ci baciamo, o meglio, per quanto ne so io l'avrei baciato volentieri, perché in realtà lui era incazzato nero, ma poi mi ha accompagnata a casa, e io ero talmente sottosopra che invece del solito incubo dove sono imbrattata di sangue ho sognato di fare l'amore con lui lì, contro il muro di cinta del cimitero, e tutti i lumini votivi a far da contorno".

No, non è certo la risposta migliore. Qualsiasi avvocato, con un minimo di esperienza, sceglierebbe l'infermità come tesi difensiva, con la sola condanna all'assunzione del brodo di pollo.

«Fai bene a stare a casa, allora, non strapazzarti troppo. Arraffa Pablo e stai al caldo, fatti fare le coccole».

«No, cioè… Sì, grazie. Non preoccuparti. Hai fatto qualche ricerca? Nel senso: hai avuto tempo?».

Nel frattempo mia madre è scesa dalla soffitta. Chiedo a Sandro di aspettare qualche secondo, mentre lei dice che le ha telefonato Rita, pregandola di andare ad aiutarla per fare non ho capito cosa. La saluto frettolosamente e torno al telefono.

«Stavo dicendo: seguo un paio di piste. Non tutti i giornali hanno online l'archivio storico, specie quelli di provincia. Ora cercherò sui nazionali, magari qualcosa trovo. Non ho nessuna intenzione di arrendermi».

Sorride. Lo vedo che sorride, con quella luce che gli illumina la barba e gli occhi. Aveva ragione la Ilde: sono una persona orribile, faccio solo danni.

«Ehi, Cloe, ma stai bene? Sicura sia solo un colpo di freddo? Sei strana».

Niente da fare. Pare mi conosca davvero bene. Per cui adesso mentirò e lui farà finta di credermi. Aspettando stasera per tornare alla carica.

«Sì, sto bene, è solo lo stomaco ancora sottosopra. Mi stavo facendo un tè caldo e Rita ha già pensato alla minestrina per pranzo. Entro il pomeriggio tornerò come nuova».

La porta oltre il cortile si apre, il rumore mi fa voltare di scatto. Devo aver perso un battito cardiaco, perché le ultime parole mi si strozzano in gola e comincio a tossire.

«Respira, Cloe. Così mi fai preoccupare di nuovo, però...».

«Scusa, m'è andato il tè di traverso. Stai tranquillo, davvero, non è nulla».

Fabrizio si ferma al di là della finestra, mi osserva. Fa un cenno con la mano che tiene il sigaro e aspetta che lo faccia entrare.

«Devo lasciarti. Ti chiamo dopo, va bene?»

«Certo. A più tardi».

Avrà sentito cambiamenti di tono? Starà sospettando qualcosa?

Butto un occhio al piccolo specchio con la cornice di plastica, che sta appeso tra le finestre della cucina. Credo che l'abitudine di averne uno lì risalga a quando mio nonno si faceva la barba: questa è la zona più luminosa della casa. Ho i capelli arruffati. Tracce di mascara e matita sbavata sotto gli occhi, che si mescolano benissimo alle occhiaie accentuandone il colore, se mai ve ne fosse bisogno. Una felpa nera di un paio di taglie più grandi, adornata dai peli di Pablo. I leggings con i calzettoni di lana antiscivolo che si fingono pantofole.

In pratica, l'anticristo della seduzione.

Non so se disperarmi o esserne sollevata, persino Pablo mi osserva con pietà.

Fabrizio bussa alla porta a vetri della cucina.

«Non volevo interrompere la telefonata», dice restando lì, fermo.

«No, stavo chiudendo. Accomodati».

Avvampo. Lo sento che avvampo. Ogni volta che arrossisco le mie orecchie vanno a fuoco. Non lo sopporto, peggio di una liceale.

«Stamattina è passata Rita a casa mia, per riportarci il piatto della torta. Mi ha detto che non stavi bene. Sono venuto a vedere come ti senti. Hai la febbre? Sei rossa».

Ma nessuno in questo paese sta zitto o si fa gli affari propri?

Fabrizio mi appoggia la mano sulla fronte e io resto ferma. Improvvisamente la punta dei miei piedi raccoglie tutta la mia attenzione, mentre lui si fa un passo più vicino.

«Non mi sembra».

E proprio come mia madre poco fa, si china su di me e appoggia le labbra giusto in mezzo alla fronte.

«No, niente febbre».

Non si sposta, però. Continuo a guardare per terra. Sto cercando qualcosa da dire che abbia un minimo senso.

«Certo che le voci corrono veloci da queste parti».

Lui tace.

Potrei sparare una di quelle cose completamente prive di senno che spiazzano l'interlocutore, ma la mia capacità cognitiva è rimasta appesa alla scala di ferro del cimitero e, per quanto ne so, incenerita da un fulmine.

Fabrizio sposta entrambe le mani sul mio collo.

Mi sembra quasi di sentirlo pensare, ma non saprei dire a cosa. Non ho il coraggio di alzare gli occhi. E interpretare i pensieri di un uomo dalle punte delle sue scarpe non è così semplice.

«Senti, per ieri, volevo dirti... Ma sai che senza stivali sei decisamente più bassa di quanto ricordassi?».

Eccola qui la frase spiazzante, è lui a rubarmi il tempo della battuta.

Alzo lo sguardo sul suo viso, devo apparigli abbastanza stralunata.

«Gli stivaletti un minimo più alti lo sono. Si notano poco perché ho sempre i jeans troppo lunghi, e li trascino per terra, e...».

«Finalmente mi guardi», dice lui, abbassando di due toni la voce.

La scena che ho già visto migliaia di volte nella mia testa, fino alla telefonata di Sandro, diventa vita in questo istante. Fabrizio che mi prende il viso tra le mani, si fa più vicino, il suo respiro, il profumo del suo dopobarba, del tabacco, le sue labbra sulle mie. E finalmente la sua bocca.

A questo punto della scena, nella mia testa e nel primo strato sottopelle, iniziavamo a strapparci i vestiti e io finivo con le spalle contro al muro, mentre lui... Be', mentre lui dava il meglio di sé.

Invece.

Fabrizio si scosta e mi guarda perplesso. Credo di

avere un'espressione molto simile alla sua. Solo Pablo ci osserva con tutta l'attenzione di cui è capace, gli occhi sottili a fessura: sembra un gatto cinese.

«Cloe, io…».

«Zitto».

C'è qualcosa che non mi torna, ma non capisco cosa. Non so da dove mi arrivi tanta intraprendenza, però mi alzo in punta di piedi e, aggrappandomi al bavero del suo giaccone, lo tiro verso di me. Mi lascia fare stringendomi di nuovo e rispondendo con più enfasi al bacio.

Sarà l'istinto, sarà non so cosa, ma emulando la mia immaginazione mi spinge contro il muro e le sue mani superano la barriera della felpa per finire sulla schiena.

Mi stacco dalle labbra e resto così, aderente al suo corpo con le braccia ancora intorno al collo. Lui, a pochi centimetri dal viso, mi stacca un po' dal muro, ma continua a stringermi.

«Mi è sembrato di baciare mio fratello», dico così, fuori dai denti, «e io nemmeno ce l'ho, un fratello».

Romantica come una triglia al forno.

«Non ho mai baciato mio fratello, ma credo di capire il senso».

Fabrizio mi guarda imperturbabile. Restiamo così, in una posizione quanto meno discutibile: appiccicati come due sottilette a fissarci per qualche secondo, prima di scoppiare a ridere come deficienti.

Pablo perde interesse e si rimette a dormire.

«Ma allora, ieri al cimitero? E poi in macchina, qui fuori?».

Mi sento come se, a sorpresa, la bilancia mi segnasse otto chili in meno dall'ultima pesata.

«Ma che ne so! L'averti ritrovata dopo tanti anni mi ha destabilizzato. Come se non lo fossi già abbastanza. Avevo un debole del tutto innocente per quella bambina così malinconica e amante dei libri, mi facevi una tenerezza infinita sempre qui, sola. Poi passano trent'anni e ti ritrovo donna fatta. Esci dall'albergo dandomi improvvisi baci sulla guancia, con una tale naturalezza... Tutte sensazioni che pensavo morte e sepolte. E quella tenerezza che sentivo per te al tempo mi è esplosa in faccia in una forma completamente diversa. E ogni volta che te ne vai, incespico in pensieri che tradurli sarebbe folle. Ieri mi sei caduta tra le braccia, con i capelli bagnati sul viso, gli occhi luminosi... E non ho capito più niente. Alla fine ero più incazzato per quello che sentivo io che per la stronzata che hai fatto tu. Stanotte non ho chiuso occhio, Cloe. Nonostante il tempo, la routine e i problemi che fanno parte di ogni legame, io non ho mai tradito Enza. Ma ieri c'è stato un momento...».

«Sì, c'è stato un momento: l'ho sentito anch'io. Ma ora?»

«Ma ora è chiaro. Forse non era reale, forse il frutto della nostalgia, forse dipende da questo periodo che non è certo dei migliori. Ma tant'è».

Si lascia cadere sul baule tra le due finestre, passandosi le mani tra i capelli.

Mi siedo sul divano davanti a lui, in silenzio accarezzo Pablo. Mi sembra di lasciar sedimentare le sensazioni, come se potessi leggerci poi, con più chiarezza, attraverso.

«Cos'ha questo periodo che non va?».

L'ex maresciallo sorride.

«Diciamo che molte cose, dopo la pensione, le avevo immaginate diverse. Forse le avevo sperate altrove, ma ho dovuto fare i conti con desideri che non sono miei. E a quel punto, o vai alla rottura o fai marcia indietro, cercando un compromesso. A ogni modo, nulla di cui abbia voglia di parlare. Tanto sono cose che solo io posso risolvere con me stesso Poi lo sai che sono un po' orso».

«Mi spiace».

Non so cosa dire.

Fabrizio mi guarda e poi ricomincia.

«Com'è che diceva Pavese? "Non ci si libera di una cosa evitandola, ma soltanto attraversandola". Be', mi pare di capire che l'abbiamo attraversata. Ma tu stai bene? Non voglio che questa *cosa* rovini tutto».

Mi accarezza un ginocchio, sorride.

«Va tutto bene, Fabrizio. Anzi, forse è pure meglio così, non perché... ma perché tu, io, il casino, e poi...».

Ride di nuovo, facendo di sì con la testa.

«Sì, mi sembra tutto molto chiaro».

Mi osserva con uno sguardo che per una frazione di secondo mi fa credere di aver liquidato la cosa troppo velocemente, di dubitare della nostra reciproca, limpida sincerità. Ma è giusto un attimo, perché poi la luce degli occhi cambia ancora e, raddrizzando la schiena, sposta lo sguardo sulla mia tazza di tè.

«Ho sete, posso rubartene un po'? Nel frattempo, mi spiegheresti che cazzo ci facevi appesa alla scala del cimitero sotto il diluvio?».

Si toglie il giaccone e torna a sedersi sul baule della legna, con la mia tazza fra le mani. Ha ripreso anche il sigaro, che continua a tenere tra indice e medio.

Di nuovo più o meno padrona di me stessa lo faccio partecipe delle mie riflessioni.

«Ma niente, ho pensato: metti che quella scatola fosse di Clotilde o di Virginia, che ne so, di qualcuno che comunque avesse accesso a questa casa. Il giornale poteva essere stato preso così, a caso, da una pila di carta per accendere il fuoco. Ho pensato alla data come a un primo indizio, non c'è molto altro da cui partire, no? Così ho iniziato a cercare le date di morte sulle lapidi, quelle che si avvicinavano o erano posteriori al 26 luglio 1956. Ero talmente presa che non mi sono accorta che il temporale fosse diventato così forte».

Il suo sguardo è serio, non si perde una parola.

«Hai trovato qualcosa?»

«Sì, marito e moglie. Sono morti a uno o due giorni di distanza nell'agosto del 1956, non ricordo bene la data. Quando li ho trovati, tu eri già sotto di me che sbraitavi. Ussignur, che poi, detto così...».

Accenno un sorriso, mentre Fabrizio resta del tutto impassibile. Anzi, no: sembra diventato di sale.

«Che coglione! Cristo Santo, che coglione».

Si alza veloce, urtando la sedia che ha davanti e facendola strisciare sul pavimento. Un suono, simile a unghie contro una lavagna, non solo sveglia e indispettisce Pablo, ma fa accapponare la pelle anche a me.

«La Gina e Tancredi! Come ho fatto a non pensarci. Coglione!».

«Vuoi mettermi a parte dei tuoi pensieri bislacchi o vuoi continuare a darti del coglione ancora a lungo? Mi pare di ricordare che sì, fossero quelli i nomi. Ma perché ti agiti così?»

«Stamattina mi ha chiamato Sarti».

«Ah be', adesso è più chiaro, interessante direi. E chi è Sarti?»

«È il figlio di un mio ex collega. Ieri pomeriggio gli ho portato il fazzoletto con cui era avvolta la roncola, gli ho chiesto di farmi un favore».

«Hai chiamato i RIS?».

Sono piacevolmente sorpresa.

«Macché RIS, lavora all'USL di Valdobbiadene: è un tecnico di laboratorio. Gli ho chiesto se poteva verificare se si trattasse di sangue umano, giusto per non farti costruire troppi castelli in aria. Si chiama: "diagnosi di specie"».

«Ah! E che collegamento c'è con il fatto che sei un coglione?»

«Che sono un coglione?»

«Capisco».

Fabrizio torna a sedersi, appoggiando i gomiti sulle ginocchia. Si stringe le mani e fa ruotare la fede in un verso e nell'altro, gesto che ben conosco. Fissa il pavimento in graniglia come se riuscisse a leggerci i pensieri e riposizionarli correttamente. Poco dopo si rialza guardandomi e comincia a camminare avanti e indietro.

Incrocio le gambe sotto il sedere, pronta ad ascoltare quella che deve essere una gran storia.

«Lo conosci Vas. Un paese che definire piccolo è un eufemismo. Qui si è sempre saputo tutto di tutti, e le notizie correvano velocemente sulla bocca delle comari. Andando al fiume per fare il bucato, venivi a scoprire che la signora Taldeitali aveva saltato la Santa Messa della domenica, e pure il perché. Figurati cosa non si è detto e raccontato di un omicidio. Perché anche qui, in questo paese dimenticato da Dio, abbiamo avuto un omicidio. Per anni non si è parlato d'altro. Io sono cresciuto sentendo raccontare questa storia un milione di volte, spesso con dettagli estrosi, ma in linea di massima la trama è sempre stata lineare. Che poi magari non c'entra niente con la tua roncola, ma mi prudono le mani. E quando mi prudono le mani significa che ho un'intuizione».

«Sentiamo».

Adesso sono più curiosa di una scimmia.

Fabrizio raccoglie le idee. Fa lunghi passi, per quanto sia possibile nella piccola cucina. Ha ancora il bel fisico che aveva da ragazzo. È un po' assurdo pensare che fino a pochi minuti fa ci stavamo baciando contro il muro e ora discutiamo di roncole insanguinate condite dai pettegolezzi di paese.

«Dove tenete la legna?».

Gli indico il baule con il dito.

Prende un paio di pezzi e li mette nella stufa. Tace. Si sbottona i polsini della camicia e tira su le maniche, insieme a quelle del maglione blu con lo scollo a V. Torna a sedersi davanti a me, le spalle contro il muro.

Lo guardo. Ho ancora la sensazione del suo pizzetto sul viso. Immagino la scena mentre mi alzo e mi metto a cavalcioni su di lui.

Ma non avevo detto che mi era sembrato di baciare mio fratello? Non capisco più niente, scrollo la testa. Questa casa rende i miei pensieri appiccicosi come le ragnatele che ha sparse ovunque.

«Tutto bene?»

«Eh?»

Mi risveglio dal sogno a occhi aperti. Non sono a cavalcioni su di lui, ma ancora annodata al divano, con Pablo che sonnecchia sul mio piede.

«Hai una faccia… sei sbiancata. È ancora per prima?».

"Sì, è che ho di nuovo voglia di baciarti", mi trovo a pensare. E prima di sparare la cazzata delle undici, cambio discorso con la prima scusa idiota che mi viene in mente.

«No no, è solo uno starnuto che si è perso per strada. Mi dicevi di Sarti…».

Il mio smartphone emette un suono prolungato: ho ricevuto un'e-mail. Mi ci aggrappo come a un salvagente.
È Sandro.

Da: sandrovisconti@gmail.com
A: cloe.damiani@gmail.com
Inviato venerdì 30 dicembre 2016 11:19
Oggetto: guarda cosa ho trovato

Come si dice, chi cerca trova! Non so se potranno tornare utili, ma nell'archivio storico de «Il Gazzettino» ho trovato i due articoli che ti allego. Fammi sapere se ho fatto centro.
Ti bacio.
Ti.
Tuo.
S.

«È Sandro. Scrive di aver trovato qualcosa».
Fabrizio è piegato in avanti, non troppo per vedere il display del telefono, ma abbastanza per sentire il profumo dei miei capelli. O per lo meno è questa la speranza che ho, rialzando lo sguardo su di lui.
Sposto delicatamente Pablo e balzo in piedi. Su una delle sedie è appoggiata la mia borsa con dentro il tablet. Se devo leggere un allegato, quello mi è decisamente più pratico. E poi, mettere una giusta distanza tra me e gli occhi azzurri mi sembra la cosa più giusta da fare.
Cerco il caricabatterie perso tra i fazzoletti, il portafoglio, due mazzi di chiavi, la trousse con i pochi trucchi, il deodorante, la versione pocket del mio profumo, il topino odioso di Pablo che squittisce a ogni minima vibrazione, un pacchetto di sigarette iniziato di origine sconosciuta dato che non fumo dai tempi dell'università, il Dupont di mio padre che non uso ma che mi piace tenere in mano quando penso, l'organizer di cuoio

classe 1993 che nessuno capisce perché mi porti ancora appresso – dato che hanno inventato i tablet – ma di cui non riesco a fare a meno.

Ed ecco il caricabatterie. Ovviamente in fondo, ingarbugliato e annodato, ma sempre meno della mia vita emotiva.

«Trovato!».

Fabrizio nel frattempo si è alzato, e ora mi è accanto. Troppo vicino. Nell'aria c'è la stessa vibrazione e attrazione di prima.

Ma giusto giusto pochi minuti fa, non avevamo detto che era una minchiata? Sento l'odore della sua pelle che sa di buono, di caldo, e del tabacco dei sigari. Cioè, davvero: non avevamo detto che…

Non finisco il pensiero. Colpa sua, che mi accarezza il collo baciandomi tra i capelli.

Quei pochi neuroni ancora attivi sventolano bandiera bianca, mentre mi lascio prendere in braccio e mettere a sedere sul tavolo.

«Ma avevi detto che…».

Da donna presente a sé stessa, coerente quale sono, con le mani cerco di allontanare il suo torace da me, mentre con le gambe invece gli cingo i fianchi.

«Ho mentito», risponde semplicemente, stringendomi di più.

E che devo fare? Ha mentito.

E io pure.

Ci sono momenti in cui le cose scivolano come una barca a vela che naviga al largo: in superficie, l'increspatura dell'acqua è così leggera da farti sospettare che non sia nemmeno passata di lì, o che il suo navigare fosse parte stessa dell'acqua e non un'intrusione artificiale.

Questa *cosa* con Fabrizio mi trasmette la stessa sensazione. L'incrociarsi dei movimenti fluidi e coordinati come in un passaggio lento di tango. Non come due che si trovano, ma che si riconoscono.

Al di là del piccolo cortile c'è il resto del mondo, quello pieno di regole, con le cose giuste e quelle sbagliate, separato da una linea di confine eretta con un muro di sassi. Al di qua solo il respiro, la mia felpa troppo larga sul tavolo, il suo maglione e la sua camicia a terra, i suoi occhi, la mia schiena, le sue mani e i miei fianchi, la mia bocca e il suo petto.

Il tonfo.

Secco e potente insieme, ci fa saltare come due cavallette.

Il gelo.

L'aria si cristallizza nella frazione millesimale di un istante, paralizzando muscoli e polmoni. Mi aspetto un urlo, un'imprecazione, l'immagine di mia madre che dà di matto. «Fabrizio, questo da te non me lo sarei mai aspettato. E tu, Cloe, sei una rovinafamiglie». Poi il lancio finale, nella nostra direzione, di un mestolo da polenta.

In questa casa non si cucina da mesi, ma l'idea di un mestolo di polenta volante mi sembra piuttosto coreografico.

Invece niente.

Mi decido a riaprire gli occhi, guardandomi intorno. Anche Fabrizio è attonito. Il suo istinto protettivo, più forte dello spavento, ha fatto sì che mi abbracciasse come a difendermi.

L'aria è silenziosa e vuota. Non è entrato nessuno. I neuroni interrompono lo sciopero e lentamente ritorno in possesso delle mie capacità cognitive. Mi volto piano verso il punto da cui proveniva il rumore: la scatola di legno con le foto è a terra, il contenuto sparso sul pavimento.

Non ci vuole una laurea in veterinaria per scoprire che Pablo, seduto alla Bastet come suo solito, con la coda che si arriccia davanti alle zampe anteriori, gli occhi a fessura e l'espressione incazzata di quando deve rimproverarmi la ciotola vuota, è il colpevole del nostro quasi infarto.

Oltre i vetri, nel mondo delle cose giuste, il campanile batte mezzogiorno.

Non so se devo urlare a Pablo qualcosa o se sia meglio stare zitta. Guardo Fabrizio che ancora mi stringe, spostando gli occhi dal gatto a me.

È pallido.

«Salvati a un soffio dall'irreparabile», sussurra.

Mi ricordo di respirare, di dare ossigeno ai pensieri. Non riesco a parlare, ho un nodo in gola e sento le lacrime che mi pungono gli occhi. Dio solo sa quanto mi faccia incazzare il non riuscire a mascherare le emozioni, dover vivere palesemente nuda davanti agli occhi di chi mi conosce. Fabrizio sente le lacrime ancora prima di guardarmi. Mi stringe più forte, mi passa una mano tra i capelli, sembra quasi cullarmi. Li bacia di nuovo.

«Cloe, io non…».

«No, hai ragione, scusa».

Io e queste cazzo di lacrime.

«Non dirlo nemmeno per scherzo. Scusa di cosa? Sono io un coglione, Cloe. L'unica cosa di cui hai colpa, ma io direi merito, è di aver impiegato poco meno di tre giorni per mettermi la vita sottosopra. E questa confusione mi sta facendo sentire vivo come non mi capitava da molto, forse troppo tempo. Mi fa un male cane, ma ne avevo un bisogno spudorato».

Ha questo modo così dolce di stringermi, di tenermi stretta a sé, che quasi m'ammazza. Devo sbloccare la situazione, o temo che qualche parte di me proverà a fargli cambiare idea.

«Forse è meglio se ci rivestiamo».

Mi scosto, incrociando le braccia davanti al petto. Fabrizio allunga il braccio e prende la felpa, porgendomela, poi raccoglie la camicia da terra.

Ci rivestiamo. Impacciati, imbarazzati, assorti.

E come se non bastasse, Pablo continua a fissarci con lo sguardo della signorina Rottermeier. Gli mancano solo gli occhialetti a catenella sulla punta del naso. Dà un paio di zampettate al mio reggiseno, ancora sul tavolo, facendolo cadere a terra tra le foto. Fabrizio è già sulla porta. Torna indietro di un paio di passi e lo raccoglie. Accarezza un angolo di pizzo con il pollice, prima di ridarmelo: lo stesso gesto che ho fatto io con la sua foto, poco fa.

Vorrei dire qualcosa, anche una delle mie solite cazzate figlie dello stress. Invece non so nemmeno se respiro a sufficienza. Anche Fabrizio mi guarda come se si aspettasse qualcosa. E niente.

«Fammi andare», dice piano, baciandomi la fronte.

Ed è già fuori, oltre il cortile, sulla strada. Il motore del pick-up si allontana.

Con il reggiseno in mano, in piedi davanti alla finestra accanto al fuoco, penso che li odio i baci in fronte. Li ho sempre odiati.

Da quando Fabrizio aveva smesso di darmeli.

Il mio cellulare suona di nuovo: un messaggio di mia madre. Chiede che se me la sento di andare a pranzo da Rita, tra mezz'ora è pronto. Mi lascio cadere sul divano. Non so se ho più voglia di piangere, correre fino a sfiancarmi o urlare. Dallo schermo dello smartphone, gli occhi di Sandro mi sorridono. Gli ho scattato questa foto un paio di giorni dopo il mio arrivo ad Alba. Era entrato in casa con una teglia di qualcosa profumato al tartufo e Pablo, dalla libreria, gli era saltato sulla spalla, siglando quella che sì, può sembrare interessata, ma è comunque una bella amicizia. Sandro non si era spaventato, rideva.

E io adesso mi sento una merda.

"Non mi va di pranzare, scusami tu con Rita. A più tardi".

Torno a raggomitolarmi sul divano. Anche Pablo si è steso di nuovo vicino a me, mi osserva tranquillo. Questo silenzio, graffiato dallo scoppiettio di qualche pezzo di legno, mi opprime. Apro Youtube dallo smartphone: *Rain, In Your Black Eyes* di Ezio Bosso. Sono sconvolta. Ho bisogno di qualcosa di potente. E quel brano è capace di farmi cambiare il respiro fin dalla prima volta che l'ho ascoltato.

Butto il reggiseno in un angolo del divano. Fatico a guardarlo: è come se stesse lì a ricordarmi che, fino a qualche minuto fa, stavo per commettere *l'irreparabile*, ha detto Fabrizio.

Forse aveva ragione Clotilde quando sosteneva che sono sbagliata, cattiva e, come mi chiamava? La figlia del demonio. Già. Sembra che io non possa perdere occasione per ferire qualcuno, rovinare tutto.

Dio quanto mi odio quando mi prendono questi momenti, quando sto per fare una cazzata e invece mi fermo, oppure tiro dritto e la faccio. Tanto, comunque vada, finisce che mi commisero del fatto di essere sbagliata, inadatta, idiota.

Sono un'idiota.

Sarebbe stato un disastro. Il disintegrarsi del mio rapporto con Sandro e dell'amicizia con Fabrizio. Per non parlare di tutti quelli che ci girano intorno. Be', non era certo una di quelle cose che avremmo reso note durante la prima sagra del paese, ma ciò non toglie che sarebbe stata una cazzata immane.

Cosa mi diceva Chiara, qualche anno fa? Che della mobilità del lavoro ho fatto l'alibi per tenermi tutti a distanza controllata e controllabile. Cambiare scuola e città, se non regione ogni anno, è un ottimo modo per non investire troppo sui rapporti, nati già con una data di scadenza, prendendone così soltanto il meglio: la prima parte. Quella dell'inizio, in cui tutto è novità ed energia, per arrivare al momento in cui devi iniziare a investire seriamente e dire: «Mi dispiace devo andare, il mio posto è là». Chiara è convinta che io tenga tutti a distanza, che non mi faccia coinvolgere completamente perché non sopporterei di essere ferita, o peggio, lasciata. Tipico atteggiamento di chi ha vissuto il trauma dell'abbandono.

Ma che ne sa. Come se l'essere laureata in psicologia le desse tutte le risposte. Pablo alza lo sguardo e mi guarda con quel muso che dice: «Deficiente, se è psicologa, e non certo da ieri, qualcosa ne saprà più di te su questo argomento, o no?».

Con Sandro è stato diverso, mi ha preso in contropiede. Io a Roma, lui ad Alba. L'equilibrio perfetto per un rapporto maturo e indipendente. Distanza ottimale, date le difficoltà di collegamenti: il poco tempo disponibile nel fine settimana e il fatto che non li avesse liberi nemmeno tutti. Questo mi dava la possibilità di essere single con la testa impegnata. Vivere la mia vita, i miei spazi e i miei silenzi, sapendo che per quanto fossi stata lontana, c'era chi mi apriva la porta al mio ritorno. E nel frattempo mi bastava prendere il telefono per trovarlo. Mi sono detta che era pure egoista da parte mia, pensandoci, ma lui non si è mai lamentato.

Poi sono arrivata ad Alba. Tempo qualche giorno e con un pretesto: le chiavi, le cene... Si muove per la *mia* cucina, riempie il *mio* frigo, sfama il *mio* gatto, si appropria dei *miei* spazi, invade i *miei* silenzi.

C'è sempre. Anche quando penso di essere sola, sento che lui c'è. Basterebbe chiamarlo per permettergli di esserci davvero. Troppo vicino, troppo presente.

E se gli permettessi di conoscermi davvero e poi non gli piacessi? Se decidesse da un momento all'altro di andarsene? Chi metterebbe insieme i pezzi della mia caduta?

E Fabrizio? Come ci entra Fabrizio in questa equazione distorta? Ho deciso di boicottarmi? Commettere l'unico errore che Sandro non mi perdonerebbe mai, giusto così, per ristabilire la distanza? Per essere io a gestire l'allontanamento e non essere colta di sorpresa?

Messaggio Whatsapp da Chiara: "Madre dice che non stai bene. Che succede?".

Come fai a sentirmi fino a lì, sorellina? Il dito sfiora il tasto della chiamata veloce. E prima di riuscire a tirare su con il naso lei è già dall'altra parte.

Mi sono fatta una doccia calda. La schiuma profumata di sandalo ha trascinato via quella sensazione di malato che mi portavo addosso da stamattina. Lo specchio mi rimanda lo sguardo arrossato di due occhi che hanno pianto ma sono limpidi.

Indosso jeans puliti e sopra quel maglione nero con lo scollo a V che non sapevo di volere.

Non mi sta male, la lana è morbida e non punge la pelle, come mi accade quasi sempre. Lo scollo è più ampio di quel che pensavo: se mi muovo scivola su una spalla, e le maniche sono abbastanza lunghe per coprirmi le mani. Ha ottime possibilità di diventare il mio maglione preferito.

Parlare con Chiara mi ha rasserenata. La nostra diversità non solo fisica, soprattutto caratteriale, non ci ha mai reso sorelle distanti, anzi: ci ha fatto diventare amiche. Infilo le scarpe da ginnastica e scendo in cucina. Pablo non si è mosso dal divano, salvo per arrotolarsi come un involtino primavera nella coperta in pile.

La scatola di legno è ancora per terra, così come le foto sparse. Raccolgo tutto e l'appoggio sul tavolo. Anche il tablet è ancora lì, con il caricabatterie posato accanto. Non ho ancora letto la e-mail di Sandro, chissà cosa ha trovato.

All'albergo ci sono solo tre uomini. Muratori o imbianchini, dallo stato dei loro abiti. Parlano e sorridono tra loro, bevendo vin brulé. Ne sento il profumo fino all'ingresso. Fabrizio è dietro al banco, asciuga dei bicchieri. Si ferma qualche secondo per guardarmi e poi torna con gli occhi alle mani.

«Vuoi qualcosa di caldo?», mi chiede dandomi le spalle. E trovando a quanto pare la mensola degli amari particolarmente sporca, dato che resta girato e poi, per spolverare, inizia a togliere le bottiglie a una a una, con una lentezza che non gli appartiene.

«Troppo presto per un Jack, vero? Credo che prenderò un tè», rispondo, sedendomi al bancone.

Aspetto che si giri, ma niente.

Recupera la teiera, la riempie e apre il getto di vapore senza nemmeno voltarsi a tre quarti. Mi aspetto che chiami François per chiedergli di poggiare la tazza sul bancone, invece di farlo lui.

«François, porti una fetta di crostata alle more per favore? Intiepidiscila e mettici un po' di panna montata, grazie».

Appunto.

Il cuoco appare con il piatto in mano, l'appoggia accanto a Fabrizio e altrettanto velocemente sparisce nel retro. Quindi ora lui è costretto a voltarsi per darmi sia il tè, che il piatto.

Rassegnato, dispone tutto su un vassoio e me lo depone davanti. A fatica alza gli occhi, prende fiato e poi finalmente mi guarda.

«Come stai? Mi dispiace...», dice piano.

«Che ti ha detto Sarti, stamattina?», gli chiedo, prima di addentare la punta della fetta di crostata.

«Eh?».

Il tono cambia, l'espressione degli occhi pure.

«Stamattina, dopo esserti dato del coglione un numero considerevole di volte, hai detto che Sarti ti aveva chiamato».

Buona questa crostata, François potrebbe diventare il mio migliore amico. Un angolo sperduto del cervello registra il desiderio di portare a Sandro la ricetta. Le parole rasserenanti di Chiara iniziano a fare effetto.

«Sarti ha fatto quella che in gergo si chiama una diagnosi di specie. Ossia, in soldoni, ha attivato un insieme di procedure tali per scoprire se il sangue fosse umano o meno. E...».

«E?».

Strizzo il limone nella teiera.

«Ed è umano. Non solo: mentre tornavo qui, prima...», abbassa di due toni il *prima,* «mi ha mandato un messaggio dicendomi che in pausa pranzo ha fatto un ulteriore esame. Ha scoperto che è sangue di donna».

Mi fermo con il limone tra le dita. Passa qualche secondo prima di riuscire a deglutire. Mi decido ad appoggiare l'agrume e a passarmi le mani sulle gambe, dopo di che recupero il tablet dal mio borsone.

«Ecco quello che ha trovato Sandro online».

Sfioro lo schermo un paio di volte con il dito, recupero le pagine nella cartella documenti e faccio apparire il primo dei due articoli del «Gazzettino», datato 7 agosto 1956.

Orrendo delitto sconvolge il bellunese
Giovane madre sgozzata in casa. Illeso il suo piccino nella culla al piano superiore.
Nessun movente plausibile per una morte tanto atroce.
Il marito della vittima, minatore in Belgio, ancora ignaro della tragedia.

VAS (BELLUNO). Un orribile delitto ha sconvolto la tranquilla comunità di Vas, nel bellunese. Una giovane madre, Gina Pezze, di ventiquattro anni, è stata ritrovata riversa sul pavimento della cucina ormai priva di vita, con una profonda ferita alla gola causata presumibilmente da un'arma da taglio. Illeso il figlioletto Isaia, ancora dentro la culla al piano superiore della casetta in via Piave 4. L'abitazione è stata ritrovata in ordine, come se l'autore di siffatto, atroce delitto, per nulla fosse interessato alle poche cose di valore che potevano essere riposte nei cassetti e armadi. I carabinieri del comando di Valdobbiadene, accorsi alla chiamata di aiuto da parte dei vicini di casa, propendono come prima ipotesi per un movente di tipo passionale o, comunque sia, personale. Si indaga, per ora, nella vita privata della donna, sposata da un anno con Tancredi Del

Col, attualmente in Belgio, dove lavora nella miniera di Marcinelle. Le autorità civili e militari si sono attivate per mettersi in contatto con lui e comunicargli la dolorosa notizia.

A fare la macabra scoperta del corpo di Gina Pezze, è stata una vicina di casa. Ieri mattina, intorno alle 8, ad attirare la donna sono state le urla del piccolo Isaia, che piangeva insistentemente. Avvicinatasi all'uscio, ha aperto la porta senza fatica ed è entrata chiamando Gina. Quale orrore nel trovare la giovane donna, stesa sul pavimento di cucina, il corpo straziato da una profonda ferita alla gola, un'aureola di sangue tutto attorno al capo. La donna è corsa al piano superiore, dove all'interno della culla nella camera da letto ha trovato il piccino in lacrime, affamato e disperato, solo da chissà quante ore. Uscita dalla casa, correndo e urlando, si è diretta poco distante verso la propria abitazione, allertando il marito che si è affrettato all'albergo per chiamare i carabinieri. L'atrocità del delitto ha fatto accorrere personalmente il comandante della stazione, il maresciallo Ilario Giordano, che ha iniziato le indagini parlando dapprima con i vicini di casa. Subito si è formata, infatti, una nutrita folla di fronte all'uscio della casetta: Vas conta poco più di un migliaio di anime e un delitto così terribile, a memoria degli abitanti del piccolo borgo di montagna, non si era mai verificato. Tutti a dire che la giovane donna era tanto per bene e benvoluta in paese, nessuno avrebbe potuto volerne la morte.

Buio assoluto, per ora, sulla probabile identità dell'assassino, sebbene la totale assenza di disordine, così come di segni di effrazione, facciano supporre che la vittima conoscesse il suo carnefice e che sia stata lei stessa a aprirgli la porta, ignara del terribile destino che l'attendeva. In giornata, si attende l'arrivo degli agenti della polizia scientifica di Padova, che avranno il compito di cercare impronte digitali e tracce che l'assassino potrebbe aver lasciato dietro di sé, così da dargli quanto prima un nome e un volto, assicurandolo alla giustizia.

(cri. s.)

«È molto più di quanto ricordassi. Era a questo delitto che pensavo, mentre mi davo del coglione».

Fabrizio torna a guardarmi negli occhi.

«Ero troppo piccolo, ma di questo fatto si parlò per anni. Anche perché non mi sembra si sia mai scoperto il colpevole. Tra l'altro, è vero: il marito era in Belgio a lavorare, ma, se non sbaglio, non riuscirono mai ad avvisarlo. Ci fu quel terribile incidente in miniera, quello di cui ricorreva il cinquantesimo anniversario proprio quest'anno. Povero Isaia, rimasto orfano nel giro di un paio di giorni. In questo modo, poi».

«L'ho letto. Sandro ha trovato anche un secondo pezzo. Aspetta...».

Riprendo il tablet e faccio apparire anche il secondo articolo, 10 dicembre 1956.

Rientrata in Italia la salma di Tancredi Del Col

Il minatore di Vas, Belluno, era morto nel terribile incidente minerario a Marcinelle, in Belgio.

Il corpo ritrovato dopo quattro mesi. Ad attendere l'uomo soltanto il figlioletto.

La moglie Gina Pezze è stata assassinata ad agosto.

VAS (BELLUNO). Potrà finalmente riposare in pace, nel cimitero della sua Vas, Tancredi Del Col, trentadue anni, il giovane minatore morto nel terribile incidente alla miniera di carbone Bois du Cazier, a Marcinelle, in Belgio, costato la vita a 136 nostri connazionali. Il suo corpo è stato rinvenuto dopo quattro mesi di estenuanti ricerche, tra le macerie carbonizzate del pozzo minerario in cui, quel terribile 8 agosto, perirono dilaniate 262 vittime, tutti minatori.

Il corpo, orribilmente mutilato e pressoché irriconoscibile, è stato recuperato alla fine di novembre a una profondità di 1035 metri dentro quel pozzo maledetto. Giaceva supino, in prossimità di uno dei carrelli vicini all'ascensore di carico, dentro il quale, probabilmente, cercava riparo dalle fiamme che avevano invaso ogni cunicolo. Al riconoscimento del corpo si è giunti grazie alle indicazioni fornite agli inquirenti dal fratello dell'uomo: all'indice della mano sinistra di Tancredi Del Col mancava una falange e tre dei suoi denti, molari, erano d'argento.

Tancredi Del Col era partito un anno prima, carico di rosee speranze, per garantire un futuro migliore alla giovane moglie Gina Pezze e al loro figlioletto Isaia, rimasti sulle montagne bellunesi dove la vita procede tra stenti e privazioni. Sognava un futuro migliore per sé e per i propri cari, ma quei sogni carichi di speranze sono stati bruscamente, irrimediabilmente spezzati dall'orribile incendio che ha già fatto di Marcinelle una delle pagine più tristi e nere della nostra storia.

Ad attendere la salma, ieri mattina a Vas, c'era solo il figlioletto Isaia: la moglie, Gina Pezze, è stata infatti assassinata il 6 agosto, appena due giorni prima della disgrazia mineraria. Un delitto che ha squassato gli animi della piccola comunità del paese, rimasto a tutt'oggi impunito e di cui Del Col non era mai stato informato. È morto senza sapere di essere vedovo e che il suo bambino, il piccolo Isaia, da allora vive a casa degli zii. Il piccino, ormai, è completamente orfano.

Mesto il corteo che ha seguito la semplice bara fin dentro la candida chiesa, la quale non ha potuto contenere tutte le persone accorse a porgere l'estremo saluto allo sfortunato minatore. La maggior parte dei presenti, provenienti anche dai comuni limitrofi, ha seguito la cerimonia all'esterno, chi sui gradini del municipio, chi fin sull'uscio del vicino albergo. Dopo le esequie, la salma è stata deposta in una tomba accanto a quella della giovane moglie, nel piccolo cimitero di Vas.

(cri. s.)

I tre uomini si alzano, avvicinandosi alla cassa. Fabrizio abbandona la lettura per battere loro lo scontrino e li saluta con un sorriso. Mi accorgo, però, della malinconia che gli articoli gli hanno lasciato addosso. Gli uomini ringraziano ed escono.

Restiamo soli.

«Che famiglia disgraziata, quando il destino si accanisce non usa mezzi termini», sospira Fabrizio.

«Quindi? Qual è il nesso tra la nostra scatola di Pastiglie Leone e questi articoli?».

A dirla tutta, io un'idea me la sarei fatta. Ma come sempre, ho quasi paura di dirla a voce alta, perché sono abituata a sentirmi dire che ho una fervida fantasia, che vedo intrighi dove non ce ne sono, che guardo troppi crime in TV, ma che soprattutto dovrei leggere qualche romanzo d'amore, ogni tanto.

Fabrizio appoggia l'onnipresente canovaccio, fa il giro del bancone e si siede sullo sgabello davanti al mio.

«Tu ci vedi un nesso?».

È impacciato. Siamo vicini e le nostre ginocchia quasi si sfiorano. È evidente non sappia dove mettere le mani. Alla fine intreccia le dita e si appoggia al bancone, mantenendo una posizione composta.

«La roncola insanguinata, il sangue che risulta essere umano, Gina Pezze con la gola tagliata... Qualcosa mi dice che c'è un nesso tutt'altro che casuale».

«Quindi, per usare termini pseudotecnici, secondo te abbiamo l'arma del delitto e la vittima. Ci mancano modalità e movente, ma soprattutto il colpevole».

Calmo e pacato. Mi sembra sia tornato il brigadiere che si sedeva con me sui gradini di casa, facendomi ragionare sul libro appena letto.

«Be', il movente non sarà sicuramente il denaro: sull'articolo c'è scritto che non hanno rubato nulla, non c'era nemmeno scasso, o almeno lo presumo perché il cronista non l'ha indicato. Secondo le teorie dei libri gialli che leggo, sostanzialmente il movente di un omicidio è dato dai soldi, dal potere o dalla passione. Visto quanto abbiamo letto, direi che nel nostro caso si tratta di un delitto passionale, anche se odio questo termine. La passione è una di quelle cose che fa strappare le mutande, non la vita».

Parlo di fretta, seguo un'intuizione che corre più veloce della mia lingua. Fabrizio sembra seguire i miei ragionamenti, ma è come se entrambi sapessimo che il pensiero dominante è quanto accaduto stamattina. Giocherello con la fede, facendola ruotare come una trottola sul bancone. Fabrizio sposta lo sguardo sulle proprie mani e si decide a parlare.

«Ho ripensato a quello che è successo e sono dell'idea che non dobbiamo più metterci nelle condizioni di farlo accadere. Mi dispiace. Non avrei mai dovuto permetterlo. E non perché non ti desideri. Ammetto che anche ora fatico a stare al mio posto senza abbracciarti, ma davanti ai bivi che ho incontrato, ho sempre cercato di immaginarmi quale fosse il paesaggio che avrei guardato dopo aver scelto la strada. E io temo, anzi, ne sono certo, che se non pongo un freno a questo desiderio, finiremo entrambi in un dirupo. È vero che non posso controllare tutto, prevedere tutto, e che forse ragionando troppo sulle cose si perdono quelle emozioni travolgenti capaci di farti sentire vivo, ma per quanti problemi io possa avere, non è tradendo Enza che mi sentirò migliore, o più felice, o fiero di me stesso. Cloe, mi sento uno stronzo per averti coinvolto in questa cosa. Potrei anche aggiungere che la differenza d'età e cosa penserebbe la gente, se si venisse a sapere, hanno un loro peso. La verità, però, è che non me ne frega un cazzo della nostra differenza d'età e di quello che potrebbe dire la gente. Se potessi farei l'amore con te anche ora, su questo bancone. Credimi, non mi pentirei. Ma non credo che le conseguenze ci farebbero sopravvivere a lungo. Ti ho appena ritrovata e non voglio perderti di nuovo. Sono abbastanza sicuro che questo nostro caderci addosso non sia frutto solo di una combinazione chimica, c'è molto di più che ci unisce. Me ne rendo conto. E nonostante gli anni siano passati, lo posso avvertire chiaramente, anche se non riesco a trovargli una definizione, o dargli un nome. Ma proprio perché abbiamo questo legame particolare, ho il dovere di proteggerlo. Ci sono momenti in cui credo che, per entrambi, questo spegnere il cervello e farci travolgere dai sensi sia una fuga da qualcosa. Ma rifugiarci l'uno tra le braccia dell'altra non porterà nulla di buono».

Ho di nuovo un nodo in gola, ma non è delusione. La sensazione è che sia piuttosto qualcosa che si avvicina al sollievo. Così è tutto più facile, no? Parlando con Chiara avevamo raggiunto la stessa conclusione. Non so da cosa stia fuggendo Fabrizio, ma io sicuramente cercavo un modo per boicottare la mia storia con Sandro. Un modo per rompere, perché se ne andasse, prima di dover ammettere a me stessa che è già diventato troppo importante per fare a meno di lui. Abbandonare, prima di correre il rischio di essere abbandonata.

È il mio stile, il meccanismo per cui ho sempre puntato gli occhi su persone impegnate, o incasinate, o che era meglio perdere che trovare. Stamattina, al di là di quello che il mio corpo sentiva, il cuore ha capito che se avessi perso Sandro, forse avrei fatto la più grande minchiata della mia vita.

Forse.

«Non ti preoccupare, Fabrizio, va tutto bene. Non sei stronzo. Anzi, con molta probabilità hai centrato il problema. Dicono che fossi bravo nel tuo lavoro, no? E non solo nell'analizzare gli indizi, ma anche nel capire la storia che si nascondeva dietro a un fatto».

Respiro e caccio le lacrime lì in fondo, alla bocca dello stomaco che subito protesta, ma questa volta sono più forte io e lo metto a tacere.

«E quindi adesso non venirmi a dire che secondo te non c'è un nesso tra la roncola e questi due articoli di giornale».

Fabrizio ferma la mia fede che, rotolando, è scivolata più in là sul bancone. La prende al volo prima che cada nel lavello sottostante. Afferra la mia mano, mi infila l'anello al dito, ma non spezza il contatto.

«E sentiamo, allora, quale nesso dovrebbe esserci? E perché? Perché pensi ci sia un collegamento tra la tua roncola rinvenuta in soffitta e quel fatto di cronaca?»

«Perché se fosse servita per uso domestico non avrebbe avuto senso nasconderla, ancora insanguinata, dentro una scatola di caramelle e sotto un asse del pavimento. Perché le date sono compatibili con gli eventi e non credo ci siano stati altri efferati omicidi, sempre che Vas, negli anni '50, non avesse lo stesso tasso di criminalità del Bronx. E infine, indizio molto importante, mi confermi che è sangue di donna quello ritrovato sul fazzoletto».

«Ma chi l'ha usata? E perché? Pensi che qualcuno della tua famiglia fosse in grado di uccidere qualcuno? Tuo nonno? Io l'ho conosciuto appena, e certo era stato in guerra, aveva sparato, ma era noto per essere un gran lavoratore, uno che stava fuori dai guai, oltre che una persona corretta e onesta. Qualcosa mi dice che tu non pensavi a lui, ma piuttosto a tua nonna. Ma perché uccidere Gina? Con che movente? All'epoca non era già nato tuo zio Beppe? Clotilde aveva due figli piccoli, tua madre ed Elia, e il terzo nato da poco... Dubito potesse uccidere una madre con un bambino in fasce».

«Già. Per quanto nella mia testa veda Clotilde più nei panni di Medusa che di Mary Poppins, il tuo discorso fila. C'è però qualcosa che non mi torna. Non so cosa, ma non mi torna. Senti, dov'è la scatola?»

«Qui dietro, aspetta».

Fabrizio fa il giro del bancone, recupera la scatola delle Pastiglie Leone e me la passa.

La guardo senza aprirla, sospesa in un qualche pensiero che ancora faccio fatica a definire.

«Ho dovuto tagliare un pezzo del fazzoletto, ma non troppo grande. Per il resto è come me l'hai data».

Il campanile batte le otto. È tempo che rientri, non posso saltare anche la cena. E non tanto per la linea, che magari ne trarrebbe beneficio, ma dovrei affrontare troppe domande dall'inquisizione materna e non saprei davvero cosa rispondere. Faccio a mia volta il giro del bancone per abbracciare Fabrizio. Devo alzarmi sulle punte per non soffocare contro la spalla, lo stringo forte. Lui ricambia la stretta, affondando il viso contro il mio collo.

«Va tutto bene», sussurra, e a questo punto non saprei dire cosa stia andando bene.

Fabrizio mi stringe a sé e io fatico a lasciarlo andare. Conto mentalmente fino a tre poi mi stacco, prendo la scatola ed esco nell'aria fredda della sera, con la sensazione di tornare a respirare solo in quel momento.

Lo smartphone vibra nella tasca.

Messaggio WhatsApp da Sandro: "Mi manchi".

Rispondo senza pensare: "Anche tu, non sai quanto".

Vas, 9 dicembre 1956

La processione si mosse lenta, sotto pochi fiocchi di neve. Davanti a tutti, il feretro di Tancredi Del Col, portato a braccia dagli amici. Subito dietro don Giulio, accompagnato da un chierichetto, poi i familiari e i paesani.

Il maresciallo Ilario Giordano si soffermò a osservare Ada Demaria, defilata rispetto agli altri. Il foulard di pizzo nero sulla testa e gli occhiali scuri non permettevano di scrutarle il viso. Si cingeva il petto con le braccia, tenendo un fazzoletto appoggiato alle labbra. Le sue spalle venivano scosse da lievi sussulti di pianto.

Giordano seguì la cerimonia da distante, guardandone gli attori e il loro comportamento, ma non riscontrò nulla di anomalo. Salutò la vedova del suo collega con un cenno discreto della mano, prima di rientrare in caserma.

«Avanti», disse, richiudendo la finestra.

«Buongiorno maresciallo», salutò il brigadiere.

«Buongiorno De Carli, accomodati, ti stavo aspettando».

Giordano riprese posto alla scrivania. De Carli si strinse nelle spalle: faceva freddo. Pensò fosse una fortuna non dover dividere l'ufficio con il suo superiore.

«Novità da villa Sartori?».

De Carli era uscito di prima mattina per un furto con scasso.

«Nossignore. Stanno ancora facendo i rilevamenti. I proprietari erano fuori città da otto giorni, sono rientrati giusto stamattina, trovando la porta scassinata e gli interni sottosopra. Non avevano affidato le chiavi a nessuno e non hanno un custode. Quindi è difficile risalire a quando sia avvenuto il fatto, sebbene i ladri abbiano lasciato tracce di fango per tutta la casa e questo mi fa pensare possa essere avvenuto tre giorni fa, dato che pioveva. Ho richiesto l'inventario dei beni stanza per stanza, così da capire cosa manca. I colleghi stanno ascoltando i vicini, ma le prime case sono abbastanza distanti».

«Bene. Mentre eri fuori sono stato al funerale di Del Col, il marito della Pezze».

Giordano riprese a lisciarsi i baffi. De Carli stava per portare d'istinto una mano al pizzetto, ma si limitò a fare un cenno di assenso con la testa, ripercorrendo mentalmente tutte le fasi dell'inchiesta in attesa del seguito.

«Prima che iniziasse il funerale ho provato ad avvicinarmi alla vedova Demaria. Speravo mi dicesse qualcosa riguardo ai rapporti di Del Col con Virginia Pinto, ma è stata lapidaria. Ha detto che sì, si conoscevano, che è capitato si trovassero alle feste dei paesi limitrofi, ma sempre in compagnia e comunque raramente. La Pinto non aveva possibilità di muoversi autonomamente, la sorella maggiore le teneva il guinzaglio corto. Non le risulta nemmeno che i due avessero avuto una relazione, lei e la Pinto erano molto amiche, l'avrebbe saputo. Poi l'emozione ha preso il sopravvento e l'ho lasciata andare».

«Quindi adesso che facciamo, maresciallo?».

Giordano accusò una fitta alla bocca dello stomaco. Capitava ogni qualvolta si doveva arrendere davanti a una sconfitta. L'omicidio di Gina Pezze e il suicidio di Virginia Pinto erano secondo il suo istinto correlati, ma la giustizia ha bisogno di prove e lui non era stato in grado di trovarle.

Il fascicolo dell'omicidio era cristallizzato al mancato ritrovamento dell'arma e alla totale assenza di testimoni. Sul caso Pinto, era stato il medico legale a chiudere il capitolo, classificandolo come suicidio, e questo aveva convinto il giudice istruttore a non concedergli la possibilità di interrogare nuovamente la sorella della vittima. Giordano avrebbe voluto parlarle ancora, ma questa volta in caserma, per metterle pressione. Invece nulla, le sue restavano solo supposizioni.

«Il giudice istruttore è dell'idea di lasciare il caso Pezze aperto, del resto abbiamo un omicida a piede libero, ma fintanto che non emergeranno novità significative, la priorità passa a casi più recenti. Il *suicidio* Pinto è storia chiusa».

«Mi sembra una sciocchezza, maresciallo, se mi concede il pensiero».

«Te lo concedo, De Carli», rispose Giordano, portandosi una mano allo stomaco. «Ora va, fai rapporto e tienimi aggiornato sul furto di Villa Sartori».

«Signorsì».

De Carli si alzò in piedi, fece il saluto e uscì richiudendosi la porta alle spalle.

Giordano tornò ad aprire la finestra. Si chiese se fosse rimasto dell'antiacido nel cassetto, che questa sconfitta era dura da digerire e il suo stomaco non mancava di fargliela notare.

«È la vita, tesoro, alle volte si vince, altre si perde», gli aveva detto sua moglie la sera prima. Ma perdere, per lui, significava lasciare l'autore di un'ingiustizia a piede libero. Difficile da accettare.

Con il sigaro tra le dita riprese in mano il fascicolo del suicidio di Virginia Pinto. Diede nuovamente una rapida scorsa ai rapporti e a un paio di foto puntate con le graffette, prima di richiuderlo. Non si decideva a chiamare Privitera per farlo archiviare.

Osservò i visi sorridenti delle sue figlie nella cornice d'argento e, soffiando il fumo del sigaro verso la finestra, prese la decisione di infilare nel fascicolo Pezze quello della giovane Pinto. Nessuno poteva vietargli di pensarci ancora, di tanto in tanto.

Vas, 31 dicembre 2016

Sono le nove del mattino.

Sul tavolo la tazza grande del caffelatte e la più piccola di solo caffè per mia madre. Poco distanti, le due scatole oggetto di grandi attenzioni negli ultimi giorni. Quella di legno, con ciò che resta di vecchie foto e cartoline ammuffite, e quella delle pastiglie Leone, con tanto di roncola macchiata del sangue di una donna, avvolta nel fazzoletto e nella pagina de «L'Unità» del 27 luglio 1956.

«Pensi di tenerla per ricordo?», mi chiede mentre sono lì con lo sguardo perso.

Ho la testa vuota e solitamente non è un buon segno. Significa che sto pensando a più cose di quelle che riesco a mettere in fila.

«Per ora sì. C'è qualcosa che mi sfugge. Questa storia non ha senso».

Mia madre si versa ancora un po' di caffè, sedendosi accanto a me.

«Non so che dirti. Ammetto che ieri sono rimasta sorpresa quando mi hai detto ciò che ha scoperto Fabrizio. Per non parlare dei due articoli che ha mandato quel tuo ragazzo, Sandro. Ho sentito parlare anch'io di quella storia, ma non la ricordavo. E poi lo sai come funzionava ai quei tempi: quando gli adulti dovevano parlare di cose gravi, spedivano noi bambini da qualche parte. Però dai, con il tempo ho accettato che tu potessi avere dell'antipatia per tua nonna, anche se, nonostante la mia insistenza, non hai mai voluto spiegarmi il perché di tanta acredine, ma faccio fatica a comprendere come tu possa pensarla capace di uccidere qualcuno, per poi nascondere l'arma nella stessa stanza dove ha allevato i suoi figli. È assurdo, non credi?»

«Perché mi avete chiamata Cloe?»

«O Signore... Che c'entra adesso? Comunque l'ha scelto tuo padre. Tradizione voleva che si dessero i nomi dei nonni, ma di chiamarti Clotilde o Adelaide lui non ne voleva proprio sapere».

«Che Dio l'abbia in gloria».

«Per non fare torto a tua nonna, ha preso le prime tre lettere e l'ultima. L'idea mi è piaciuta e così... Anche a lei piacque molto. Quando eri piccola ti voleva molto bene, sai. Poi non so cosa vi sia successo, lei non mi parlava e tu, lo sappiamo fin troppo bene, non eri meno ostinata nel tuo silenzio».

«È una storia vecchia», dico, nascondendo la faccia dentro la tazza, «ormai l'ho superata».

«Se l'hai superata, non vedo perché tu debba avere problemi a raccontarmela», insiste lei.

Se non mi decido a raccontarle la verità, se ne uscirà di nuovo con: «Amore...». No, non lo reggerei. Di malavoglia, inizio a parlare.

«Ti ricordi quando papà era in ospedale e tu stavi con lui tutto il giorno? Lei venne a Padova con l'idea di aiutarti. Non ricordo che facemmo quella mattina, ma io dovevo essere particolarmente irrequieta perché lei, dopo avermi rimproverata più volte, mi prese e mi mise a sedere sulle sue ginocchia. Sono sincera, non ricordo le parole esatte. Ricordo solo la camicia bianca su cui risaltava quel medaglione che mi hai mostrato l'altro giorno e che non ho voluto. Mi fece un discorso sulle responsabilità, su Dio, sull'inferno, concludendo che se non mi fossi data una regolata la punizione divina si sarebbe abbattuta su di me, facendo morire papà. E così, per colpa mia, tu e Chiara avreste scontato una pena non vostra, mentre io sarei stata fuori dalla grazia di Dio. Dovevo pentirmi, sì, dovevo pentirmi. Non ho nemmeno fatto in tempo a capire cosa significasse *pentimento*, e soprattutto di cosa avrei dovuto mai pentirmi, che qualche giorno dopo papà è morto».

Appoggia la tazza al tavolo e porta una mano alla bocca. È impallidita e le tremano le mani.

«Cielo, Cloe, perché non me l'hai mai detto?».

Appoggia la mano sulla mia.

«Perché eri disperata. Come potevo dirti una cosa del genere? E poi c'era Chiara, tu che dovevi pensare a tutto, io che credevo che il vostro dolore fosse colpa mia. Stavo così male…».

Mia madre ha gli occhi lucidi, sembra non sapere che cosa dire. Stringe la mandibola come chi soffoca la rabbia, poi i lineamenti si allentano e nel suo sguardo torna solo la tristezza.

«Da piccola eri vivace e piena di energia. Dicevo che non avevi sangue, ma argento vivo nelle vene. Quando tuo padre è morto sei cambiata come dal giorno alla notte. Non dico che tu sia diventata apatica, ma molto diversa, sì. Malinconica, pacata. E insicura, soprattutto insicura. Pensavo fosse legato al dolore della perdita, ricordo che ne parlai anche con il nostro medico, che mi aveva rassicurata, in qualche modo, ma non ho mai pensato che il tuo repentino cambiamento dipendesse da questo. Lo sai, vero, che tu non c'entri niente, che non c'entra nulla, nessuna punizione divina o chissà che altro?».

Sorrido. Mi fa tenerezza questo suo modo di consolarmi. Anche se sono passati quasi trent'anni da quel giorno, a volte sono ancora la sua piccola.

«Certo, Madre, all'epoca non riuscivo a farci i conti, ma è passata. Ogni tanto mi faccio ancora prendere da un po' d'ansia, ma quella credo sia ormai parte della mia indole. Mi è rimasta un po' di insicurezza, quello sì. Quando mi accorgo che sto entrando nel circolo vizioso di quel ragionamento, reagisco di conseguenza. A ogni modo», dico con l'intento di sdrammatizzare, «sono e resterò sempre un po' stordita di mio, con o senza traumi infantili».

«Su questo non ho mai avuto dubbi. Però vorrei tenessi a mente che tuo padre non solo ti amava: ti adorava. Non devi avere incertezze su questo. Mi dispiace tanto per quello che hai sofferto, tesoro. Se solo avessi saputo, magari avrei potuto fare qualcosa, ma tu eri sempre così chiusa nel tuo silenzio...».

«Non fa nulla, Madre, è andata così. Non devi fartene un cruccio. Avevi mille cose a cui pensare e di punto in bianco una famiglia da mandare avanti. Hai fatto del tuo meglio».

Il campanello fa trasalire entrambe.

«Aspettavi qualcuno?», chiedo.

Ci fissiamo come se avessimo sentito il suono delle catene di uno dei fantasmi di Dickens.

«Io no. E poi tutti sanno che il campanello qui non si suona, ma si entra direttamente», risponde mia madre, con quel tono che rende ovvio anche un controsenso.

Pablo alza la testa dal cuscino del divano, miagolando distrattamente, e si stira in una delle sue posizioni yoga preferite. Mi guarda con l'espressione di chi ha letto un saggio di fisica quantistica e non solo l'ha capito perfettamente, ma ha scritto anche alcune note a margine.

Per qualche secondo ho la sensazione che ci sia un nesso tra il campanello e il suo sguardo beffardo.

«Lascia, Madre, vado io».

Almeno esco dal raggio d'azione dello sguardo felino.

Lontano dal fuoco la temperatura cambia notevolmente. Arrivo nel piccolo cortile. Il cielo è di un colore grigio topo, fa pensare che l'arrivo della neve sia solo questione di momenti. Il tempo di raggiungere la porta esterna e ho già le mani gelate.

"Chi cazzo è che rompe i cog…".

Non riesco a finire il pensiero che mi ritrovo davanti Sandro.

«Ciao tesoro!».

Il mio cervello proclama lo sciopero generale. Resto ferma con la maniglia in mano. La migliore delle espressioni ebeti si delinea perfettamente sulla faccia.

«Cloe, ricordi che devi respirare di tanto in tanto?».

Sorride. Quando Sandro sorride la sua faccia sembra irradiare luce, barba compresa. L'ho già detto? Comunque, dentro di me, una vocina accenna qualcosa a proposito dei picchi glicemici.

Respiro.

Non lo vedo da una settimana e mi sembra di guardarlo per la prima volta. Il giaccone da marinaio alla Corto Maltese, la sciarpa grigia intorno al collo. Tiene una borsa termica con la mano destra, un vaso con tre ciclamini e un'erica in equilibrio sulla mano sinistra. Lo indico con il dito, il vaso.

Lui ride di nuovo: «È per tua madre».

Torno ai suoi occhi ancora qualche secondo, poi mi decido a piovergli addosso. Lui regge il contraccolpo del mio corpo senza far cadere nulla, ma scoppia a ridere.

«Mi hai scritto che ti mancavo. Sono venuto. Quando concedi un momento di disarmo, bisogna approfittarne».

Casa. La prima sensazione decifrabile tra le sue braccia è ancora quella di essere a casa.

«Cloe, vuoi prenderti una polmonite? Sei uscita senza scarpe... E poi fallo entrare questo povero ragazzo: ha fatto un sacco di strada, vorrà riposarsi. Tu devi essere Sandro, è un piacere conoscerti. Vieni pure avanti, mia figlia ogni tanto dimentica le buone maniere. Vuoi un caffè? Un tè, magari...».

Ma tutta quella complicità madre-figlia di cinque minuti fa, dov'è finita?

«Cloe, chiudi la porta e deciditi a entrare», cinguetta mia madre, che già armeggia ai fornelli.

Dopo due tazze di caffè e una mezz'ora di domande più o meno imbarazzanti, mia madre decide di lasciarci soli. Questa volta niente appuntamento al cimitero: va a casa di Rita per organizzare la serata.

Le poche cose di Clotilde che abbiamo deciso di tenere sono già state messe nei due borsoni, nel corridoio all'ingresso. Nella stanza a cui si accede dal cortile, da un lato ci sono le cose da buttare e dalla parte opposta quello che regaleremo alla Caritas. Dopo le feste verrà un volontario a prenderle, per il resto zio Beppe farà un paio di giri all'eco-centro. Saremmo potute partire stamattina, ma Rita ha messo il veto.

«Non vi lascerò partire la sera di Capodanno», ha sentenziato ieri sera, a cena. «All'albergo c'è il Cenone di paese, Fabrizio l'ha fatto anche l'anno scorso. È organizzato non per i turisti, ma per chi passerebbe da solo la serata a casa. Sostanzialmente lo fa per gli anziani, ma è comunque un bel modo di stare insieme. Del resto nemmeno noi siamo più tanto giovani. Fabrizio e François cucinano e noi Vedove facciamo le cameriere. È divertente, non potete mancare».

«Certo che no», avevo detto, sperando non si sentisse il poco entusiasmo che mi suscitava il solo pensiero.

Sandro si siede sul divano accanto a Pablo. Il persiano nero sembra contento del nuovo arrivo: si fa stropicciare le orecchie e ricambia con un leggero morso alla mano. Sandro gli dice di avere qualcosa per lui nella borsa termica, il gatto risponde ammiccando e accendendo il motorino delle fusa.

Sono ancora incredula. Li osservo scambiarsi coccole e discorsi, dalla sedia su cui mi sono appollaiata stringendomi le ginocchia al petto. Li lascio fare fino a quando Sandro si volta e mi fa cenno, battendo una mano sulle cosce così come si fa coi cani. Tralascio la considerazione polemica ed eseguo il comando. Lui passa la coperta intorno alle spalle e mi stringe a sé. Non ho più voglia di pensare a nulla. Lo lascio fare e mi ritrovo aggrappata a lui. E prima che me ne possa rendere conto, sto piangendo.

Come una deficiente, aggiungerei. Perché quando piango mi do sempre della deficiente.

Invece Sandro non dice nulla. Ha guidato per quattrocentosessanta chilometri, sarà partito alle quattro del mattino per riuscire a essere qui così presto. E non solo si ritrova una pseudo fidanzata incapace di spiccicare due parole, ma che riesce, senza troppa difficoltà, a tramutarsi in bambina piagnucolosa.

Non saprei neanche dire il perché.

No, invece lo so il perché.

Perché siamo qui e avremmo dovuto essere altrove. Per i fantasmi, per gli incubi e i vecchi dolori, gli incubi… Per Fabrizio e le sue mani, e la roncola insanguinata, e le foto di volti che non esistono più, e il fiume in piena, l'ossario, i lumini del cimitero, il ciondolo d'oro, il topo in soffitta.

«Quale topo?», mi sussurra all'orecchio Sandro.

«Come quale topo?», chiedo, scostandomi e tirando su col naso.

«Topo. Tra i singhiozzi hai detto "topo"».

Mi passa una mano sul viso ad asciugare le lacrime. Mi guarda con tenerezza disarmante che a tratti amo e a tratti odio. Quando fa così riesco a sentirmi ancora più fragile.

«Su, in soffitta: c'è un topo. O per lo meno, spero sia solo uno. Mi è passato tra le gambe quando ho trovato la scatola».

«Sì, me l'avevi detto».

Sorride. E io ho voglia di prenderlo a morsi.

«Che ci fai qui? Sarai partito a notte fonda… Perché?».

Devo avere la faccia stropicciata, i capelli arruffati e le occhiaie di un panda. Una bomba sexy, insomma. Se Sandro non mi tenesse così stretta, potrei scappare a nascondermi da qualche parte.

«Come perché? Avevi bisogno di me e sono partito.

Sai, è così che funziona nelle coppie. Uno ha bisogno, l'altro accorre».

«Ma il Lavinia, le tue cene?».

E poi, questa non è una di quelle cose che capitano solo nei film? Voglio dire: quando mai nella vita reale tu ti senti sola e lui prende, parte, attraversa la pianura, e arriva? Così. Molla tutto per portare a te il suo conforto. E a tua madre i ciclamini? Ma no, dai, non è normale.

«Ho chiesto ai miei genitori di occuparsi delle stanze e mi sono messo d'accordo con un amico che ha il ristorante a Bra. Stasera prepara anche per le due coppie che sono ospiti da me, tutto sistemato. Non è stato nulla di insormontabile».

Già, che ci vuole? La fa sembrare facile, lui.

«Dov'è andata tua madre?», mi chiede, guardando fuori.

Come pensavo: ha cominciato a nevicare.

«Da Rita. E poi giù all'albergo di Fabrizio. Stasera c'è una festa per le persone del paese che sono sole, stanno dando una mano a preparare. Siamo state invitate anche noi».

«Quindi non c'è il rischio che torni nell'immediato?».

Adesso ha la stessa espressione di Pablo quando è davanti alla scatola di sgombro.

«No, credo ne avrà per almeno un paio d'ore».

Recupero un fazzoletto dalla manica del maglione e mi soffio il naso. Da quand'è che ho preso quest'abitudine antica e indecente?

«Perfetto. Vieni qui».

Sandro mi tira a sé e mi bacia. Mi bacia come se fossi la donna più desiderabile che abbia mai incontrato. Nonostante i capelli, le occhiaie, le lacrime.

E io mi sento di nuovo bene. È come se una voce dentro mi dicesse di fermarmi, che devo smettere di cercare.

«Insomma, tu dici che gli articoli che ho inviato sono legati in qualche modo alla roncola che hai trovato? Per dirla tutta: tu sei dell'idea che Gina Pezze sia stata uccisa con quella roncola, nascosta nel solaio della casa di tua nonna?».

Sandro è in piedi accanto alla stufa, scalzo. Allaccia la cintura, prima di farla scivolare lungo le asole dei jeans. Si infila il maglione norvegese bianco, poi si china a prendere dal baule, sotto le finestre, un paio di ceppi per il fuoco. Si muove come se conoscesse la casa da sempre.

«Secondo me, sì. Da un lato l'omicidio, un'arma del delitto mai trovata, o almeno così si suppone visto che non esiste un articolo che parli di svolta nelle indagini, giusto? Dall'altro le date che coincidono con i fatti e la roncola insanguinata, nascosta senza un minimo di logica. Per non parlare di me, che continuo ad avere incubi su questa prozia che non ho mai conosciuto. Per carità, in effetti questa è la parte paradossale e che magari con questa storia non c'entra nulla, ma dato che non sono un pubblico ministero posso pure soppesarla, no?».

Sono ancora sul divano, nuda, avvolta nella coperta. Pablo ha pensato bene di spostarsi su una sedia, quando le nostre coccole hanno preso una piega per lui imbarazzante. Sandro torna a sedersi accanto a me. Libero le gambe dal tessuto caldo e gliele faccio girare intorno alla vita, prima di mettermi a sedere su di lui come stavo poco fa.

«Troppe cose tutte insieme, per essere solo coincidenze», dico con tono professionale, come se non fossi nuda, nella cucina della casa di mia nonna, a cavalcioni di un uomo che è capace di eccitarmi solo respirando.

«Cloe, forse dovresti...».

Sandro fa passare le mani sotto la coperta e mi accarezza piano la schiena, mentre continuo a seguire i miei pensieri.

«Voglio dire, perché altrimenti nascondere il tutto sotto un asse del pavimento? Metti che abbia ragione Fabrizio, che non sia stata Clotilde, sia perché non si riesce a formulare un movente, sia perché emotivamente non era predisposta a uccidere un'altra madre, dal momento che aveva partorito da poco. Chi può essere stato? Virginia? Per qualche motivo che non sappiamo e che probabilmente non sapremo mai? Potrebbe avere un senso, potrebbe essere questa la causa che l'ha spinta, nel novembre dello stesso anno, a suicidarsi buttandosi nel Piave: il suo carico di rimorsi. Sembra plausibile».

Le mani di Sandro sono sui miei seni. Interrompo il flusso investigativo per osservarlo: sembra non abbia sentito una sola parola del mio lineare ragionamento.

«Tu non mi ascolti».

«Ti sto ascoltando più di quel che pensi».

E qualcosa mi dice che non era *il mio lineare ragionamento* a catturare tutta la sua attenzione.

«Forse dovresti rivestirti. Se arrivasse tua madre, credo che i ciclamini non sarebbero sufficienti a giustificare la mia improvvisata».

Qualcosa del suo respiro mi dice che sta pensando l'esatto opposto.

Adesso sono io a chinarmi su di lui. In fin dei conti, nella vita, si deve imparare a correre dei rischi.

Dopo pranzo, la scatola delle Pastiglie Leone catalizza ancora la nostra attenzione.

Sandro l'ha guardata e aperta, con la sua consueta delicatezza nei gesti.

«Hai ragione. Già solo questa pagina di giornale emoziona a tenerla tra le mani. La roncola, invece, dopo aver letto gli articoli che ti ho mandato, fa un po' impressione. A ogni modo, prima che mi distraessi, dicevi che potrebbe essere stata Virginia. Su che cosa basi la tua teoria, prof?»

«Be', prima di tutto il fazzoletto in cui è avvolta la roncola ha un ricamo troppo approssimativo per essere di Clotilde. E poi, come ti dicevo, la scelta tragica con cui ha messo fine alla sua vita, oltre al fatto che a nonna Ada sia scappata la frase: "Con tutto quello che è successo". Come se ci fosse ben di più, rispetto a quanto mi ha raccontato».

Faccio una pausa per raccogliere le idee.

«Per esempio, che ne so... Magari Virginia era innamorata del marito di questa Gina, era gelosa».

«Però, al momento dei fatti, il marito di Gina era in Belgio già da alcuni mesi. Cosa può aver scatenato, di punto in bianco, la rabbia omicida? Una discussione, forse? Ma per cosa?».

Dettaglio che mi era sfuggito.

«Già, giusta obiezione».

Sembra più facile quando seguo C.S.I. in TV.

«Dentro l'altra scatola che cosa c'è?».

Sandro la indica. Noto che ha l'angolo sbeccato per il volo che Pablo le ha fatto fare ieri mattina, mentre

Fabrizio e io eravamo abbracciati su questo stesso tavolo.

«Tesoro, tutto bene? Sei sbiancata di botto».

La mano di Sandro si appoggia sulla mia spalla.

«Sì sì, tutto bene... Foto, ci sono vecchie foto. Non so nemmeno di chi, non le ho guardate con attenzione, ma a parte i miei zii, gli altri non li conosco. Credo che la maggior parte di loro, vista la data delle foto, siano per lo più defunti».

«Fammi vedere».

Sandro allunga entrambe le braccia, come un bambino che vuole un gioco. Apre la scatola e inizia a pescare foto a caso. Quelle dello zio Beppe dei primi anni settanta, alcune in bianco e nero della cartiera dove lavorava mio nonno, una di mia madre a scuola, un'altra con la tunica della prima comunione, un paio del matrimonio con mio padre e la sua faccia da ragazzino, zio Elia vestito da alpino e poi da carabiniere.

«E questa?».

Sandro ha tra le mani una busta ingiallita.

«Non ho idea, ieri non l'ho vista».

Già, avevo la testa altrove, ieri.

«Posso aprirla?»

«Certo, fai pure».

Stavo per tradire quest'uomo qui. Ma che mi passava per la testa?

La busta è chiusa. Istintivamente porto la mano alla caviglia, ma non avendo le scarpe non ho nemmeno il coltellino. Fermo il gesto a mezz'aria.

«Ti ho vista. Prima o poi dobbiamo parlare di questa cosa, che tieni un pugnale nello stivale».

Sandro si è alzato, prendendo uno dei coltelli che ho lavato dopo pranzo.

«Pugnale, adesso... È un coltellino!».

Apre la busta con delicatezza. Contiene cinque foto color seppia, è chiaro che siano molto vecchie. Una è di una bambina, avrà circa un anno, si notano gli occhi molto chiari, ma il taglio dona loro lo sguardo imbronciato; è seduta su un piano, con un telo neutro sullo sfondo; in basso a destra una data: 4 aprile 1937. La seconda è sempre la stessa bambina, la riconosco dagli occhi, in questa foto avrà avuto otto anni, è in posa sempre sullo stesso sfondo neutro, sempre lo sguardo triste – un tempo, se volevi la foto, dovevi necessariamente rivolgerti a un fotografo; la data in basso dice: 24 dicembre 1944.

«Guarda, ti somiglia».

Sandro mi porge la terza foto. La ragazzina dalle lunghe trecce ora è alla sinistra di quella che riconosco come una giovane Clotilde, in un abito chiaro che si intravede da sotto al cappotto e un mazzo di fiori tra le mani. Sorridono. Giro la foto. Una scritta, con calligrafia un po' imprecisa, dice: «Virginia e Clotilde, 12 novembre 1947».

«Oh cazzo, Sandro: hai trovato le foto di Virginia. Questa è del matrimonio del Generale. A marzo del '48 nacque mia madre e in questa foto era già incinta. Fammi vedere le altre».

Nella quarta Virginia è a braccetto con Clotilde, tiene in braccio quella che deve essere mia madre il giorno del battesimo. Nell'ultima è già ragazza, insieme a una giovane Ada. La riconosco perché ho visto le foto a casa sua, con i capelli raccolti e il neo a dare un tono malizioso al sorriso. Dovevano essere a un pic-nic, sedute su una coperta sotto un albero. Due ragazze diversissime: tanto semplice Virginia, quanto elegante Ada, pur non avendo abiti o accessori particolari, solo un filo di trucco, appena accennato. Una di quelle donne che l'eleganza ce l'hanno nel DNA, e che giocasse un po' con la somiglianza a Virna Lisi è palese. Alle loro spalle, un bel ragazzo con barba e baffi, una sigaretta nella mano sinistra, l'altra infilata nella tasca dei pantaloni. Fissa spavaldo l'obiettivo, come si sentisse il padrone del mondo.

Virginia mi somiglia davvero molto. Se non fosse per il colore degli occhi, a uno sguardo superficiale potrebbero confonderci.

«È pazzesco, lo vedi? Vuoi dirmi che anche questa è una coincidenza? Dai, non può essere: è un segno. Guarda, siamo due gocce d'acqua!».

Il mio scattare in piedi spaventa Pablo, che protesta.

«Stai tranquilla. Su, siediti, che intimorisci Pablito. È vero, la tua prozia ti somiglia molto. Ma nessun pubblico ministero aprirebbe un fascicolo su un fatto accaduto sessant'anni fa, solo in base a un paio di incubi, una certa somiglianza con una ragazza morta suicida e il tuo odio spassionato per tua nonna».

Non ha mica tutti i torti.

«Ma certo, che scema!».

Adesso sono io che lo guardo come una bambina guarderebbe l'albero di Natale. Ovviamente se non odiasse il Natale.

«Ada, stasera al cenone ci sarà anche lei. Magari vedendo la foto riprenderà il discorso da dove l'ha interrotto».

Sandro mi guarda perplesso.

«Vuoi interrogare una dolce nonnina, pure un po' acciaccata, su un'ipotesi di omicidio/suicidio la sera di Capodanno? Comprendo l'interesse, ma questa mi sembra ossessione, non trovi?».

In effetti, messa così mi fa sentire una brutta persona. Mi costringe a pensarci su un attimo. Solo un attimo.

«Se non colgo questa occasione potrei non averne più. Domani ripartiamo e non so quando, né se tornerò più qui. E come giustamente mi fai notare, Ada non è proprio in salute, quindi non ho molto tempo da perdere. Vado di sopra a cambiarmi».

Non sono proprio orribile. Sono solo orribilmente curiosa. Ecco.

L'albergo di Fabrizio, addobbato a festa, ricorda una di quelle sale che vedi nei film. Ghirlande con le stelle di Natale rosse e le luci oro a illuminarle. Persino il juke-box regala musiche a tema. Le tovaglie di carta, anche queste rosse, ricoprono i tavoli di legno sistemati a comporre un'unica tavolata a ferro di cavallo, in modo che le Vedove, cameriere volontarie per una sera, possano muoversi tranquillamente per servire i piatti. Come centrotavola, candele accese, rami di pino intrecciati a bastoncini di cannella e arance essiccate. Il profumo intenso mi avvolge, appena entro. Precedo Sandro e gli tengo la porta aperta. Fabrizio mi saluta con un sorriso, ma cambia espressione appena scorge la figura alle mie spalle. Gli vado incontro e lui, chiaramente di malavoglia, mi raggiunge a metà strada.

«Eccoci. Fabrizio… Sandro…».

Ho la sensazione che l'imbarazzo sia più alto di me.

«Piacere», dice Fabrizio con naturalezza, «Cloe mi ha detto tante belle cose su di te, siamo anche colleghi, in qualche modo».

Se è a disagio, a parte il *tante belle cose* rimarcato con eccessivo pathos, lo maschera molto bene.

Sandro ricambia l'accoglienza con il migliore dei sorrisi.

«Sì, direi di sì. Anche a me ha raccontato molto di te».

«Ah sì? Davvero?», chiede Fabrizio, con un tono così allusivo e insopportabile che vorrei tirargli un calcio in mezzo alla tibia.

«Certo. E, a proposito, grazie per l'ospitalità. Non me l'aspettavo, data l'improvvisata».

«Non dirlo nemmeno per scherzo, figurati. Anzi, visto che sei qui approfitto di te. Mi daresti una mano in cucina, ti va?».

Sembra tornato il Fabrizio di sempre. Poi dicono che siamo noi donne quelle facili ai cambiamenti, repentine di umore.

Figurati se Sandro si tira indietro. Li guardo andare verso la cucina da amiconi, manco fossero Gianni e Pinotto. Penso che forse sono solo io a sentirmi a disagio. Forse Fabrizio si è messo tutto alle spalle, dopo che ieri ci siamo salutati. Non mi stupirebbe. Del resto, a prescindere dalla maturità, è abituato a gestire situazioni ben più stressanti che un approccio audace sul tavolo della cucina. Sono io che do troppa importanza alla situazione o all'idea che mi ero fatta. Per lui, quello che è successo deve avere avuto decisamente meno valore.

Non so se la cosa mi piaccia. Anzi no, lo so. Non mi piace per nulla.

Cazzo, almeno un momento di esitazione, un qualcosa per farmi capire che forse, da qualche parte in lui, avrebbe voluto che le cose andassero diversamente?

No. Niente.

Devo essergli scivolata addosso con la facilità di una macchia di sugo, tolta col gesto veloce di quel cazzo di canovaccio che tiene sempre tra le mani. Non c'è altra spiegazione.

Ecco che ricomincio. Quando m'incazzo, inizio a pensare e a parlare con la stessa diplomazia di un ergastolano. Ma poi, perché m'incazzo?

Sandro è qui, è venuto a sostenermi in un momento difficile, ed è stato meraviglioso. Invece Fabrizio rasenta l'indifferenza, mi tratta come se non fosse successo niente. Ha rimesso ogni cosa al suo posto, e pare senza nemmeno far fatica.

E allora? Che voglio ancora?

Abbiamo già sviscerato con Chiara questo passaggio: il tentativo di auto boicottaggio, la fuga dalla relazione seria, l'anima inquieta che non si ferma mai ed è sempre alla ricerca di qualcosa che sfugge... Sì, belle queste teorie, sicuramente valide, ma a me sta montando la carogna. Altroché.

Istintivamente prendo lo smartphone. Sto quasi per chiamarla, quando realizzo in un istante che è la sera di Capodanno, che Chiara starà cercando di dare un senso a Cip e Ciop in qualche hotel del Sud Tirolo, prima di presentarsi bellissima ed elegantissima davanti al suo perfettissimo marito.

Ricaccio il telefono nella tasca dei jeans e penso sia giunta l'ora di arrangiarmi. Decido di scrollarmi di dosso sia la neve ormai sciolta, che quest'accozzaglia di pensieri. Scuoto i capelli come fanno i cani col pelo bagnato e poi, con le mani, tento di dar loro un minimo d'ordine.

Nel frattempo mia madre esce da dietro al bancone.

«Ah, sei qui. Il tuo Sandro è di là in cucina con Fabrizio, sono alle prese con i primi. Sembrano amici di vecchia data, quei due».

«Eh, che fortuna...».

Inizio a spogliarmi, sorridendo con poca convinzione.

«Tesoro, quando ti ho chiesto se avevi qualcosa di colorato invece del solito maglione nero, mi avevi risposto di sì o mi sbaglio?»

«È grigio. Grigio è un colore, no?»

«Stai calma... Ti sei risvegliata dalla pennichella con la luna storta?».

E mi fa un occhiolino che non ha bisogno di interpretazioni.

Dio che nervi.

Ok, Cloe, respira. Inspira pace, serenità ed empatica condivisione, espira veleno, nevrosi e sparachiodi.

E conta. Papà diceva che il trucco per calmarsi più velocemente, senza dire cose di cui ci si possa poi pentire, è quello di contare.

Almeno fino a un miliardoseicentonovantamilacinquecentoventidue.

«Avanti, non stare lì impalata, musona! Dammi una mano con tovaglioli e posate».

Mentre sfiliamo una accanto all'altra, finendo di apparecchiare la tavolata, accenno alle foto.

«Ma', ho trovato le foto di Virginia», le dico, sistemando una forchetta.

«Cosa? Dove?».

Ho tutta la sua attenzione.

«Dentro la scatola di legno che hai scoperto tu. Sul fondo c'era una busta chiusa, con dentro cinque foto. In una, quella del matrimonio di Clotilde, c'erano i nomi scritti dietro, l'ho capito da quello».

Mi guarda come se le stessi rivelando, in anteprima, i numeri del primo premio della Lotteria Italia.

«Ce l'hai qui? Fammela vedere».

Recupero la busta dalla borsa e gliela porgo. Resto in silenzio, voglio sentire che cosa dice.

«Oh Gesù, non me la ricordavo proprio. Ma guarda. No no, se non ci fosse scritto il suo nome non l'avrei mai riconosciuta. E poi, guarda: è identica a te!».

Oh, finalmente qualcuno che ha la mia stessa percezione della realtà.

«Hai visto? L'ho pensato subito anch'io».

«È strabiliante».

Mi restituisce la foto e torna ai tovaglioli.

Ma come, tutto qui?

«Non dici altro?»

«E cosa vuoi che ti dica? Bellissima ragazza, povera anima, mi fa piacere tu abbia trovato le foto. Tua nonna non era svalvolata del tutto, allora. È un bene che non le abbia buttate».

Si ferma, mi fissa. Mi conosce. Capisce.

«Cloe, che cerchi di dire? Lo vedo che hai la faccia di chi ha costruito un mondo intorno a quell'immagine».

Bene, da dove comincio? L'idea che ho in testa per me è chiara, ma come faccio a tirarla fuori? Ho la stessa perplessità che hanno i miei studenti davanti alla *Vergine delle Rocce* di Leonardo. Non puoi spiegarla così, in due parole. Tra un tovagliolo, quattro forchette e un anziano signore seduto a capotavola, che gioca a togliersi e rimettersi la dentiera.

«Non lo so, mi è sembrato strano. Sono successe così tante cose in questi pochi giorni. Tra la scatola, gli articoli, il sangue di donna sulla roncola e ora il fatto che Virginia mi somigli così tanto... Non può essere che l'astio di Clotilde nei miei confronti, quando ho cominciato a crescere, fosse per questo? Perché le ricordavo Virginia?».

L'ho detto? L'ho detto davvero? Così, con questa semplicità? Allora forse non è un'idea tanto assurda.

Mia madre mi guarda silenziosa. Sposta lo sguardo di lato, come a raccogliere una manciata di pensieri mescolati a ricordi. Anni di incontri, pranzi della domenica, vacanze estive e frammenti di telefonate vengono scandagliate dal suo spirito critico, per raggiungere poi un risultato a suo dire plausibile e probabilmente insindacabile: «Ma va!», tornando a concentrarsi sui tovaglioli.

«Ragazze, noi di là abbiamo tutto pronto. Voi come siete messe?».

Fabrizio avanza con la schiena dritta, il passo deciso. Indossa una camicia bianca con un gilet nero. Una mano in tasca, il braccio libero che segue l'andatura alternata, tra le dita un sigaro spento. Tipica postura da divisa, di chi non perde il vizio di avere tutto sotto controllo, anche quando è a riposo.

Dietro di lui arriva Sandro. Con un passo decisamente più leggero, lo scarta e lo supera per arrivarmi davanti, baciarmi velocemente e guardarmi con gli occhi che chiedono se tutto vada bene. Faccio cenno di sì con la testa e abbozzo un sorriso, mentre lui si china per abbracciarmi. Nemmeno stasera ho avuto la decenza di mettere i tacchi.

Scorgo un guizzo nella muscolatura della mascella di Fabrizio. Allora proprio una macchia di sugo non sono.

La porta si apre. Entra una nuvola di fiocchetti volanti, seguiti dal parroco che tiene la porta e la carrozzina di Ada, spinta da Enza.

Istintivamente infilo la busta nella tasca posteriore del jeans.

«Eccole le mie donne», dice Fabrizio, a voce fin troppo alta. E con un gesto da prestigiatore, fa sparire il sigaro spento dentro il taschino del gilet.

Mentre parla fitto con Enza, dietro di loro iniziano a sfilare gli invitati al cenone. Ada mi guarda, dipingendo un ciao con la mano. A vederla così anziana e fragile, la mia voglia di riportarla indietro negli anni viene meno. Eppure non voglio lasciar cadere questa storia nel dimenticatoio.

La verità mi arriva addosso come una sberla.

Da domani, quali motivi avrò per tornare? Mia madre è amica di Rita, lei viene qui come e quando vuole, ma io?

Guardo Fabrizio che parla con le Vedove, probabilmente inizia a coordinare il servizio in tavola. Penso che questa potrebbe essere l'ultima volta che lo vedo, perché si sa come vanno queste cose. Lo si dice sempre: «Dai che ci rivediamo, facciamo, andiamo». E poi ci sono gli impegni, i fine settimana troppo corti, i ponti già organizzati, le vacanze già disposte. «Facciamo un'altra volta». E l'altra volta non viene più, ci si perde.

L'ho ritrovato dopo trent'anni e lo sto perdendo di nuovo. La prima volta ero piccola e ignara, ma ora questa consapevolezza mi brucia in faccia come una sberla.

Nemmeno avesse sentito i miei pensieri girargli intorno, Fabrizio si volta, mi guarda. Forse intuendo qualcosa, abbassa la maschera dell'uomo felicemente sposato, padrone dei suoi gesti. E viene verso di me.

«Va tutto bene? Sei più pallida del solito».

Ha la voce bassa, la mano calda alla base del mio collo, di nuovo.

«Domani ripartiamo. Abbiamo finito su alla casa. Domani ripartiamo».

Che nervi. Lo sento che avvampo e mi si riempiono gli occhi di lacrime.

Cazzo. Mi odio quando faccio così. Mi odio.

Trentotto anni inutili, senza un minimo di autocontrollo.

«Capisco».

Non dice altro. E lo fa con quel tipico tono pavesiano a chiusura di frasi in cui sembrava dire: «Ho compreso». E a me suona tanto come uno *'sti cazzi*.

Giro la testa dalla parte opposta, provo senza convinzione a sganciarmi dalla sua mano. Vorrei mascherare per quanto possibile la lacrima sfuggita al controllo, ma lui la mano continua a tenerla lì e con il pollice mi accarezza piano dietro l'orecchio. Incurante del fatto che siamo al centro della stanza, probabilmente al centro degli sguardi e dell'attenzione di mezzo paese, mi tira a sé e mi bacia la fronte.

«Non ci pensare adesso. Vieni a darmi una mano con l'aperitivo, dai. Andiamo».

Un altro bacio veloce tra i capelli e torna verso la cucina.

Mi guardo intorno.

Nella mia testa il juke-box aveva smesso di suonare, tutti i commensali erano girati verso di noi stupiti, in un paio di casi irritati. Mi era parso di rivedere persino il mestolo di polenta volante.

Invece pare che tutto si sia svolto nella più totale indifferenza.

Dal juke-box, Billy Idol canta *Jingle Bell Rock*. Le Vedove accennano a qualche mossa di danza. Sandro parla fitto con François. La sera scivola veloce verso la notte.

Non manca niente: le lenticchie, il cotechino, il prosecco. Quest'ultimo – ottimo, freddo e abbondante – è la mia salvezza.

Seduto accanto a me, Sandro mangia e intrattiene Elda, una signora tutta d'un pezzo che fa la badante a Luigi, nella casa in fondo alla strada vicino al campo sportivo. Luigi, che prima giocava con la dentiera, ora dorme con la testa ciondoloni sulla sedia a rotelle, incurante del ridere e parlottare intorno. Teresa sta raccontando la sua quinta ricetta tipica, ma non ascolto quasi nulla. Dall'altra parte del tavolo, mia madre, Rita e le altre Vedove ridono tra di loro, come liceali in libera uscita.

Dalla parte opposta del ferro di cavallo, a capotavola è seduto Fabrizio. Alla sua destra mi danno le spalle Enza e Ada. Lo vedo spesso guardare sopra le loro teste, verso di me.

Intorno a mezzanotte, tutto è pronto per il conto alla rovescia. Grazie al cielo Fabrizio non ha acceso la TV, ma si è affidato alla precisione del suo pregiato orologio da taschino.

Dopo il brindisi e il panettone, la maggior parte degli ospiti rientra a casa. Niente fuochi d'artificio: il Comune non ha i soldi per pagarli, e poi si è preferito rispettare il desiderio di chi ha animali nelle stalle. Più che la cena di Capodanno, sembrava una festa del circolo di bocce, vista l'età media, ma è stata di gran lunga più piacevole degli ultimi veglioni a cui ho partecipato.

Enza e Ada si trattengono al tavolo, mentre Fabrizio carica la lavastoviglie di bicchieri e tazzine da caffè dietro al bancone. Le Vedove hanno sparecchiato e raccolto i piatti, Sandro è sparito in cucina a chiedere non so cosa a François. La busta con le foto di Virginia sembra chiamarmi, ma non me la sento di andare direttamente da Ada senza parlarne prima con suo figlio.

«Sandro ha trovato questa», dico a Fabrizio, passandogli la foto dove c'è anche Ada.

«Mia madre», dice, asciugandosi le mani e prendendo la stampa.

«Quest'altra ragazza è Virginia?», chiede, piantandomi gli occhi in un punto non meglio identificato della gola. «Ti somiglia tantissimo».

«Ti dispiace se la mostro a Ada, sempre che non sia troppo stanca?»

«No, fai pure. Finisco qui e arrivo anch'io. Non molli mai, eh? Peccato tu non abbia più l'età per fare il concorso: con il giusto addestramento saresti stata un buon carabiniere».

«Io addestrata?».

Rido.

«Ah, scusa, hai ragione. Non hai la benché minima idea di che cosa significhi il termine disciplina. Per farti rigare dritta avrei dovuto prenderti a frustate».

Ride anche lui, finalmente.

Mi avvicino a Ada, sorridendo a Enza. Mi sento in imbarazzo. Ma sono stufa di sentirmi sempre a disagio, o sbagliata, o fuori posto. Nei pochi passi che separano il bancone dalle due donne, decido che se è successo ciò che è successo, era destino che accadesse. E poi, mica abbiamo compiuto l'irreparabile.

Alla fine è stato solo un bacio. Forse qualcuno in più, magari non proprio casto, ma sempre di bacio si tratta. Può un bacio essere definito un errore grave? Dai, su, siamo ben oltre il 2000, siamo moderni!

Che poi nemmeno so cosa intendo veramente per essere moderna, ma il pensiero mi fa sentire abbastanza forte per sedermi accanto a loro.

«Nonna Ada, posso farti una domanda?»

«Ma certo, cara, dimmi pure. Vuoi un altro pezzo di panettone? Non l'ho nemmeno toccato».

Sposta il piattino vicino a me.

«No, grazie, ho già il bottone dei jeans slacciato», rispondo sorridendole, e tirando fuori la lingua da un lato.

Torno seria.

«Stamattina, mettendo a posto delle vecchie foto, ho trovato questa».

Le porgo la stessa che ho mostrato a Fabrizio.

«Enza, passami gli occhiali per favore. Oh Gesù, ma guarda, io e Virginia. C'è anche Tancredi».

La mano inizia a tremarle appena, gli occhi si fanno più lucidi.

«Non pensavo li avrei più rivisti. Non ne ho di foto, le ho perse... Oh, quanto tempo».

Tira fuori il fazzoletto dalla manica del maglione. Appoggia la foto sul tavolo, ma non distoglie lo sguardo nemmeno per un istante. Quando Enza prova a prenderla per guardarla meglio, le ferma la mano a mezz'aria.

Aspetto che Ada riprenda fiato e che le lacrime smettano di scendere. Fabrizio passa dietro la mia schiena, sfiorandomi appena: si accomoda nella prima sedia libera accanto a me. Poco dopo arriva Sandro, che trova spazio accanto a lui.

«Tancredi?», chiedo. «Tancredi Del Col, il marito di Gina? Quello morto nella miniera di carbone in Belgio?».

Chissà perché la rivelazione non mi stupisce più di tanto.

«Tancredi era un ragazzo di Valdobbiadene. Veniva in paese la domenica, perché qui aveva gli amici. Eravamo tutte un po' innamorate di lui, noi ragazze, e a guardarlo credo si capisca perché. All'epoca avevo già conosciuto il padre di Fabrizio, mi sarei sposata forse un paio di mesi dopo questa foto. Hai visto che bella, tua zia Virginia? Ti somiglia».

«Sì, ho visto. E qui sembra anche felice. Non riesco a pensare che sia la stessa persona che poi si è tolta la vita», cerco di incalzarla.

«Di che anno è questa foto? C'è scritto niente, dietro? Di solito si usava... Ecco, era il 1954. Virginia si è uccisa un paio di anni dopo. Quante cose possono cambiare in due anni».

«Già, si è uccisa nel novembre del 1956. Ada, ti va di raccontarmi ancora qualcosa? L'altro giorno dicevi che era successo un evento grave. Ho fatto delle ricerche, ho trovato due articoli di giornale: uno parla di Tancredi e l'altro di sua moglie, uccisa poco tempo prima. E in queste foto con te e Virginia c'è proprio lui».

Ada sembra persa nei ricordi di quel tempo lontano. Tace, fissando l'immagine. Ripassa il fazzoletto sugli occhi e sul naso. Guardo Fabrizio, aspettandomi un cenno che mi dica: «Basta, lascia stare». Anche lui, però, è in attesa. Solo Enza si decide a parlare.

«Sono passati molti anni. Potremmo lasciare in pace i morti e le loro storie, no?».

La sua domanda cade nel vuoto.

Cerco di non voltarmi ancora verso Fabrizio che, come prevedevo, continua a tacere. Anche mia madre e Rita si sono avvicinate. L'aria è cambiata, ci avvolge con la consistenza dello zucchero filato: abbastanza per legarci ancora al tavolo, ma basterebbe un cenno sbagliato per lasciarci liberi di andarcene in direzioni opposte.

«Che vuoi che ti dica, cara, eravamo giovani. Avevamo così tanto niente intorno, che quel niente ci sembrava tutto. Potevamo goderci solo poche ore di libertà dalla famiglia, la domenica pomeriggio, quando i genitori ce lo permettevano. Per lo più si stava all'oratorio, alle volte proiettavano dei film. O giù al fiume, seduti su una coperta. Qualcuno più ricco aveva una chitarra, cantavamo le canzoni di Nilla Pizzi o Claudio Villa. Tancredi era bellissimo e superficiale, come sono i ragazzi quando hanno tutta la vita davanti. E Virginia era così dolce... Si sono innamorati, tutto qui».

Guardo di nuovo la foto. Tancredi aveva un bel viso e le spalle larghe. Il naso aquilino rendeva meno banale il volto di un ragazzo che, per eccessiva perfezione, avrei definito belloccio. Eppure non mi basta, voglio sapere di più.

«Innamorati? Ma poi Tancredi ha sposato Gina ed è andato in Belgio. Perché? Forse Clotilde si è messa in mezzo, si è opposta al legame tra lui e Virginia?».

Enza ha l'espressione di una statua. Guarda dietro di me, cercando con gli occhi Fabrizio. Se potesse, penso che mi avrebbe già appesa al primo chiodo utile e portato la suocera lontana il più possibile da me.

Sento gli occhi di Sandro sul collo, attorno allo stesso punto in cui l'ex maresciallo ha lasciato l'impronta del suo pollice. Vorrei ricambiare lo sguardo, ma temo che sospendere il contatto visivo con Ada possa autorizzarla a chiudere la conversazione.

«Perché la vita è strana, piccola mia, e non fa mai quello che noi ci aspettiamo. Guarda me, vedova così giovane del mio povero marito. O tua madre, a cui è toccata la stessa sorte come ad altre donne qui. La vita è difficile. Una persona pensa con l'età di comprendere meglio. E invece ci si illude. Il punto è che, fin troppe volte, siamo così indifesi e smarriti, davanti agli avvenimenti, da restare inermi e sconvolti. C'è chi trova la forza di reagire, di andare avanti. E chi, come Virginia, è troppo debole, ha l'anima fragile. Lei non ha retto agli avvenimenti. Quando Tancredi è partito sembrava impazzita: impazzita di dolore e d'amore. E non è un caso che queste due parole facciano rima, sai? Non è così banale. Dio solo sa cosa ha fatto, ma credimi, mi devi credere bambina mia: non è stata colpa sua. Lei voleva solo, lei voleva… Ma allora non era possibile. Oh, povera cara, povera Virginia, amica mia».

Poggia una mano nervosa sulla mia guancia. Pare guardarmi senza vedermi. Poi scoppia a piangere.

Enza balza in piedi, livida in volto.

«Adesso basta. Ti porto a casa mamma».

«Mi dispiace, mi dispiace tanto non essere riuscita a proteggerti, mia dolce Vì», dice ancora Ada, prima di nascondere il viso tra le mani.

Anche Fabrizio si alza.

«Ti aiuto con il cappotto, Enza. Mamma, stai tranquilla, va tutto bene: non è successo nulla. Dai, andiamo a casa».

Riprendo la foto e la infilo nella busta con le altre. Mia madre accenna un sorriso, poi anche lei e Rita vanno nella stanza sul retro a prendere le giacche.

«Tutto bene?».

La voce di Sandro spezza gli ultimi fili di zucchero.

«Sì. Cioè no. Non lo so».

Mi volto verso di lui e mi aggrappo ai suoi occhi. In

effetti non ho capito molto. O forse ho capito quello che basta per lasciarmi pervadere da una dose considerevole di malinconia.

«Ho esagerato?», gli chiedo.

«No, credo sia lei a essersi emozionata molto. Probabilmente non se l'aspettava. Che dici, andiamo anche noi? Domani mattina devo partire molto presto».

Fabrizio apre la porta a Enza e Ada, che escono scortate da Teresa, Milena e Maria.

«Finisco di chiudere e arrivo», gli sento dire.

«Ti va di andare avanti con Rita e Madre? Vengo subito anch'io. Saluto Fabrizio, perché domani non credo apra il bar».

Sandro mi guarda. Ho la sensazione che veda più di quanto dice. O forse sono io a galleggiare nel mio senso di colpa latente.

«Certo, ti aspetto a casa. Intanto preparo il divano. Dici che Pablo se ne avrà a male?»

«Con tutto il paté di tonno che gli hai portato? Neanche un po'».

Sorrido un po' forzata, ma nello stesso tempo rassicurata dal suo tono.

Cinque minuti dopo, Fabrizio e io siamo soli. Mi siedo al bancone, mentre lui apre la lavastoviglie e tira fuori i due carrelli carichi di bicchieri. Il vapore profuma di aceto.

«Vuoi qualcosa di caldo prima che spenga la macchina?»

«È una bottiglia di Jack Daniel's Honey quella lì?».

La indico col dito. Fabrizio segue il gesto e torna a guardarmi. Prende due bicchieri, ci mette un paio di cubetti di ghiaccio e versa due dosi generose. Per qualche secondo resta indeciso se uscire dal bancone, un ottimo terreno neutro che ci tiene sufficientemente distanti, o azzardare avvicinandosi. Alla fine si siede accanto a me.

«Mi spiace per prima», dico, prendendo il bicchiere direttamente dalla sua mano.

«Non ti preoccupare. Mia madre si emoziona facilmente, dipende dall'età. E poi le feste non aiutano. Nonostante siano passati molti anni, è il momento in cui sente più forte la mancanza di mio padre».

Beve un sorso e mi guarda.

«Così domani te ne vai».

«Già».

Il Jack Honey è come una carezza sensuale. Ti scalda il sangue come fa normalmente il whisky, ma con quella dolcezza che lascia l'eccitazione a mezz'aria, senza eccedere.

Certo che pure io, porca miseria: mi metto a pensare queste cose con Fabrizio a pochi centimetri.

Un cavolo, non imparerò mai un cavolo!

«Che c'è?», chiede divertito, manco mi avesse letto in testa.

«Uh?»

«All'improvviso sei avvampata fino alle orecchie».

«Lascia perdere, ignorami».

«Mi sembra in gamba il tuo ragazzo».

«Lo è. Lo è davvero».

Non riesco a staccare gli occhi dai cubetti di ghiaccio che tintinnano l'uno contro l'altro. L'unica speranza è che abbia qualche rivelazione sul dove mi sto andando a cacciare: in whisky veritas.

«Bicio, da domani non avrò validi motivi per tornare qui», gli dico con la voce troppo bassa.

«Quindi io non sarei un valido motivo?».

Fa la faccia imbronciata, come un commediante, ma non attacca. Su questo non riesco a scherzare.

«Lo so, Cloe, ho capito cosa intendi. Ho fatto lo stesso pensiero quando ti ho vista entrare stasera. A meno che non sia Elvira a chiederti di accompagnarla, sarà molto difficile vederti tornare. Vas non è certo un luogo di villeggiatura. Poco male, bimbetta, negli ultimi trent'anni sei tornata qui solo per i funerali: non venirmi a raccontare che adesso il paesello ti mancherà».

Ride.

«No, il paesello no».

Alzo gli occhi su di lui. Fabrizio deglutisce e tace.

«Basta che non mi chiedi di tenerci in contatto su Facebook, perché credo di essere tra i pochi a non aver fatto la registrazione nemmeno per errore».

I cubetti tintinnano contro le sue labbra, per poi risuonare nel fondo del bicchiere, accompagnati da due rintocchi del campanile. Recupera il sigaro dal taschino del gilet e inumidisce con le labbra l'estremità tonda.

«Dovremmo andare. Prendo il giaccone e ti accompagno. Vero che non c'è un'anima in giro, ma non ti lascio andare su da sola».

Scendendo dallo sgabello, Fabrizio riprende il mio collo tra le dita e appoggia di nuovo le labbra contro la mia testa. Mi aggrappo alla sua schiena e resto lì, immobile. In questo momento vorrei tutto meno che allontanarmi da lì. Lui si scosta.

«Andiamo».

La via della casa di Ilde ha ancora la vecchia illuminazione anni settanta: la lampadina appesa a un filo, coperta da una sorta di cappello in ferro. Sostanzialmente sono più le zone d'ombra che di luce. Se non fosse per le poche auto moderne parcheggiate, tra cui la mia, avrei la sensazione di essere tornata indietro nel tempo.

«Domani stai attenta per strada. Abbi cura di te».

Fabrizio si ferma davanti alla porta, tenendo il motore acceso. Un modo per farmi scendere in fetta: il rumore del pick-up può svegliare l'intera via. Sicuramente è ben udibile da Sandro, che sarà sveglio ad aspettarmi.

«Non dirlo come se fosse un addio».

Le parole mi muoiono in gola.

«Su, vai, ci stanno aspettando».

Apro la portiera e scendo. Passo davanti al muso della macchina e infilo la porta senza voltarmi, senza guardarlo un'altra volta.

Il pick-up riparte. Lo ascolto allontanarsi fino a quando il motore sfuma nella notte, all'altezza della piazza.

Vas, 1 gennaio 2017

Alle dieci e mezzo siamo pronte. Sandro è partito già da un po', deve essere ad Alba per cena. Nonostante i suoi genitori gli abbiano detto di prendersela comoda, preferisce non pesare su di loro per un altro giorno.

Pablo è sul sedile posteriore nel suo trasportino, stretto tra le poche scatole che abbiamo deciso di portare via e i nostri bagagli. In uno zaino ho messo anche la scatola di legno delle foto e quella delle Pastiglie Leone, con relativo contenuto.

Resto un po' sulla porta della cucina.

Rivedo velocemente le scene di questi giorni. Fabrizio, il tavolo, le tisane, la roncola insanguinata, il topo, Sandro sul divano con me sopra, Pablo e la coperta, gli incubi che mi hanno svegliata e portata qui, il coltellino di mio padre di nuovo saldamente legato alla mia caviglia, nascosto dagli stivali. Fabrizio e le sue spalle larghe. Sandro con lo sguardo che ti mette al centro dell'universo e il sorriso disarmante. Pochi giorni che si stanno già trasformando in ricordi, sfilando veloci come fotogrammi immortalati in un vecchio super otto. Da fuori, mia madre stacca il contatore della luce, la stanza piomba nel buio.

Non mi resta che chiudere la porta.

Mia madre e Rita si salutano con calore, ma molto serene. Si vedono almeno una volta al mese, non avvertono alcun cambiamento epocale nell'aria. Solo io ho la sensazione di una spaccatura che sembra aprirsi dentro. Abbraccio Rita fingendo la stessa tranquillità e salgo in auto.

Scendiamo verso la piazza del municipio. Davanti all'albergo il pick-up non c'è, la serranda è abbassata, per strada poche donne escono da messa.

Mia madre mi guarda e tace.

Io schiaccio il tasto play dell'autoradio. Ezio Bosso avvolge l'abitacolo con il suo abbraccio. Lascio che mi culli, provando a rasserenarmi come una bambina raccolta da terra, dopo una rovinosa caduta.

Alba, 6 gennaio 2017

Pablo salta sul letto con un tonfo, ammortizzato dal piumone.

Lo sento zompettare fino al seno e poi appiattirsi sopra di me, come se il soffocamento da compressione fosse solo un capitolo del libro di criminologia.

Allunga una zampa contro il naso, io gli annuso i gommini per poi fingere di morderlo. È una di quelle cose che facciamo noi, maggiordomi o cameriere di felini: annusare i gommini o infilare la faccia nella pancia pelosa. Quest'ultima attività dovrebbe rientrare nella categoria degli sport estremi, perché se non si calcolano bene tempi e modi si rischia la vita. Chi non ha mai avuto un gatto non può capire.

Dietro a Pablo arriva Sandro. Entra in camera con un vassoio che appoggia vicino a me. Mentre apre gli scuri della camera, ammiro la composizione: un cappuccino con tanta schiuma, appoggiato di lato un fiore di seta, una fettina non troppo sottile di panettone abbrustolita.

«Accidenti, com'era quella pubblicità? Mi vuoi tutta ciccia e brufoli?».

Faccio scendere Pablo dalla sua posizione di svacco e provo a riportare i polmoni operativi al cento per cento.

«Sciocca. Il panettone l'ha fatto in casa mia madre, con i canditi come piace a te», mi risponde, rubandone uno all'arancia rimasto sul tovagliolino di carta.

«Favoloso».

È così buono che tutte le mie vaghe idee di colazione sana e naturale restano, come sempre, vaghe. "Macchissenefrega", penso. Quest'uomo mi ama, anche se sono *armoniosamente mediterranea.*

Pablo decide di scendere dal letto, scomparendo oltre la porta. Sandro si stende accanto a me, mentre il vassoio finisce sopra le mie gambe.

«Ti va di parlare?», mi dice dopo un po'.

«Di cosa?», rispondo con la bocca troppo piena.

Lo sapevo che questo momento sarebbe arrivato. Sono tornata da cinque giorni, ma ho fatto di tutto per evitare il discorso. E gli impegni, e la preparazione delle lezioni, e gli addormentamenti strategici simili a uno stato catatonico. Stavo solo prendendo tempo, ma non posso fuggire ancora.

«Della parentesi a casa di tua nonna. Da quando sei tornata non ne abbiamo più parlato».

«E dobbiamo farlo necessariamente ora? Con questo bendidio sul vassoio?».

Non ne ho voglia, ma lo so che ha ragione. In questi giorni ero qui, ma nello stesso tempo sono stata sfuggente. Mentirei a me stessa, se non ammettessi di aver sentito la mancanza di Fabrizio molto più forte di quanto avessi immaginato.

Per non parlare, poi, delle parole di Ada. Le ho sentite e risentite mille volte nella mia testa, analizzate fino allo sfinimento. La mia curiosità non è paga. Non riesco a smettere di chiedermi perché, che cosa sia accaduto veramente a Vas. Una tragedia velata da un'omertà trafitta di pettegolezzi, che non trovano fondamento se non in sbiaditi ricordi tramandati da chiacchiere di paese e che vanno a loro volta a intersecarsi con un evento drammatico e spaventoso come l'esplosione di Marcinelle. Il destino non si è solo accanito, ha tessuto una trama degna di un romanzo.

«Sono tornata a casa triste. Lo so che l'hai visto chiaramente, ma avevi ragione tu: alla fine liberarsi dei fardelli ti fa stare meglio sul momento, anche se poi tutto quello che hai dentro si gira e si rimescola per trovare una nuova collocazione».

Sarò stata abbastanza sincera e criptica per poterla chiudere qui?

Sandro mi ascolta. Non so nemmeno se quello che ho detto abbia una logica. Ne dubito, ma in ogni caso non mi contraddice. È un buon inizio.

«E in questo Fabrizio che ruolo ha avuto? O ha tuttora?».

Fucilata. Cecchino ben piazzato e io senza adeguata copertura. Colpita.

«Fabrizio?».

Pensa, Cloe, pensa. Pensa a una risposta pertinente. Pensa.

«Cloe, non sono un ragazzino e tantomeno sono stupido. Certe cose le vedo. C'era tensione tra voi. Non dico che ci sia stato qualcosa, non voglio nemmeno pensarci: mi fido di te e voglio credere che non sia successo nulla. Piuttosto, mi chiedo se questa tristezza che ti porti addosso sia legata solo al trambusto di quei giorni o al fatto che lui sia rimasto lì e tu invece sia qui, con me».

Appoggio la tazza del cappuccino e provo ad articolare un pensiero, un concetto. Sandro prende uno dei tovagliolini e me lo passa sulle labbra, sorridendo.

«Hai i baffi del latte».

«Ti amo».

Adesso è Sandro ad avere l'espressione di chi ha ricevuto una fucilata. Ha ancora il tovagliolino in mano, fermo a mezz'aria. Pressoché immobile.

Il fatto è che non l'ho detto come via di fuga. L'ho detto perché mi è uscito spontaneo. Nel mio impormi di pensare a qualcosa che avesse un senso, quel *ti amo* è stata l'unica cosa formulata dalla mia testa. Io lo amo, quest'uomo. E ho una paura fottuta di perderlo o di ferirlo. O entrambe le cose insieme.

Perché Fabrizio mi abbia attraversata da parte a parte è ancora oggetto di discussione nelle mie telefonate con Chiara. Liquidarlo come un tentativo di autoboicottaggio è stato probabilmente semplicistico. E non funziona.

Con Fabrizio è successo qualcosa che non riesco a decifrare. È come un legame sottopelle che esiste, che forse è sempre esistito. Non dico in un'altra vita o cose del genere. Non sono nemmeno sicura di crederci in una vita prima o dopo, sono già abbastanza incasinata con questa, ma c'è qualcosa di lui dentro di me, in un angolo più o meno d'ombra. E so per certo che non saranno i chilometri di distanza, o i mesi di silenzio che ci imporremo, che potranno spezzare questa *cosa* rimasta latente per trent'anni e che ci è scoppiata in faccia senza preavviso.

Sono convinta che quella sia una parte della mia vita che scorre parallela ai miei giorni con Sandro, ma che non toglie nulla. Il fatto che Fabrizio possieda quell'angolo di me, non rende il legame con Sandro meno importante. Non lo amo meno, non lo desidero meno. E soprattutto non fa di lui una seconda scelta.

Questo è l'uomo con cui voglio stare. Non mi aspetto che qualcuno capisca, e non posso certo chiedere a Sandro di comprendere questa anomalia che vivo, ma almeno con me stessa devo essere sincera. E questa è la spiegazione più razionale, forse egoista, certo sincera, che sono riuscita a darmi.

«Io non so... non so cosa dire».

Stavolta è lui a essere più pallido di me, il che è tutto dire.

«Be', una cosa tipo: "anch'io", mi leverebbe da un po' di imbarazzo», cerco di sdrammatizzare.

«Certo che ti amo anch'io, sciocca, certo che ti amo anch'io», ripete, mentre incurante del vassoio e del rischio *cappuccino su piumone*, si allunga per baciarmi.

Sandro, però, non ha finito. Tempo qualche minuto e ritorna alla carica.

«E per la storia di Virginia? Che cosa hai pensato?».

Scivolo fuori dal letto e mi infilo una tuta, mentre provo a raccogliere, insieme ai calzettoni antiscivolo, le idee sparpagliate a terra nel corso della settimana.

«Ho fatto delle ricerche e ho provato a rimettere insieme i pezzi, colmando le lacune con l'immaginazione dove non avevo altri mezzi. Sono giunta alla conclusione che... non lo so».

Mi risiedo sul letto davanti a Sandro e continuo.

«Diciamo che Virginia e Tancredi si conoscevano e che lei si sia innamorata di lui? Dalle poche parole di nonna Ada, Tancredi era bello e sapeva di esserlo. Diciamo fosse un tantinello stronzo? Magari ha corteggiato Virginia, l'ha fatta innamorare, l'ha illusa e poi l'ha lasciata. Forse c'è stato pure qualcosa in più e capisco benissimo che cosa potesse significare per l'epoca. Non ti dico ciò che tirò fuori la Ilde con mia madre, quando ebbe le prime mestruazioni. Tutto ciò che riguardava il sesso, definirlo tabù è poco. Quindi, metti che questo Tancredi abbia sedotto e abbandonato Virginia, che lei si sia sentita così tradita e a pezzi da decidere di... uccidere la moglie? Lasciare un bambino orfano? E per cosa? Vendetta? Tutto può essere, di gente fuori di testa è pieno il mondo, però dai, ragioniamo. Se un uomo ti tradisce te la prendi con lui, non con la madre di suo figlio. E non dopo mesi dalla sua partenza. Non ne vedo la logica. Gina è stata uccisa in casa, con qualcosa che all'epoca era alla portata di tutti. Sembra più un gesto di rabbia, un raptus improvviso, non qualcosa di premeditato. Temo non sapremo mai la verità. Virginia si è portata questo macigno sul letto del Piave. E nonna Ada, che secondo me sa più di quel che dice, si porterà il segreto con sé, quando arriverà il suo momento».

Mi sento come se avessi firmato la resa.

Sandro mi sposta una ciocca di capelli dietro l'orecchio.

«Però guarda il lato positivo: probabilmente hai capito perché con tua nonna non andassi d'accordo. Metti che sia andata come supponi, magari lei aveva scoperto quello che Virginia aveva fatto e l'ha sempre taciuto. Trovarsi davanti una piccoletta che le somigliava così tanto deve averla turbata molto, tanto da riversare su di te il suo astio e il suo dolore irrisolto. Ora puoi guardare avanti».

Mi accascio in avanti, finendo a faccia in giù sul piumone. Anche il picco glicemico ha virato all'inverso: mi sento stanca e svuotata.

«Lo vorrei tanto. Lo so che non sono perfetta e che magari non sono neanche lontanamente la donna che sperava, ma mi manca così tanto. E non ho mai smesso un solo giorno di volergli bene».

«Lo sa, stai tranquilla che lo sa. Probabilmente non sei la donna che si poteva aspettare, ma del resto... Nemmeno con la più fervida fantasia avrebbe potuto immaginarti come sei».

Sandro si mette a ridere. Prendo un cuscino al volo con l'idea di darglielo in testa, ma nel momento esatto in cui il cuscino lo colpisce, dalla stanza di là arriva un tonfo secco di metallo che ci fa spaventare.

Sandro e io ci guardiamo un secondo, prima di scattare verso il salotto.

Pablo è sul quinto ripiano della libreria, guarda verso il basso. Sembra una papera di ceramica, quelle a testa in giù che andavano di moda nei primi anni duemila. Le ho sempre odiate. Erano ovunque, peggio di un'epidemia. E non c'era mai un fucile a portata di mano, quando serviva. Coltivo ancora il sogno segreto di usarle per il tiro al piattello. Immediatamente seguite dai Babbo Natale con l'anca slogata, appesi ai terrazzi.

A terra troviamo la scatola della Pastiglie Leone. L'avevo messa là in alto proprio perché non fosse così facile raggiungerla, ma non troppo distante per farmi accantonare il discorso. Insomma, un altro dei miei percorsi mentali astrusi.

Nell'impatto il coperchio si è staccato, rimbalzando sul tappeto. Il giornale con la roncola è ai piedi della TV e il corpo della scatola è capovolto, proprio perpendicolare al naso di Pablito.

«Ti strappo le orecchie e le faccio in padella con le cime di rapa!», gli dico con tono piccato, mentre mi piego a raccogliere il coperchio e l'arma, avvolta dal giornale.

«Cloe, aspetta a minacciarlo: guarda».

Sandro ha in mano la scatola e una lamina sottile di metallo.

«Cos'è?», chiedo perplessa.

«Pare ci fosse un doppio fondo. La caduta l'ha fatto sbalzare».

«Un doppio fondo? Su una scatola di caramelle?».

Sono una visionaria dalla fervida immaginazione, ma questo è troppo pure per me.

«Guarda», mi dice Sandro.

Con delicatezza, toglie un foglio di latta sottile che era incastrato nello scalino ferma coperchio. I contorni sono taglienti: sembra una lattina aperta e poi tagliata e battuta fino a farla appiattire.

Sul fondo della scatola c'è un foglio di carta ingiallito.

Sembra incollato, ho paura di romperlo a toccarlo. Vado velocemente in bagno e ne esco con le pinzette delle sopracciglia. Lo stacco senza far danni.

Guardo Sandro. E di nuovo sento la voce di Alberto Angela nella testa: «*È incredibile la quantità di sorprese che ci ha regalato questa vecchia scatola di pasticche Leone. È per un puro caso fortuito che un Felis Catus Linnaeus, probabilmente impegnato in una battuta di caccia, ha colpito l'antico oggetto facendolo cadere, rivelandoci il misterioso doppio fondo e, infine, questa pergamena di inestimabile valore*».

«Cloe, parli da sola?»

«Che?»

«Il labiale...».

Uffa, che palle.

«Sì, lascia perdere: storia lunga».

Mi siedo sul divano e apro delicatamente il foglio.

Sembra strappato da un quaderno a righe. La calligrafia è ordinata ma imprecisa, con diverse cancellature. In alcuni punti macchie sfumate e allargate di inchiostro. Di primo acchito direi che chi scriveva stesse piangendo. O forse lo fece chi lesse la lettera.

Sandro si siede accanto a me, attendendo in silenzio.

Mia adorata Vi,

ti scrivo fra tristezza e rimorso, perdonami.

Io non sono un uomo, sono un vigliacco che si nasconde dietro a parole confuse.

Vi mia carissima, ti supplico, perdonami, alla festa di Scalon mi a tradito il vino, ti giuro che non volevo ma e successo, io non ricordo gnente, ma Gina dice che lò presa nel fienile, e ora è incinta, non ti ho detto gnente per non farti male, speravo di non dirlo mai.

Non è il futuro che o immaginato ma devo prendere le mie responsabilita, sposo Gina e poi parto, vado in belgio, ce già mio cugino Primo che ha un lavoro in miniera cosi posso mandare i soldi a casa.

Ti lascio una cosa, non vale gnente, è solo una moneta bucata ma è un modo di restare un poco con te.

Ti prego non odiarmi. come te lo dicevo te lo dico ancora per lultima volta che con quella bocca puoi dirmi sempre ciò che vuoi.

Per sempre tuo
Tancredi

Alzo gli occhi su Pablo.

Ha la tipica espressione da: «Tocca sempre a me risolvere le rogne, eh?». Lo detesto quando fa il supponente, ma hanno ragione, lui e Alberto Angela: se non ci mettesse lo zampino al momento giusto, non avremmo trovato le foto prima e la lettera ora.

Sandro me la sfila dalle mani, la rilegge.

«Allora è questo il movente», dice.

Taccio. Andavo cercando risposte, e tac! Eccola

qui. Per mano, o meglio, per zampa del mio fidato gatto.

La soluzione al mistero, servita non proprio su un vassoio d'argento, piuttosto in un doppio fondo di latta.

Così abbiamo la conferma del movente: lui amava lei, lei amava lui, lui ha sposato l'altra, a lei è partito l'embolo assassino, lui muore in miniera.

Fine della storia.

Posso dire che non mi piace? Qualcosa mi stona.

Sandro legge la perplessità sul mio viso imbronciato.

«Voglio dire, potrebbe essere questo. Virginia era innamorata di Tancredi, ricambiata. Gina si è messa in mezzo e Virginia non l'ha mai perdonata. Forse hanno avuto una discussione, un diverbio...».

Mi guarda e aspetta un cenno di assenso.

Già. Non fa una grinza.

«Pablo, se ti acciuffo ti strappo le vibrisse e le uso per chiudere gli involtini di tonno al posto dell'erba cipollina».

Adoro inventarmi minacce fantasiose, tanto non ne prende in considerazione mezza.

«Non sei per nulla convinta. Cos'è che non ti torna?»

Sandro ha quel sorriso sornione da avvocato del felino.

«Non lo so. Magari hai ragione tu. È un delitto dettato dalla gelosia, niente di più semplice. Però... Se facevano parte della stessa cerchia di amicizie, vuoi che i carabinieri non abbiano parlato con lei? Se si è sentita così in colpa da uccidersi, non avrebbe retto al primo confronto con le forze dell'ordine. Stiamo parlando di una ragazza molto giovane e molto ingenua, vissuta sessant'anni fa. A detta di Ada era anche molto fragile, non certo scafata come qualche quindicenne che ho in classe. Un carabiniere con un minimo di esperienza l'avrebbe fatta confessare in pochi minuti».

«Per quel che sappiamo, l'avranno pure interrogata, ma magari è riuscita a farla franca. Poi, però, la sua coscienza ha iniziato a rimorderle... Boh, non so. E comunque direi che possiamo chiudere il caso, che ne pensi?».

Sandro si alza, mentre io tiro giù Pablo dalla mensola. Mi abbraccia e mi attira a sé. Ma no, non è il momento giusto: troppo caos in testa, ora non riesco a fermarmi.

«Mi scappa la pipì», dico, sgattaiolando verso il bagno con la stessa velocità di Pablo.

«Ah, be', allora...», si scosta deluso, infilandosi in cucina.

Alba, 7 gennaio 2017

«Sandro, devo andare».

La stanza è avvolta nell'oscurità, sento il peso di Pablo ai piedi del letto.

«Cosa?».

La voce di Sandro è ancora impastata dai sogni della notte. Io, invece, non ho chiuso occhio. Ci ragiono da quando ho spento la luce, non trovo altra soluzione. E va fatto subito.

«Devo tornare a Vas».

Lo dico in fretta, scivolando fuori dal letto. Ho quasi la speranza che si riaddormenti, così da non aggiungere altro, così da liquidare la conversazione in un secondo momento con un: «Ma sì che te l'ho detto, evidentemente dormivi».

Con passo veloce raggiungo il bagno. Mi lavo il viso con l'acqua fredda. L'ho detto davvero, a voce alta. Significa che sono convinta, pronta a prendermi anche la responsabilità della più prevedibile delle conseguenze. Ossia che all'uomo meraviglioso che dormiva contro la mia schiena, fino a qualche secondo fa, possano girare i coglioni a livelli esponenziali e decida di andarsene, a ragione e senza possibilità di replica.

Cerco i miei occhi allo specchio. Sono assolutamente sicura di voler andare avanti? Annuisco a me stessa.

Esco dal bagno, arraffo i jeans dalla sedia di bamboo ai piedi del letto. Sandro accende la luce, guarda a occhi stretti la sveglia sul comodino che rimanda l'ora esatta dal meridiano di Greenwich, grazie a un costante contatto radio.

Sono le tre e qualcosa.

Si gira sul fianco. E mi guarda come si guarda una pazza, in piena crisi schizofrenica.

«Vorresti spiegarmi, *di grazia*, che cosa succede adesso?», chiede, stropicciandosi gli occhi.

«Ho capito com'è andata. O meglio: ho capito come, con ogni probabilità, è andata. Devo tornare a Vas».

Ho già infilato il famoso maglione nero con lo scollo a V della Ilde e il primo dei due stivaletti.

«Perché devi dirlo a Fabrizio, immagino. E *di grazia*, non puoi telefonargli, magari a un'ora più decente di questa? Tipo domani mattina, come farebbe chiunque almeno un minimo sano di mente?».

Adesso è seduto, le mani abbandonate sulle gambe.

Siamo già a due *di grazia*.

Al terzo parte lo sfanculo, ne sono certa.

«No, non posso. Hai ragione, ma no. Se è vera questa cosa, non posso parlargliene al telefono».

Per un attimo ho pensato di giocarmi la carta "amore…", ma non fa per me.

Sono vestita, sono pronta a partire.

Nonostante questo, resto ferma davanti al letto, aspettando che Sandro dica qualcosa. Ma nello stesso tempo spero non faccia nulla per trattenermi, perché sarei costretta a osteggiarlo. E Dio solo sa quanto non voglia.

Sandro abbassa lo sguardo. Lo sento che c'è un pensiero attorcigliato alla barba, fatica a uscire: devo aspettare. Gli do il tempo di scioglierlo e parlarmi.

«Ma torni?», mi chiede alla fine, fissandomi negli occhi attraverso la penombra.

Mi siedo davanti a lui e lo abbraccio.

«Certo che torno», gli rispondo.

«Fai attenzione», dice piano, prima di lasciarsi cadere sconsolato sul cuscino.

Ho la sensazione che non si riferisse solo ai pericoli della strada.

"Buonanotte
buonanotte che vado
vado e non c'è appello
e nemmeno l'ombrello trovo questa notte
così vado anche se piove
anche se dietro le nuvole è tutta luna nuova
vado senza di te
vado senza di te".

È da ieri sera che le parole di Fossati si ripetono, come un disco la cui puntina continua a rimbalzare sul solito solco. La disperazione di Tancredi arrivata quasi intatta tra le mie dita, attraversando sessant'anni di silenzio, per poi risuonare nella mia testa durante la cena e nei tentativi di seguire un film, mentre aspettavo che Sandro rientrasse dal B&B.

Mi sono assopita sul divano e ho sognato Tancredi. Un sogno come quelli che facevo a Vas, immagini di vita non mie.

Un ragazzo alla stazione, la campanella del treno in arrivo che mi martella le orecchie, ma niente a confronto di quello che doveva essere il pulsare delle sue tempie. Un sacco sulla spalla, stretto in una giacca forse troppo grande, come il peso che si portava addosso. L'ho visto salutare una donna con il pancione, cercare un altro viso oltre lei. Una coppia di anziani, un passo più indietro stringevano un fazzoletto in mano. Commossi e spezzati, reggevano i propri pezzi l'uno con l'altra. Dal mio punto di vista, dietro il muro di cinta della stazione, osservavo il dolore prendere il treno e allontanarsi. Era una giornata cupa: la pioggia, il fumo nero della locomotiva. E il sorriso fuori luogo della donna incinta, che brillava nella poca luce come la lama di un bisturi.

Mi sono svegliata accaldata, il fiato corto, un'ipotesi in testa.

A mano a mano che mi lascio alle spalle le colline delle Langhe, avvicinandomi ai luoghi della mia infanzia, l'ipotesi diventa certezza.

Vas, 7 gennaio 2017

È metà mattina quando parcheggio accanto al pick-up, davanti all'albergo La stella alpina. Mi sono fermata solo una volta per fare benzina, le gambe e le idee hanno bisogno di un caffè.

La serranda è abbassata per metà. Strano. Un cartello sulla porta: "Chiuso".

Provo a spingere lo stesso, il battente si apre. Il campanello appeso tintinna allegro. Ma quando è stato messo? Addio effetto sorpresa.

«Francé, sei tu?».

La voce di Fabrizio dalla cucina.

Appoggio la borsa e le chiavi della macchina sopra il bancone. Per tutto il tragitto ho pensato a come avrei salutato, a come avrei iniziato la conversazione. E ora non mi viene in mente nulla di quanto pianificato.

«C'è qualcuno? Mi spiace, oggi siamo chiusi».

I passi dalla cucina si fanno più vicini. Strofino le mani sudate sui jeans.

Mi è mancato. Mi è mancato tanto da farmi male.

«Siamo chiusi, mi spiace, abbiamo avuto una perdita d'acq...».

Fabrizio appare dalla porta che dà sul retro. Stavolta non ha un canovaccio in mano, ma uno straccio e una chiave inglese.

Si immobilizza come avesse visto Medusa.

Il che potrebbe pure essere, dato che stanotte non ricordo di essermi pettinata prima di mettermi in macchina.

«Ciao».

È l'unica cosa che riesco a dire, mentre mi passo una mano tra i capelli.

Non mi risponde. Lo vedo deglutire, prima di muoversi, chiudere e riaprire gli occhi.

Appoggia lo straccio e la chiave inglese sull'angolo accanto alla cassa, supera il bancone, mi raggiunge. Non una parola, nemmeno un saluto. Mi prende il viso tra le mani e mi bacia, come quel giorno nella cucina di Ilde. E come quel giorno mi prende in braccio, sollevandomi come fossi una delle impossibili attrici perfettamente magre che invidio spudoratamente.

E come quel giorno lo lascio fare.

Sono seduta sul bancone di legno della cucina, il maglione di Fabrizio a coprirmi il seno sotto le braccia. Le gambe sono penzoloni, mi mancano quasi venti centimetri per toccare terra. In un altro momento avremmo pure riso sul mio essere alta un metro e un bignè. Fabrizio è in piedi davanti a me, le mani appoggiate al tavolo, ma vicine ai miei fianchi. La fronte contro la mia spalla.

«Ti va un pezzo di torta?», chiede raddrizzandosi.

Sorrido.

«François?»

«Ovviamente», risponde, facendomi l'occhiolino.

Si muove in silenzio. La torta è accanto al forno, coperta con un canovaccio a quadretti bianchi e rossi come nelle migliori tradizioni. Prende le forchette e il piattino dalla lavastoviglie. Taglia una sola fetta. Ho sempre pensato che mangiare dallo stesso piatto lo stesso cibo, fosse un gesto intimo quanto un abbraccio. Anche Fabrizio sembra condividere lo stesso pensiero.

«Mi odi tanto?», bisbiglio, masticando un pezzo di pasta frolla con la marmellata di mirtilli.

«Come potrei?», risponde, togliendomi una briciola dall'angolo della bocca.

Altra scena da film, manca solo la colonna sonora.

E poi, come io riesca a impiastricciarmi la faccia, in certi momenti, lo sa solo Dio. A Jennifer Aniston non capita mai, ne sono sicura.

Mi passa una mano tra i capelli, mi sfiora la fronte con un bacio. E poi un altro tra i capelli. Gli occhi sono più azzurri di sempre.

«Mi dispiace».

Appoggio la forchettina sul tavolo, aggrappandomi alla sua schiena. Abbiamo combattuto l'ennesima battaglia tra ragione e istinto.

«Cloe, va tutto bene. È giusto così».

Ha vinto la ragione.

«No. Cioè sì, ma che ne so? Se devo essere sincera, mi sembra che i giorni passati qui abbiano spazzato via tutte le mie certezze, per poi buttarle nel primo bidone dell'umido. E la cosa bella è che non pensavo nemmeno esistessero, le mie certezze. L'unica cosa che so, è che chiederti di fermarti è stata una delle cose più complicate e dolorose che abbia mai dovuto fare, ma se non l'avessi fatto avrei commesso uno di quegli errori epocali che sconterei, e per cui mi lagnerei, forse a vita. Ti immagini le sedute di terapia con Chiara, i costi assurdi?».

Cerco di sdrammatizzare con scarsa convinzione. Gli prendo una mano e intreccio le sue dita alle mie. Vorrei stupirlo. Che so, magari dicendo qualcosa che abbia un senso.

«Te lo ripeto, Cloe, va tutto bene. Sono io che ho sbagliato, ma nel momento in cui ti ho vista mi sono reso conto di quanto mi fossi mancata. In questi giorni sono stato intrattabile. Ho preso in mano il cellulare non so quante volte per chiamarti, ma puntualmente ho chiuso prima che la chiamata partisse. Alla fine l'ho schiantato contro il muro della sala da pranzo. Enza mi ha chiesto se fossi rincoglionito di botto. Per questo motivo sono qui, nonostante il locale sia chiuso. Provo a sistemare da solo il tubo, anche se ho già chiamato l'idraulico per domani. Non ho troppa voglia di stare a casa, ma questa non è una novità».

Appoggia di nuovo la fronte contro la mia spalla nuda. La sua vicinanza, il suo modo di toccarmi, il profumo della sua pelle rende tutto così complicato. La voglia di spegnere i pensieri e lasciarmi travolgere è forte. Però c'è Sandro. Probabilmente incazzato come una faina inviperita, ma che mi ha lasciata partire perché, nonostante abbia ben chiaro quello che vibra nell'aria, in qualche modo si fida ancora di me. Se tornassi a casa dopo aver superato *la soglia dell'irreparabile*, non riuscirei più a guardarlo in faccia. Sarebbe la fine. E non c'è Pablo a salvarmi, ora, devo farlo da sola.

«Sandro è un ragazzo fortunato, spero se ne renda conto». Fabrizio spezza il silenzio, raddrizzandosi e accarezzandomi le spalle. «Dovresti rivestirti, però, stai prendendo freddo. E vederti così non mi rende le cose facili».

Sorride.

«Agli ordini».

Salto giù dal tavolo, raccolgo il mio maglione da terra e me lo infilo dandogli le spalle, prima di restituire il suo.

«Adesso me lo dici perché sei qui?».

Istintivamente tiro su le maniche, come faccio sempre quando sto per concentrarmi su qualcosa di importante o sto per iniziare una lezione. È il mio interruttore, ciò che mi permette di avviarmi in modalità insegnante.

Esco dalla cucina per ricomparire, poco dopo, con la mia borsa. Torno a sedermi sul tavolo, così da non sentirmi troppo al di sotto del suo orizzonte visivo.

«Ieri mattina, Pablo ha fatto cadere la scatola delle Leone. L'avevo messa su un ripiano alto della libreria, pensavo fosse un posto sicuro. Non avevo ancora deciso il da farsi e intanto l'avevo messa lì. Solo che a Pablo pare piaccia questo nuovo giochino di far volare le scatole a terra. Nell'impatto si è staccato il coperchio e quello che era una specie di doppio fondo».

«Doppio fondo?»

«Sì, fatto con una lattina di qualcosa. Tagliato e incastrato molto bene. Sotto, c'era nascosta una cosa».

Frugo nella mia borsa e tiro fuori il mio organizer di cuoio. In una tasca della copertina, dentro un sacchettino di nylon da congelatore, c'è la lettera di Tancredi.

Fabrizio mi guarda perplesso, prendendo il prezioso reperto. In contemporanea assume quella che chiamo "l'espressione da maresciallo": essere carabiniere è uno stato mentale, non una divisa. E lui, l'Arma non l'ha mai abbandonata davvero. Legge la lettera di Tancredi.

«D'accordo, questo ci dà un quadro più chiaro della situazione: un amore infranto, probabilmente un diverbio nato e animato dalla gelosia. Potresti aver trovato il bandolo della matassa. Anche se resta solo una prova indiziaria, è buona. Le tue, però, restano supposizioni. Non capisco perché questa lettera ti abbia spinto a prendere l'auto nel cuore della notte per precipitarti qui.

Potevi chiamarmi, no? Be', ecco, magari se non avessi distrutto il cellulare...».

«Sono partita perché la conclusione a cui sono giunta non potevo dirtela per telefono. Fabrizio, secondo me Vi non sta per Virginia. Vi sta per Ada».

«Per Ada? Scusa, non capisco, spiegati».

Il sorriso è ancora lì, ma gli occhi hanno già virato dall'azzurro al grigio. Sposta la testa di tre quarti, come se a guardarmi di sbieco potesse mettermi a fuoco meglio. Sta scattando sulla difensiva.

Me l'aspettavo. Anni che passo a giustificare, davanti a presidi di mezza Italia, metodi di insegnamento non sempre ortodossi – specie quando a lezione infilo nello stereo i Cure – mi hanno reso esperta nelle tecniche di sopravvivenza da attacco verbale.

«Rileggi la chiusa».

Indico con il dito le ultime righe. Deglutisco.

Passi l'averlo mandato in bianco, e di brutto, ma anche spostare la teoria accusatoria su sua madre non è quella che si possa chiamare strategia di seduzione vincente. Ma sono convinta di quanto asserisco, non arretro di un fiato.

«Be', è una frase che stona rispetto al resto della lettera. In termini di tono, dico, ma non vedo il nesso con mia madre».

«In questi giorni ho fatto delle ricerche sul 1956. Non so bene che cosa cercassi, ho girato a vuoto per diverse ore. Poi sono incappata in un Carosello, hai presente? Ai tempi i Caroselli erano dei veri e propri corti, li chiameremmo così adesso».

«Bimbetta, i Caroselli li ho visti in tempo reale, io».

Accenna un sorriso tirato, anche chiamarmi bimbetta suona forzato.

Mi sta ascoltando, ma la sua mente fa scorrere il passato molto più velocemente delle mie parole e forse sta ripercorrendo gli stessi passi che ho compiuto io nella notte.

Gli occhi sono poco più di due fessure.

«Quello in cui sono incappata era di un dentifricio al fluoro. Ce n'erano varie versioni, come se fossero diverse puntate a tema, ma lo slogan era sempre: "Con quella bocca può dire ciò che vuole". La stessa frase che Tancredi usa per chiudere la lettera».

«Lo ricordo, molto vagamente. È andato in onda anche per gran parte degli anni '60. L'unico televisore del paese era qui in albergo e la si veniva a vedere tutti quanti, ma solo in occasioni speciali. Aspetta, ma l'attrice non era...?».

Dallo sguardo che mi rivolge, capisco che Fabrizio non ha bisogno di risposte.

Ada siede sulla poltroncina davanti al caminetto. Fissa lo scoppiettio del fuoco, persa nei pensieri e nel silenzio.

Quando Fabrizio e io entriamo, sembra destarsi dal torpore. Guarda suo figlio, guarda me, poi torna al caminetto.

«Lo sapevo che ci sareste arrivati. Del resto tu sei

sempre stato un ottimo carabiniere. E tu, piccola mia, una ragazzina scaltra. Lo sapevo che avreste capito».

Fabrizio prende una sedia e si siede davanti a lei, passandole la lettera. Io resto un po' più indietro.

La mia attenzione è catturata dalla bianca canna fumaria in pietra: tra due figure di terracotta appese, il segno più scuro di intonaco sbeccato. Mi sembra quasi di vederli i pezzi di plastica del cellulare, scoppiare contro il muro in un fuoco d'artificio.

Ada prende gli occhiali appesi alla catenella intorno al collo e apre con delicatezza la lettera che il figlio le porge.

«O mio Dio, caro Tancredi. Caro, caro Tancredi».

Rilegge le righe e piange. Dopo un po', porgendole un fazzoletto, Fabrizio si decide a parlarle. Avverto la presenza di Enza alle mie spalle, il suo sguardo punge la nuca. Resta dietro di me, silenziosa, sicuramente tutt'altro che felice di avermi lì. Non mi volto, aspetto che Ada parli.

«Mamma, ti va di raccontarmi cosa successe?».

Ada tira su col naso, poi ripiega il foglio ingiallito e prende la mano di Fabrizio, tenendola tra le sue.

«Tuo padre era morto da alcuni mesi. Ed era tanto difficile, solo il Signore sa quanto fosse difficile. Tu eri così piccolo, piangevi tutta la notte, se non era la fame erano gli incubi. Povero caro, non hai fatto in tempo a conoscerlo, ma ti mancava lo stesso. Tutto il paese mi aiutò come poteva e anche i suoi colleghi cercarono di fare il possibile, specie i primi tempi. Ma io ero giovane, mi sentivo fragile e spaventata. Virginia non mi lasciava mai sola. Per un certo periodo venne anche a dormire qui, ma poi aveva le sue faccende e quindi passava le giornate a dividersi tra me e casa sua, Clotilde non la lasciava troppo libera. Avevo conosciuto Tancredi due anni prima, ma ero fidanzata con tuo padre e così non avevo mai fatto caso a come mi guardava. Poi mi sposai, tuo padre morì all'improvviso e arrivasti tu. Tancredi lo persi di vista per più di un anno, fino alla sagra del patrono. Tu eri con i nonni, Virginia mi convinse a uscire qualche ora in compagnia e fu quel giorno che Tancredi e io ci rincontrammo. Fu come vederlo per la prima volta. Prese a chiamarmi Virna, come la Lisi, l'attrice tanto in voga in quegli anni. Ma io ero in lutto. E non solo ero vedova, avevo anche te da crescere. Cosa potevo mai promettere a un ragazzo libero, giovane e bello? E poi mi sentivo così in colpa. Lo tenni a distanza per un po', ma lui non si arrese. Mi fece una corte discreta, tanto che nessuno in paese si era accorto di quanto stesse accadendo. Solo Virginia l'aveva intuito e io non negai. La mia cara amica era un cuore puro. Pensa, era felice di vedermi serena, che avessi smesso di piangere. Io non potevo credere di avere di nuovo qualcuno con cui parlare e che in qualche modo si prendesse cura di me, sempre con grande rispetto e attenzione. Ma finì nel peggiore dei modi. C'era una festa a Scalon, forse per la vendemmia, non ricordo... Tu avevi la febbre e io rimasi a casa. Tancredi invece andò con dei suoi amici, e come capita spesso agli uomini, bevve molto e pensò poco. Successe ciò che hai letto. O meglio, eravamo convinti che fosse andata in quel modo, Tancredi non ricordava quasi nulla. La Gina era bella e procace. Pensava di poter ottenere tutto quello che voleva grazie alla sua bellezza e per questo non era molto amata in paese. Le mogli la temevano. Era priva di dignità e di vergogna. Io non lo sapevo, ma aveva messo gli occhi su Tancredi e quella si era rivelata l'occasione perfetta. Prima lo convinse che aveva abusato di lei, poi gli disse di essere incinta. Lui, per quanto si sforzasse di ricordare, non ci riusciva, sapeva solo di essersi svegliato in un fienile con lei accanto. Il mio Tancredi era giovane, un po' spavaldo se vogliamo, ma non avrebbe mai disonorato il nome della sua famiglia. Decise di sposarla, di fare ciò che era giusto. Giusto chissà poi per chi. Uno zio gli affittò a prezzo modico una casetta sulla strada alta, vicino al campo sportivo. Lui prese a sistemarla e fissarono la data delle nozze. Fu proprio Virginia a portarmi questa lettera, a dirmi dove l'avrei trovato. Io non potevo e non volevo crederci. Ti affidai alle sue cure e scappai via di corsa, fino alla casa. Lo trovai che tinteggiava. Me lo ricordo ancora, con il viso rigato dalla vernice e dalle lacrime. Povero Tancredi. Mi tenne stretta, piangemmo insieme fino al tramonto. Quella fu l'unica volta che ci amammo come marito e moglie. Qualche giorno dopo il matrimonio lui partì per il Belgio. Andai alla stazione. C'erano i suoi genitori. E Gina, quella vipera… Sono rimasta indietro, nell'angolo dove c'è l'ufficio del capostazione, a dirgli addio senza farmi vedere».

Ada si ferma, prende fiato.

Infila la mano nell'incavo della camicia, toglie dal reggiseno un sacchettino di raso nero. Le mani le tremano, ma riesce comunque a sciogliere l'asola che lo teneva chiuso. Sulla mano del figlio fa cadere un laccetto di cuoio usurato, legato a una moneta bucata.

Fabrizio tace. La sua espressione è impassibile, solo gli occhi tradiscono emozione.

«Tancredi non fu l'unico a partire quel giorno. Erano già una decina d'anni che salutavamo i ragazzi che decidevano di andare a lavorare nelle miniere in Belgio. Non partivano certo volontari, no, era stato siglato un preciso accordo tra le due nazioni: uomini in cambio di carbone. I nostri ragazzi divennero merce di scambio, nella ricostruzione di un Paese martoriato dalla guerra da cui noi non eravamo certo usciti vincitori. Il carbone non aveva nulla a che fare con i nostri sogni, ma quando sei alle prese con i morsi della fame non sono certo gli ideali a riempirti il piatto, non è così? E anche il mio Tancredi se ne andò. Prima a Milano e poi da lì proseguì il viaggio verso il suo destino. Rimasi sola. Di nuovo. La mattina insegnavo a scuola, il pomeriggio lo passavo con te e Virginia, quando poteva liberarsi dalle sue incombenze. L'unico diversivo, se così si può chiamare, era la domenica quando andavo a messa. Mettere il vestito buono mi faceva sentire un po' più viva, rispetto a tutti gli altri giorni. Avevo perso il mio grande amore per colpa di un ubriaco e l'uomo che mi aveva salvata per colpa del vino. Strana la sorte. Eppure non era ancora finita. Stavo rassegnandomi allo scorrere del tempo, quasi abituata alla mia solitudine, quando una domenica, andando a messa, vidi giù in piazza Gina, serena e truccata come se dovesse partecipare a una festa. Con quell'atteggiamento da smorfiosa che conoscevamo tutti, era appoggiata alla ringhiera, quella che c'è ancora attorno alla statua dell'Italia, davanti al tuo albergo. Stava ridacchiando col Moreno, il proprietario della filanda che si vede ancora, giù al Piave. Pareva la moglie di tutti e di nessuno. Mi montò una tale rabbia. Da quando Tancredi era partito, non le avevo mai visto perdere una lacrima o il sorriso. Niente. Scesi con il mio solito passo lungo la strada, finsi di superarli con indifferenza, ma mi nascosi dietro la statua: volevo capire cosa avesse mai da essere così felice. E fu allora che li sentii parlare. O figlio mio, tu non puoi capire. Il cuore mi si spezzò per la terza volta in così poco tempo. Quella poco di buono stava dicendo al Moreno di stare tranquillo, nessuno sospettava niente, meno che mai quello stupido di Tancredi che, senza battere ciglio, si era assunto "le sue responsabilità", disse ridendo. E che il bambino poteva vederlo quando voleva, se gli andava. Del resto era suo figlio, no? Gli disse di non preoccuparsi, che non avrebbe raccontato nulla a sua moglie. Tanto, ora che aveva una casa sua era pure più facile vedersi, a patto che lui non smettesse di viziarla come sapeva fare. Me lo ricordo come fosse ieri. Mi sentii mancare. Ricordo che Erminio mi notò, ai piedi della statua, sconvolta e in lacrime. Mi fece alzare, entrare in albergo e bere un po' di cognac».

Sento un fruscio alle mie spalle, è Enza che se ne va. Fabrizio ha occhi solo per sua madre. Io resto ferma, immobile, mentre le immagini che vanno prendendo forma nella mia testa si uniscono agli incubi, come se ogni tassello andasse al proprio posto.

«Non potevo stare senza fare niente, con Tancredi lontano, perso in miniera a spalare carbone per mantenere lei, che si faceva già pagare dal Moreno per i suo servigi, e un figlio che non era suo. Dovevo salvarlo, dovevo portarlo via da là. Dovevo farlo tornare a casa: tornare da me. Ci pensai tutta la notte. All'alba presi coraggio e andai a casa di Gina per affrontarla, volevo farla ragionare. Mi avvicinai alla finestra, feci per bussare, quando sentii vociare all'interno. Spostai appena uno degli scuri e dietro i vetri c'erano quei due... porci... che facevano le loro cose sopra al tavolo della cucina. La rabbia. Fui accecata dalla rabbia, ma non volevo scappare, non potevo nascondermi di nuovo. Rimasi fuori aspettando che finissero e poi, quando quel lurido se ne andò, entrai. Gina era lì, che si stava rivestendo. Le dissi che sapevo tutto, che avevo scoperto il suo doppio gioco. Lei mi rispose che ero la degna moglie di un carabiniere. E scoppiò a ridere. Le intimai di scrivere a Tancredi, di raccontargli la verità, che doveva lasciare la miniera e tornare a casa, perché non c'era più bisogno di mantenere né lei, né il suo bastardo. E doveva farlo subito, altrimenti l'avrei sbugiardata davanti a tutto il paese. Gina non mi diede retta, anzi, rideva quell'infame. Rideva. E mi offendeva, mi diceva cose ingiuriose. Che Tancredi doveva essere stato davvero bravo tra le mie gambe, per farmi arrabbiare così. Che a lei non sembrava proprio che ne valesse la pena, prendersela così tanto. Non ci ho più visto. Afferrai la roncola che avevo in tasca, mentre si stava infilando le calze dandomi le spalle. Le dissi di nuovo di scrivergli, di farlo tornare, ma lei mi mandò al diavolo. Allora la presi per il capelli e le tirai la testa indietro. Non mi resi subito conto di cosa fosse successo, te l'ho detto: ero fuori di me. Quando vidi il sangue scappai, mi fermai alla fontana per lavarmi le mani e poi feci l'unica cosa che mi venne in mente. Bussai alla porta di Virginia. E lei, ancora una volta, mi aiutò. Quando smisi di tremare, ragionammo sul da farsi. Le dissi che non potevo costituirmi, non potevo rischiare di perdere anche te, non potevo lasciarti solo. Mi abbracciò, disse che si sarebbe inventata qualcosa. Mi diede una delle sue maglie, perché la mia era sporca di sangue, e mi accompagnò a casa. Le lasciai la roncola, la lettera, la foto che ha trovato Cloe. Tutto ciò che avevo di Tancredi, tranne questa moneta. Non riuscii a separarmene. Pensò Virginia a nascondere quelle cose, ma non mi disse mai dove. Pensa la mia sorpresa quando la scatola è tornata alla luce. Dopo poche ore scoppiò la bomba.

Gina fu trovata, arrivarono gli ex colleghi di tuo padre, iniziarono a parlare con tutto il paese, ma naturalmente nessuno sapeva nulla. Io non ero sicura di essere passata inosservata agli occhi del Moreno, ma la mia fortuna fu che era l'ultima persona desiderosa di farsi coinvolgere in questa storia. Anche perché la filanda apparteneva al suocero, quindi per denunciarmi avrebbe dovuto spiegare troppe cose e avrebbe perso ben più di sua moglie. Clotilde, però, vide Virginia mentre bruciava la mia maglia. Non era stupida, le bastò per capire che sua sorella era immischiata con quella tragedia. Il fatto che giurasse di essere innocente a Clotilde non interessava, picchiò Virginia fino a tramortirla, ma non riuscì mai a farsi dire chi stesse proteggendo. Non la denunciò ai carabinieri, ma non le diede pace per mesi. Povera Virginia, non mi tradì mai».

Soffoca il pianto, si copre gli occhi.

«Le autorità cercarono di avvertire Tancredi di quanto accaduto. La mia unica consolazione, per così dire, era che l'avrei visto tornare a casa. Avrei potuto dirgli la verità e forse, in qualche modo, avrebbe potuto capirmi, magari col tempo perdonarmi. Ma ci fu l'esplosione alla miniera. La notizia ci cadde addosso come una valanga. La stessa miniera dove lavorava Tancredi, lo confermarono i suoi genitori. Le notizie arrivavano frammentarie, per giorni restammo con il fiato sospeso aspettando il giornale».

«Morirono 262 persone a Marcinelle, 136 erano italiani».

Si voltano verso di me.

«Proprio così, cara. Una strage di disgraziati. E il mio amore era tra loro, doppiamente disgraziato», risponde Ada. «Passarono i giorni. Le speranze che Tancredi fosse sopravvissuto si spensero poco a poco. Mi resi conto che il destino aveva iniziato a vomitare tutto il suo veleno. Nel frattempo Clotilde non si arrese, a Virginia rese la vita un inferno, con soprusi e violenza. La chiamava assassina. E dato che il paese iniziò a chiedersi perché non la si vedesse più in giro, mise in giro la voce che non stesse bene, alimentando le ipotesi fantasiose delle malelingue. Tancredi era dato per disperso nell'esplosione e Isaia rimase orfano. Il senso di colpa mi scavava dentro come un formicaio: ero devastata. C'erano giorni in cui avrei voluto chiamare il maresciallo Giordano e dirgli tutto, ma poi ti guardavo: che ne sarebbe stato di te? Virginia subiva, ma mi convinse a tenere duro. Avrei dovuto salvarla, avrei dovuto impedire che pagasse per me. Invece rimasi ferma, con il mio bambino in braccio, protetta dalla reputazione di vedova di un carabiniere. Con l'arrivo del freddo e del buio, Virginia non resse più. Oggi si direbbe che era caduta in una profonda depressione. All'epoca si pensò semplicemente che fosse diventata pazza. Del resto usciva di rado, sempre quando faceva buio perché si notassero meno i lividi. Smise di venire anche a messa. A novembre, credo dopo l'ennesima lite con Clotilde, scappò di casa e si gettò nel Piave. Almeno così ci dissero i carabinieri».

Fabrizio si alza in piedi, respira a fondo. Va alla finestra e guarda fuori, anche se non credo veda qualcosa. Io non riesco a muovermi.

Mi chiedo se l'ostinazione del mio scavare alla ricerca della verità abbia avuto senso.

«La trovarono più a valle, alcuni giorni dopo la scomparsa. La seppellirono una mattina presto, senza funerale, solo una benedizione veloce. Clotilde non avvisò nessuno, io lo venni a sapere solo a cosa fatta. Tancredi, invece, tornò a casa i primi di dicembre, in una bara di legno di pino. Con la sua sepoltura il cerchio di questa sciagura si chiuse. Le indagini si fermarono e di lì a qualche mese il chiacchiericcio della gente cessò. Io mi estraniai da tutto, mi chiusi con te fuori dal mondo. Non mi sono fatta più avvicinare da nessuno. Nessun uomo, nessuna amica. Uscivo solo per il lavoro. Mi sembrava un modo per espiare la colpa, limitare la mia libertà. Fino a quando mi hai portato a casa Cloe la prima volta. E ho visto in lei gli occhi della mia Virginia, la stessa tristezza, la stessa malinconia. Almeno con Cloe ho provato a esserci, a proteggerla, per quanto mi fosse possibile».

«E ci sei riuscita, nonna Ada».

«Lo spero con tutto il cuore».

Stringe tra le mani la moneta, fa passare il laccetto tra le dita ossute, poi se la riporta al cuore.

«Mi sento sollevata, sapete? Ad avervi raccontato tutta la storia. Ma ora sono così stanca. Tanto stanca».

Chiude gli occhi. Quasi istantaneamente il respiro diventa profondo.

Fabrizio si volta, la osserva. Poi prende una coperta piegata sul divano e la copre piano, come si fa con i bambini.

Ho bisogno di aria.

Esco, sedendomi sui gradini dell'uscio così come facevo da piccola, quando aspettavo che il mio brigadiere preferito tornasse a casa con un nuovo libro per me. Non so quanto tempo sia passato da quando Ada ha iniziato a raccontare. Ho lasciato lo smartphone in borsa e non porto l'orologio da anni.

Quando Fabrizio esce, mi porge un caffè caldo. Ha un bicchiere di whisky per sé, un sigaro acceso a fargli compagnia.

«Cosa pensi di fare?», gli chiedo, avvolgendo la tazza calda con le mani.

«Ho chiamato il comando di Valdobbiadene, domani ho appuntamento lì. In tarda mattinata arriveranno mia figlia Giorgia e suo marito. Sai, fa l'avvocato penalista. Dice che è perseguibile, ma non ci sono gli estremi per la custodia cautelare e data l'età non sarà arrestata. Con ogni probabilità resterà qui a casa, con noi».

Beve un sorso. Il fumo azzurro del sigaro disegna piroette morbide nell'aria fredda.

«Non si poteva lasciar stare?», gli chiedo. «È passato così tanto tempo».

Fabrizio si volta, mi guarda e scuote la testa a dirmi di no. Prova ad accennare un sorriso, ma è chiaro sia forzato.

«Capisco il tuo punto di vista e lo apprezzo, ma un omicidio non cade in prescrizione, la legge è legge. Ho fatto un giuramento: i valori della giustizia devono sempre prevalere, anche sull'affetto che ho per mia madre. Un bambino è rimasto orfano e si sarà posto, o si starà ancora ponendo delle domande. Denunciarla era mio dovere. Ora sarà il magistrato a decidere come procedere».

Beve l'ultimo sorso.

«Ti preparo una stanza in albergo?».

Affonda il mento nel suo stesso gomito, sopra il ginocchio. Il viso è dannatamente vicino al mio, sento il profumo del whisky mescolarsi a quello del caffè.

«Meglio di no. Riparto subito, ho promesso che sarei tornata a casa».

«Capisco. Ma sii prudente, per favore. Per lo meno fermati da tua madre: è tardi e sono troppi chilometri. Non voglio ti succeda qualcosa».

«Non preoccuparti. Quando arrivo ti avviso con un'e-mail, magari, ma tu ricomprati un cellulare nuovo, per favore».

Sorrido. Appoggio la testa alla sua spalla, prima di alzarmi e dirigermi verso la macchina. Lui dietro di me, il bicchiere e la tazza abbandonati sul gradino, vicini l'uno all'altra come eravamo noi poco fa.

Esattamente come a Capodanno, incurante delle finestre aperte, della luce, degli sguardi che si celano dietro le tende ricamate all'uncinetto, mi stringe a sé. Si stacca dopo qualche minuto, la mano è sul mio collo. Mi bacia sulla fronte in un modo che solo lui sa rendere innocente e passionale insieme.

Qualcosa dentro mi dice che non è un addio.

«Ciao Fabrizio», dico, sciogliendomi dal suo abbraccio.

«A presto, Cloe».

Un'ultima carezza ai capelli.

Accosto sul ponte che sovrasta il Piave: testimone silente di tante miserie, aveva detto Rita al cimitero.

Scorre placido seguendo il proprio ritmo. Incurante di ciò che gli è accaduto intorno, trascina verso il mare l'ultimo capitolo di questa storia.

Metto la doppia freccia e recupero lo smartphone dalla borsa. Nessun messaggio, nessuna chiamata. Nemmeno di mia madre.

Me l'aspettavo.

Messaggio Whatsapp per Sandro: "Aspettami sveglio, ho molto da raccontarti".

Ringraziamenti

GRAZIE.

"Qualcuno" che mi sta molto a cuore amava dire che "l'Orchestra è la società ideale" perché ogni singolarità è fondamentale. Mi piace credere che questo pensiero si possa estendere a quante più realtà possibili. Dal canto mio sono una persona privilegiata: sono circondata da una rete incredibile di affetti pronti a sostenermi a ogni passo, ed è a loro che va il mio ringraziamento più grande.

Un grazie immenso dal profondo del cuore a Martin Rua, per avermi sorpresa facendo le veci del destino. Non credo troverò mai le parole giuste per dirti quanto io ti sia grata.

Grazie ad Alessandra Penna, mia paziente e comprensiva editor, per avermi affiancata in questa nuova avventura e avermi insegnato molto. Anche i punti di vista differenti sono una fonte inesauribile di arricchimento.

Un ringraziamento speciale lo devo a mia madre, che una mattina di fine agosto mi disse: «Scusa, vado di fretta che ho un appuntamento al cimitero», scatenando così la mia immaginazione. Per avermi permesso di adattare i suoi ricordi a ciò che è frutto della mia fantasia, e per aver interrotto le interminabili ore di fuoco creativo chiedendomi: «Hai mangiato?». E a mio fratello Luca, per esserci sempre e comunque nonostante tutto e tutti. Talvolta anche nonostante me.

Grazie a Roberto Tossani: per il sostegno, la pazienza, la bravura e l'insostituibile capacità di dissacrare ogni mio volo pindarico riportandomi con i piedi per terra. Averti dalla mia parte, con il tuo lavoro, è un dono prezioso e irrinunciabile.

Grazie a Patrizia Durante, mia compagna di viaggio fin dalle mie prime battute: la tua schiettezza è la mia salvezza, lo sai.

All'Altra S. per mille motivi e forse pure qualcuno di più.

A Cristina Salvato, per la maestria con cui hai scritto i due articoli di cronaca datati 1956. Sarebbe stato impossibile, per me, eguagliarti.

A Rita e alle Vedove, per essere molto più belle e forti di quanto io abbia scritto.

Ad Alice Basso, Michela Monti e Annamaria Blogna perché senza di voi, Ragazze, non sarebbe la stessa musica, vi voglio un gran bene.

Un grazie speciale a Emiliano Olivieri: Cloe, Pablo e io ti dobbiamo davvero molto.

Al Maestro Ezio Bosso: per essere colui che da sempre dirige la colonna sonora dei miei pensieri e delle mie parole. Grazie sempre.